인생은 멋진거야

인생은 멋진거야

사라 N. 하비 지음 | 정미현 옮김

인생은 멋진거야

지은이 사라 N. 하비
옮긴이 정미현

초판 1쇄 발행 2014년 12월 25일

발행처 도서출판 작은씨앗
공급처 도서출판 보보스
발행인 김경용

등록번호 제300-2004-187호 등록일자 2003년 6월 24일

주소 서울시 서초구 바우뫼로 7길 64-25 1층
전화 (02)333-3773 팩스 (02)735-3779
이메일 ky5275@hanmail.net

ISBN 978-89-6423-173-9 03840

값은 뒤표지에 있습니다.
잘못된 책은 구입하신 서점에서 바꾸어 드립니다.

이 도서의 국립중앙도서관 출판시도서목록(CIP)은 서지정보유통지원시스템 홈페이지(http://seoji.nl.go.kr)와 국가자료공동목록시스템(http://www.nl.go.kr/kolisnet)에서 이용하실 수 있습니다.(CIP제어번호: CIP2014000000)

Do not go gentle into that good night
Rage, rage against the dying of the light

딜런 토마스

하나

"더는 못 참아."

엄마가 주방에서 통화 중이다. 울먹거리는 모양이다. 아니면 알레르기가 다시 도졌든가. 어느 쪽이 됐든, 엄마 목소리가 아주 딱하다. 엄마는 수화기 너머 누군가의 얘기를 들으면서 팽 하고 있는 힘껏 코를 푼다. 나는 지하실의 내 방에서 올라오다가 계단 중간쯤에서 멈춰 선다. 어쩌면 그냥 내 방으로 살며시 돌아가거나 출입문으로 슬쩍 나가버릴 수도 있겠지만 엄마 목소리가 좀 걸린다. 분노의 기미가 섞여 있으면서 콧물로 탁해진 절망감이랄까. 위에서 네 번째 계단에 나를 딱 붙들어 두는 뭔가가 있다. 그것도 그거고 엄마가 지금 분명 내 얘기를 하고 있다. 또다.

"진짜 구제불능이야. 내가 두 손 두 발 다 들었다니까. 친구도 없지, 낮에는 종일 잠만 자지, 밤에는 텔레비전만 끼고 살아. 씻지도 않고, 이발도 안 하려고 한다니까. 음식 먹은 접시를 침대 밑에 처박아 두질 않나, 그것도 아니면 더러운 속옷이랑 같이 서랍에 쑤셔 넣어 둔다구. 도대체 어떻게 해야 할지 모르겠어, 마르타." 엄마가 전화기에 대고 하소연을 한다.

나는 여차하면 주방으로 뛰어 들어가 소리치고 싶다. "저기요! 지금 두 시밖에 안 됐거든요. 난 벌써 일어나 있다고. 샤워도 했고. 옷도 말끔히 입었어. 그리고 접시든 속옷이든 지저분한 것들을 서랍에 쑤셔 넣은 적 한 번도 없단 말야. 그냥 바닥에 두지. 그나저나 내 방엔 언제 갔던 거야?" 나한테도 생활의 기준이란 게 있다. 기준치가 낮긴 하지만 그렇다고 아예 없진 않다.

엄마는 나에 대해 저런 식으로 말하면 안 된다. 물론 내가 삼 년 동안 이발을 안 한 건 사실이지만 이틀에 한 번은 머리를 감는다. 내 머릿결이 얼마나 고운데. 게다가 쭉쭉 직모라고. 엄마처럼. 어쨌든 엄마 말에 조금 더 공감하는 사람도 있겠지. 지금 엄마는 마르타한테 불만을 토로하고 있다. 뭐 그 분이야 애비 없는 딱한 조카가 아주 엉망이 되고 있다는 얘길 듣는데도 눈도 꿈쩍 않겠지만.

마르타는 나의 이모다. 엄마의 이복 자매. 엄마는 서른여덟이고 이모는 최소한 예순은 됐지 싶다. 이모는 오랫동안 호주에서 살고 있다. 엄마 말로는 이모가 컨트리클럽 회원권을 유지하는 한도 내에서 최대한 먼 곳을 찾아 떠난 거란다. 마르타 이모는 가끔 캐나다에 오긴 하지만 우리가 노바스코샤주 루넌버그에서 브리티시컬럼비아주 빅토리아로 멀리 이사 온 후로는 우리 집에 온 적이 없다.

우린 외할아버지랑 더 가까운 데 있으려고 이리로 왔다. 할아버지는 아흔다섯 살이다. 옛날에 유명한 첼리스트였다는데 할아버지 때문에 그 누구도 이 사실을 잊을래야 잊을 수가 없다. 이모는 할아버지를 '자존심 대마왕'이라고 부른다. 엄마는 할아버지가 딱 이해할 수 있을 정도로만 자기중심적이라고 한다. 연세가 너무 많으시기도 하고. 내 주위에는 할아버지만큼 그렇게 나이 많은 사람이 없다. 그래서 나이가 많다는 것이 사나운 이기주의와 떼려야 뗄 수 없는 관계인지는 잘 모르겠다. 내가 아는 한 할아버지는 지금까지 쭉 그런 식이었으니 아무래도 나이 문제는 아닌 것 같다. 그건 그냥 엄마가 언제나 그렇듯이 거지 같은 상황을 최대한 좋은 방향으로 해석하려고 애쓰는 발버둥이다.

"어떡해야 할지 모르겠어. 보낼 만한 곳을 찾아봐야 하나 봐. 당장. 안 그러면 내가 무슨 신경쇠약에라도 걸릴 것 같아. 진심이야, 언니. 나 좀 정신병원 같은 데 넣어줘. 그 뭐야, 구속복이라도 입혀서 꼼짝 못하게 해달라고. 전두엽 절제술도 괜찮아. 뭐든 상관없어. 최소한 좀 쉴 수는 있겠지."

보낸다고? 나를? 지금 엄마가 무슨 얘길 하는 거지? 나도 여기가 싫어 죽겠지만 내가 가고 싶은 데라고는 고작해야 루넌버그뿐이다. 지금은 이렇게 허구한 날 집에 있을 수밖에 없다. 크리스마스 직후에 모노바이러스(전염성 단핵증. 사춘기에서 청년기에 걸쳐 많이 발병하는 바이러스 감염 질환. 타액을 통해 감염돼 '키스병'이라는 별명이 붙어 있다. 열, 오한, 무력감과 피곤감 등의 증상이 나타난다.—옮긴이)에 걸렸다. 그러다 상태가 나아지고 있을 때쯤 학교는 봄방학이랑 부활절로 한동안 문을 닫을 참이었다. 학교를 너무 많이 빼먹었던 터라 엄마를 설득해서 통신 수업으로 그 학년을 마치게 해달라고 했다.

그렇다. 나는 주로 혼자 지낸다. 고향에는 진짜 괜찮은 친구 녀석들이 몇 명 있었다. 같이 자란 불알친구들. 하지만 여기엔 아무도 없다. 어쨌든 아직까지는 없다. 엄마는 이사 오고 아직 얼마 안 돼 그렇다고 말하지만 엄마 말이 틀렸다. 난 그저 사회생활에 쏟을 에너지가 없다. 아니면 관심이 없든가. 모노바이러스 때문에 아프기 전에도 딱히 아무 욕구가 없었다. 영화를 보러 가거나 대화를 하거나 하키 경기를 뛰고 싶다는 마음이 전혀 안 들었다. 나한테 뭘 같이 하자고 한 사람도 없었고.

그래서 하루하루가 하릴없이 흘러 간다. 학교 공부 좀 하고 TV 좀 보고 음악 좀 듣고 잠은 많이 자고. 뭘 먹긴 한다. 되도록이면 전자레인지로 해결 가능한 음식으로. 나는 엄마하고 같이 밥을 안 먹는다. 어렸을 때도 다른 사람들이랑 밥 먹는 걸 아주 싫어했다. 사람들이 식사하면서 얘기하거나 웃을 때 반쯤 씹은 그 지저분한 것들이 내 눈앞에 보이다니 정말 끔찍하다. 사람들이 말이야, 도통 예의란 게 없다. 예전에 엄마는 이렇게 유난 떠는 나를 소공자라고 부르며 깔깔 웃곤 했다. 이제는 내가 저녁밥을 들고 쿵쾅대며 아래층으로 내려갈 때면 한숨을 쉬며 고개를 돌려버린다.

엄마는 어딜 막 돌아다니고 그러는 사람이 아니다. 봄이랑 여름에는 늦어도 여덟 시에는 집을 나서서 오후까지 다른 집 정원 일을 한다. 그러고 집에 돌아와 샤워를 하고 뭘 좀 먹고 나면 학생들이 온다. 엄마한테 피아노를 배우는 애들이 한 세 시부터 하나 둘 오기 시작한다. 어떤 날은 거칠게 뚱땅대는 바흐 곡이 밤 아홉 시까지 온 집안을 휘젓기도 한다. 엄마는 학생들 수업 사이에 간단히 요기를 한다. 싱크대 위쪽 창에 비친 자기 모습을 물끄러미 보면서 서서 식사를 한다.

내가 엄마 옆에 선다면 아마 이런 그림이겠지. 키 크고 희멀건 말라깽이 한 명(나), 작고 까무잡잡하고 강단 있어 보이는 한 명(엄마). 똑같이 헝클어진 머리, 똑같이 갈색인 눈동자, 똑같이 큰 입, 똑같이 잘생긴 치아. 근데 내 건 보이지 않는다. 난 웃지 않고 있으니까. 코는 다르게 생겼다. 나는 매부리코, 엄마는 웃을 때 오른쪽으로 약간 틀어지는 작은 코. 누가 봐도 내 코는 젠킨스 집안 코다. 그게 무슨 뜻이든 간에. 엄마는 주말마다 우리 집 정원 일을 하고 피아노 연습을 한다. 그런데 이제 엄마가 더 이상 견딜 수 없다며 자기를 처리해 달란다. 가혹하다.

"우리가 뭐 화려하게 살 형편이 아닌 건 알아. 그냥 깨끗하게는 살아야지." 엄마는 잠시 말이 없다. 식탁 매트에다 푸가를 연주하고 있다. 엄마는 불안할 때면 늘 저런다. 유령 피아노로 바흐 곡을 연주한다. 아마 마르타 이모가 나를 어디 단기 소년원 같은 데로 보내버리라고 조언하는 모양이다. 억울하다. 나는 아무 범죄도 저지르지 않았다. 아직까지는. 엄마 말이 이어진다. "응. 어쩌면 언니 말이 맞겠지. 아니, 술을 많이 마시는 것 같진 않아. 장은 내가 다 보거든. 생전 와인 같은 건 사달라고 한 적 한 번도 없어. 응, 전화로 주문할 데는 있겠지."

술. 그렇지. 난 열여섯 살이다. 친구 없다. 돈도 없다. 집에 있는 술이라고는 기껏해야 엄마가 가끔 저녁식사 후에 커피에 타 마시는 깔루아뿐이다. 예전에 조금 마셔본 적이 있는데 거의 토할 뻔했다. 맥주 한 병이야 아무 때든 좋다. 그거 마시고 취하기나 할까? 설령 내가 원했다 해도 굳이 그러고 싶지가 않다.

"약은 잘 모르겠어. 아니겠지." 반신반의하는 엄마 목소리. "그런 조짐은 전혀 안 보여." 내가 아주 취한 건지 아닌지 대번에 알아챌 수 있다는 듯 말한다. 사실 고향에서는 친구들이랑 몇 대 피우곤 했다. 다들 우리 집으로 몰려와 한참 떠들고 놀다 보면 배가 고파졌다. 엄마는 내가 친구들을 데려오는 걸 아주 좋아해서 브라우니 선데나 블루베리 팬케이크를 만들어줬다. 여기서는 약인지 뭔지 손에 넣는 방법 자체를 모른다. 그리고 그걸 혼자 한들 뭐가 좋겠나. 하나도 재미없을 거다.

엄마가 계속 얘기한다. "딱 한 가지 다른 방법이 있긴 해. 집에 올 사람을 고용하는 거야. 하루 종일은 아니고. 시도 때도 없이 자잖아. 최소한 식사는 챙겨줘야겠지." 엄마가 지금 뭔 소리를 하는 거지? 베이비 시터? 지금 엄마는 분명 제정신이 아니다. 조기 발병 알츠하이머 뭐 그런 병에 걸렸나? 나는 베이비 시터보다는 차라리 소년원을 택하겠다. 밥은 내가 알아서 먹으니 챙겨 줄 필요 없다. 전자레인지 조리에 관해서라면 내 기술은 달인 저리 가라다.

"그리고 씻는 걸 도와줄 사람이어야 돼." 내 귀를 의심한다. 믿기지가 않는다. 내가 대체 언제부터 씻는 데 도움을 받아야 하는 사람이 됐지? 마지막 계단 네 개를 껑충껑충 뛰어 올라가 주방으로 돌격했다. 그러다 그만 문설주에 머리를 부딪치는 통에 털썩 주저앉고 말았다. 얼얼함과 어지러움이 지나가길 기다려야 했다. 이 집에 살면서부터 내가 밤낮으로 이랬기 때문에 이제 엄마는 내 머리통이 깨지거나 말거나 아예 쳐다보지도 않는다. 언젠가 요령을 터득하는 날이 오긴 오겠지. 정신이 돌아오고 말을 할 수 있게 됐는데 내 입에서 꺽꺽거리듯 쉰 목소리가 나온다.

"안 돼, 엄마. 절대 안 된다고. 젠장."

"언니, 잠깐만. 롤리가 방금 올라왔어." 엄마 목소리가 차분하다. 엄마는 '나중에 얘기하자'는 눈빛을 보낸다.

"롤리, 욕하는 거 들으면 엄마 기분이 어떤지 알잖아. 엄마 지금 통화중이야."

"롤리라고 부르지 말랬지." 나는 이를 악물고 힘주어 얘기한다.

머리가 터질 지경이다. 엄마가 수화기를 손으로 가리고 낮은 소리로 말한다.

"무슨 일이야?"

"난 소년원 안 가. 그리고 베이비 시터도 절대 필요 없어. 만약에 엄마가 계속 이런 식으로 나오겠다면 난 집을 나가버릴 거야." 나는 아래층 내 방으로 가려고 일어서지만 엄마가 내 팔을 잡아서 그 자리에 그대로 선다.

"소년원? 대체 누가 소년원 얘길 했어? 너 도대체 뭐하고 있었니? 무슨 문제 있어?" 엄마가 언짢은 표정을 짓더니 전화기에 대고 말한다. "언니, 나중에 얘기해야겠어. 내가 다시 걸게."

엄마는 작은 체구의 여자치곤 힘이 정말 장사다. 마음만 먹으면 나를 역기처럼 들어 올릴 수도 있다. 나는 팔을 겨우 빼내 엄마가 잡고 있던 부위를 문지른다. 내일이면 멍이 들어 있겠지.

"롤리… 로이스. 그래, 힘들었을 거야. 엄마도 알아. … 이리로 이사 와서… 새 학교에 가고… 아프고…"

"근데 엄마…"

"엄마 말 끝까지 들어 봐, 로이스. 나도 너랑 더 많은 시간을 보내고 싶지. 그리고 네가 친구들도 사귀고 그랬으면 좋겠어. 하지만 엄마가 해줄 수 있는 것에도 한계가 있어."

"내가 일자리를 찾을게. 더 많이 도와줄게. 그러니까 베이비 시터는 절대 안 돼."

"베이비 시터?"

"엄마가 마르타 이모랑 하는 얘기 들었어. 날 어디로 쫓아 보내든가 베이비 시터를 들인다고."

엄마가 식탁 위에 팔을 포개고 얼굴을 묻는다. 머리카락이 얼굴로 흘러내리고 어깨가 들썩이기 시작한다.

"아놔, 엄마. 울지 마. 다 괜찮아질 거야." 나는 이렇게 말하면서도 그게 진실인지는 모르겠지만 어쨌든 옳은 말을 하는 거라고 느낀다. 골이 너무 지끈거려 생각이 정리가 안 된다.

아무 반응이 없다. 딸꾹질소리, 거센 콧바람소리만 나다가 울음소리 같은 게 뒤따른다. 머리카락이 쭈뼛 서는 기분이 들어 엄마 어깨를 쿡 찌르니까 그제야 엄마가 고개를 든다. 뺨에는 눈물자국, 코 밑에는 콧물이 좀 보이지만 울고 있진 않다. 내가 살찐 엘비스 프레슬리 흉내를 낼 때면 엄마는 늘 이런 식으로 웃는다.

"뭐가 웃겨?" 내가 묻는다. 엄마가 웃고 있으면 나는 기뻐야겠지만 놀림 받는 건 싫다. 내가 웃기려고 노력하지도 않았는데 그러면 더 싫다.

"너 말야." 엄마는 킥킥대느라 말을 제대로 못 잇는다. "뭔, 생각한, 거야? 킥킥. 내가 널 지긋지긋해한다고?"

"응."

"아이고, 아들. 절대 아냐." 엄마가 또 킹킹대며 코웃음을 친다.

"뭐, 절대까지는 아니고 거의 아냐."

"그러면 엄마랑 이모랑 누구 얘길 한 거야?"

엄마는 웃음을 그치고 스웨터 소매로 콧물을 슥 닦는다.

"네 외할아버지."

나는 잠시 생각을 정리한다. 우리가 여기 이사 온 이후 엄마는 엄마의 아버지, 그러니까 나의 외할아버지한테 이틀에 한 번씩 가고 매일 저녁에 전화를 한다. 주말에는 그 다음 주에 할아버지가 드실 저녁식사를 전부 준비해둔다. 할아버지 빨래도 하고 장도 봐드린다. 이발도 해드린다.

내가 직접 할아버지를 뵈러 간 적은 거의 없었지만 할아버지와 나 사이에 별 문제는 없어 보였다. 연세가 많고 성미가 까다롭긴 해도 그럭저럭 괜찮다. 그러니까, 실은 나한테 말을 건 적이 한 번도 없다. 할아버지는 나를 쳐다보고 불퉁거리듯 꿍얼대고는 보고 있던 TV로 다시 고개를 돌린다. 엄마의 요리나 침대 정리 방식에 대고 욕을 해댄다. 엄마가 사다 놓은 치약 종류 갖고도 트집을 잡는다. 그런 걸 생각해보니 엄마가 왜 할아버지를 집에 있게 하려는지 이해가 간다.

한 달 전에 엄마랑 같이 할아버지한테 갔을 때 할아버지가 나한테 건넨 첫 마디가 '생긴 게 왜 그 모양이냐.'였다. 헐렁한 갈색 코르덴바지에 얼룩진 베이지색 스웨터, 앞부분이 막힌 슬리퍼 차림의 괴짜 호호 할배를 보며 꽤 부자처럼 보이는군 싶었다.

"반사!" 나는 이렇게 응수했다. 우리 둘은 몇 초간 서로를 노려봤다. 할아버지가 엄마 쪽으로 고개를 돌리기 전까지.

"넌 결혼 다시 해야 한다. 자고로 사내놈 있는 집에는 남자 어른이 있어야 돼. 버릇을 가르쳐 줄 남자 말이다. 보나마나 넌 그럴 깜냥이 없을 테니."

엄마랑 나는 할아버지 옆을 지나쳐 계단을 올라가 주방으로 갔다. 우린 장본 물건들을 아무 말 없이 정리했다. 엄마는 입을 앙다물었다. 찬장에 깡통 수프들을 쾅쾅 올려놓고 냉장고에 우유를 던져 넣는 엄마의 입술은 일자로 단단히 닫혀 있었다. 정리를 다 마친 엄마는 우리를 따라 주방으로 들어온 아서 할아버지를 향해 "다음 주에 봬요." 하고 말했다.

"조금 더 있다 갈 순 없냐?" 할아버지가 애처롭게 한마디 했다. "커피 좀 만들어다오."

"볼일이 있어요. 죄송해요."

"얘, 그럼 넌 어떠냐? 커피 만들 줄 알지?" 할아버지가 나를 보며 물었다.

"아뇨. 우리 집에는 나한테 그런 거 가르쳐 줄 남자가 없어서요."

집을 나서는 우리 뒤로 아서 할아버지의 고함소리가 따라붙었다. 둘 다 아무짝에 쓸모없는 이기적인 종자들이니 뭐니. 그 뒤로 난 거기 다시 안 갔다.

"그래서 뭘 어쩔 건데?" 내가 엄마한테 묻는다.

"아직 잘 모르겠어. 우리 집이 좀 더 크다면 아마 우리하고 같이 사실 수도 있겠지." 엄마는 이렇게 말하며 몸을 부르르 떤다. 나는 머리가 지끈거리고 속이 메슥메슥하다. 아까 문설주에 부딪친 충격 때문이거나 아니면 할아버지랑 같이 산다는 생각 때문에 띵해지는 것 같다.

"그냥 간병인을 찾아봐야 할까 봐." 엄마가 얘기한다.

"할아버지도 좋아할 거야. 악담, 막말 이런 거 무지하게 잘 참는 사람으로 찾는 게 좋을 걸."

"네 말이 맞다." 엄마도 동의한다.

내가 아래층으로 내려가려고 할 때 엄마가 몇 마디 덧붙인다. "네가 일자리를 찾겠다던 말이 진심이었으면 좋겠어."

둘

얘기를 더 하기 전에 일단 내 신상 소개부터 해야겠다. 우선, 내 이름은 로이스 피터슨이다. 미들네임은 없다. 열두 살 때 내 이름 이니셜을 R.I.P.(rest in peace의 약어. '평화롭게 잠들다'는 뜻으로 흔히 묘비에 쓰임–옮긴이)로 만들 심산으로 미들네임에 아이작이나 이카보드 넣기 작전에 돌입했지만 엄마가 허락하지 않았다. 엄마 말로는 이름이 두 개면 충분하단다.

내가 아기였을 때 아빠가 나를 롤리(롤스 로이스를 줄인 그 롤리다. 참 나…)라고 부르기 시작했고 그게 굳어 버렸다. 이제 온가족이 나를 그렇게 부르는 데다 나 빼고 다들 아직도 그게 귀엽다고 생각한다. 우리가 빅토리아로 이사 왔을 때 나는 엄마한테 이제 나를 꼭 로이스라고 부른다는 다짐을 받았다. 루넌버그에서 있던 일이 되풀이되길 원치 않았다. 여섯 살 때 학교에서 애들이 나를 롤리폴리라고 불렀다. 그때나 지금이나 내 몸은 대나무 작대기처럼 보이지 않는데 정말 말도 안 되는 별명이었다. 삐쩍 마른 몸에 머리 하나 붙어 있는 몸이라니 얼토당토않다.

어쨌든 그건 그렇고, 우리 엄마 이름은 니나, 아빠 이름은 마이클이다. 아빠는 내가 두 살 때 돌아가셨다. 어느 여름날, 저녁식사 후에 조깅하러 나갔다가 음주운전 자동차에 치였다. 즉사였다. 아빠에 대해선 하나도 기억나지 않는다. 예전에는 아빠에 대한 기억이 조금 있다고 생각했는데 가만 보니 내가 기억이라고 여겼던 모든 게 앨범에서 본 사진들을 통해 내가 만들어 낸 상상이었음을 깨달았다.

우리가 길렀던 개한테 원반을 던지는 해변의 아빠. 엄마를 위해 화단을 파고 있는 뒤뜰의 아빠. 호수 근처 야영지에서 모닥불을 살펴보는 아빠. 조깅 후의 아빠. 짭짤한 바다 냄새, 축축한 흙냄새, 모닥불 연기 냄새, 아빠 땀 냄새, 이런 게 다 기억난다. 기분 좋은 어느 날 밤 아빠가 나한테 뽀뽀할 때 내 뺨에 닿던 아빠 수염의 촉감도 느낄 수 있다. 하지만 아빠가 살아 있기를 아무리 간절히 바란다 한들 아빠의 죽음은 이미 벌어진 일이니 다 쓸데없는 소리다.

아빠가 돌아가셨을 때 엄마는 겨우 스물네 살이었다. 엄마의 아버지는 대체 어디 있는지도 몰랐고 유일한 자매는 호주에 있었다. 마르타 이모는 호르스트라는 이름의 은행원과 결혼해 여섯 명의 자녀와 한 무더기의 손주를 두었다. 그 식구들은 다들 테니스를 친다. 골프도 치고. 믿기진 않겠지만 그 집 남자들 몇 명은 폴로 경기도 한다. 멍청하기 짝이 없는 워터폴로 말고 진짜 폴로. 말 타고 하는 그거. 사시사철 햇볕에 태우며 사는 사람들이지만 아직까지 아무도 피부암 같은 건 안 걸렸다.

제일 꼬맹이 맨디 빼고 사촌들 전부 이십대라 나보다 훨씬 나이가 많다. 그 중 몇 명은 만난 적이 있다. 쌍둥이 크리스와 릭. 둘이 익스트림 스포츠 대회 때문에 캐나다에 왔을 때 나는 열 살쯤 됐었다. 산악자전거 아니면 스노보드 아니면 행글라이딩이었을 텐데 정확히 뭐였는지는 잊어버렸다. 마음속에서 그때 기억을 원천봉쇄한 모양이다. 주머니 많은 하이킹 반바지, 거울 같은 선글라스, 양모 양말, 털북숭이 종아리. 그 모습에 나는 화들짝 놀랐다. 겁먹을 만큼 충격적인 차림새였다.

그 둘은 나를 "마잇"(mate 호주에서 친구라는 뜻으로 남자들끼리 부르는 호칭. '메이트'보다는 '마잇'으로 발음한다.–옮긴이)이라고 부르면서 우리 엄마한테 나를 호주로 보내달라고 얘기했다. 나를 데리고 그레이트 배리어 리프에 가서 스노클링을 한다나 뭐라나. 나를 남자로 만들어

주고 베라쿠다와 상어를 보여 준다나 뭐라나. 내가 수영을 할 줄 모른다고 엄마가 얘기하자 그 쌍둥이 사촌의 파란 눈이 동그래졌고 서로 똑 닮은 쪼개진 턱이 떡 벌어졌다. "충격 받았어. 열라 충격 받았어." 둘은 제창하듯 입을 모아 얘기했다.

다음날 둘은 근육 덩어리 몸을 끌고 어느 산 정상을 향해 갔고 나는 그때 이후 그 둘은 물론 다른 사촌들도 본 적이 없다. 만약 지금 나한테 호주행을 제안한다면 아마 갈 것 같다. 어쩌면 거기 가서 심지어 수영도 배울 것 같다. 하지만 폴로는 아니다. 말이라면 질겁하는 나니까 폴로에서 딱 선을 그어야겠지. 그러나 저러나 최소한 여기서 멀리 떨어진 곳에 있게 되는 건 맞다.

엄마는 자기 엄마에 대해 아는 바가 없다. 나의 아빠네 가족은 남아프리카공화국에 산다. 그래서 아빠가 돌아가신 뒤 우리 모자는 별 도움을 못 받았다. 가끔 생일선물이 날아오고 크리스마스 카드 한두 장 온 정도. 그래서 엄마는 자기 장기 두 가지를 살려 돈을 벌기 시작했다. 피아노 가르치기와 정원 가꾸기. 나는 항상 엄마와 함께 있었다. 피아노 옆 유모차 안, 정원 손질 일을 맡긴 집 정원의 어린이 놀이터. 엄마는 어린이집 비용을 아꼈고 나는 일찌감치 클래식 음악과 햇볕을 과용했다.

나는 여기 이사 오기 전까지는 외할아버지를 만난 적이 없었다. 내가 태어났을 때 이미 아서 할아버지 연세가 벌써 팔순에 가까웠다. 그때 할아버지는 우리 엄마한테 이제 자기는 여기저기 돌아다니던 시절을 끝냈다고 말하며 한 번도 우리를 만나러 오지 않았다. 충분히 여력이 있었는데도. 그렇다고 우리더러 빅토리아로 한번 오라고 했느냐 하면 그런 것도 아니다. 생일이며 크리스마스며 절대 신경 쓰지 않았다. 아마도 우리가 할아버지의 관심을 끌거나 할아버지한테 쓸모 있는 존재가 되기에는 부족했던 것 같다.

그러다 할아버지가 경증 뇌졸중 발병으로 병원에 입원했던 지난 10월에 모든 상황이 바뀌었다. 할아버지의 최근친으로 목록에 올라 있던 엄마가 빅토리아에 있는 의사한테 전화를 받았다. 의사는 할아버지가 곧 퇴원해서 집에 가게 될 텐데 이제 더는 운전도 못하고 혼자 식사도 못 챙기고 집안일을 돌보지도 못할 거라고 했다.

할아버지는 퇴원 후 두 주간은 건강 보험으로 비용 처리가 되는 24시간 간병을 받을 수 있었다. 하지만 그 후에는 누군가의 골칫거리가 되었다. 마르타 이모는 너무 멀리 있었고, 테니스며 은행원 남편이며 자식들이며 손주들이며 신경 쓸 일이 많아서 너무 바빴다. 엄마한테는 고작해야 나랑 피아노 교습생 몇 명뿐이었다. 그리고 죄책감 한 무더기가 있었다. 엄마 마음속에 잔뜩 쌓인 죄책감이 그 시점에 모습을 드러낸 것이다.

우린 바리바리 짐을 싼 뒤 친구들한테 작별인사를 하고 낡은 아우디 왜건에 몸을 싣고 거의 국토 횡단 수준으로 길을 달렸다. 근사한 장거리 자동차 여행과는 거리가 멀었다. 결코 영화 같은 여정이 아니었다. 우리가 노바스코샤를 떠나기 전 나는 속으로 침묵 서약을 했다. 조개처럼 입을 꽉 다물고 한마디도 안 했다. 그러다 새스커툰에서 그놈의 샌드위치 때문에 눈물을 머금고 침묵 서약을 깨고 말았다. 거지 같은 모텔에서 엄마가 매일 밤 만들어 준 샌드위치에 질려버린 나는 햄버거 사달라는 말을 할 수밖에 없었다. 엄마는 의외로 나의 침묵을 즐겼을지도 모르지만, 엄마가 한 말은 "맥도날드 햄버거 괜찮아?"뿐이었다. 그 뒤에는 말없이 침묵을 지키려고 더욱 애썼다. 그랬더니 서부 지방은 꽤 금세 지나갔다.

밴쿠버 아일랜드로 가는 배에 탔을 즈음에 나는 기분 좋게 들떠 있었다. 배에서 내내 갑판에 있으면서 고래 구경을 하고 비싼 디카를 들고 탄 일본인 관광객 사진을 찍어 주고 뱃고동 소리가 울릴 때는 귀를 막았다. 다른 배가 우리 곁을 지나갈 때 보니 내 눈엔 그 배가 위험할 정도로 바싹 붙어 있었다. 그쪽 배에서 난간 쪽으로 몸을 구부리고 있는 한 남자한테 손을 흔들었다. 그는 내게 손을 흔들어 주지 않았다. 머쓱해진 나는 가운뎃손가락을 먹여줬는데 알고 보니 그는 오바이트를 하던 중이었다. 아이쿠. 빨간 재킷을 입은 한 여자가 팔짱을 낀 채 그의 뒤에 서서 그가 토하는 걸 지켜보고 있었다.

엄마도 갑판으로 나와 나랑 같이 있었다. 바람이 휘몰아쳐 엄마의 포니테일이 엄마의 얼굴을 때렸다. 엄마는 반대편 배의 그 커플을 곁눈질로 흘끗 보더니 씩 웃었다. "적어도 넌 저렇게 토하고 있지 않으니 좋네." 엄마가 말했다.

"엄마 나 몰라? 내 위장이 얼마나 튼튼한데."

머리카락 하나가 엄마 립스틱에 들러붙어서 엄마가 손으로 떼어 냈다. "롤리, 미안하다. 이사 말야. 네 할아버지 일도. 너한테 힘든 일이라는 거 알아. 하지만 할아버지를 그냥 혼자 내버려 둘 수 없었어. 엄마를 키우신 분이잖아. 단지 우리가 지금 가깝게 지내지 않는다고 해서 네 할아버지가 예전에 최선을 다하지 않았다는 뜻은 아니야."

"그렇지. 할아버지의 최선은 입주 유모, 기숙학교, 여름캠프였겠지. 얼마나 대단해."

"아버진 선택의 여지가 없으셨어." 엄마가 할아버지를 변호했다. "내가 태어난 지 삼 개월 됐을 때 어머니가 우릴 떠났어. 아버지는 일이 있는 곳이면 어디든 가야 했지. 순회공연 중이라 아기를 잘 데리고 다니지 못하셨어. 어떻게 그러겠니? 더군다나 아버지를 찾는 데가 워낙 많았거든. 베를린, 뉴욕, 파리. 모두들 위대한 아서 젠킨스를 원했어. 여기저기 다 가기에 몸이 모자랄 지경이었다니까. 그래서 엄마는 아버지 없이 알아서 다 했어."

"아주 괴로우셨겠구만."

엄마는 나를 노려보더니 안으로 들어가려고 돌아섰다. "아버지만큼 괴롭진 않았어." 엄마가 말했다.

할아버지의 온갖 변덕을 다 맞춰주며 한두 달을 보낸 뒤 이제 엄마는 간병인 면접을 보고 어르신들의 기숙학교 같은 데를 알아보고 있다. 프라이버시라곤 전혀 없고, 형편없는 음식과 침대에 실례하는 동료들이 있는 곳. 보복이네요, 할아버지. 엄마한테 한 만큼 고대로 되받게 되는 신세. 뭐 그런 거.

엄마는 그나마 약간이라도 마음에 드는 구석이 있는 사람을 찾기까지 십수 명의 지원자 면접을 보는 중이다. 본인이 여든은 돼 보이는 작은 체구의 어느 부인은 '노신사들 아래쪽'까지 아주 깨끗하게 씻겨준다며 아주 자랑스레 얘기한다. 으웩. 어떤 남자는 엄청나게 큰 개조 오토바이를 타고 온다. 머리는 싹 밀어버려 반질반질하고 교도소에서 한 문신이 온몸을 수놓고 있다. 전부 시퍼렇고 불쾌한 문신이다. 그는 '이성애자 백인 노인장'만 돌보며 매주 월요일은 자기 '모임' 때문에 항상 근무를 쉬어야 한다고 말한다. 엄마는 그 남자 눈을 똑바로 쳐다보며 할아버지는 흑인(당연히 아니지)이며 게이(마찬가지로 당연히 아님)이고 유대인(이건 잘 모르겠는데 젠킨스 같은 이름으로 봐서는 그런 것 같기도 하고)이라고 말한다. 오토바이 놈팡이는 씩씩대며 자리를 박차고 나간다. 유대교놈이니, 호모니, 깜뚱이니 하고 투덜대면서. 엄마는 '기분 나쁜 나치 새끼'라고 말한다.

마비스가 등장하자 엄마는 자포자기 상태가 된다. 은퇴한 간호사 마비스는 희끗희끗한 코밑수염에 얼룩덜룩한 치아, 근육질 팔뚝을 지닌 영국인이다. 그런 그녀가 말하길 자기는 노인들에 관해서라면 경험이 아주 많으며 젠킨스 씨는 '귀염둥이'임이 분명하다고 한다. 나는 '웃기고 있네!'라고 말하고 싶다. 마비스는 '차 마시는 것보다 브람스가 조금 더' 좋다고 한다. 이 부분에서 엄마한테 점수를 좀 딴다. 다른 지원자들에 비하면 훨씬 자질이 있어 보여 엄마는 그 자리에서 바로 일을 맡긴다. 추천서도 확인 안 하다니 내가 보기엔 현명하지 못한 처사다.

마비스는 다음 날부터 일을 시작한다. 뭐, 예상했던 일이지만 할아버지는 보자마자 싫어한다. 마비스에게 말을 걸지도 않고 그녀가 만든 음식을 아예 건드리지도 않는다. 내가 엄마한테 미리 귀띔해 줄 수도 있는 일이었다. 비록 할아버지가 정말 나이 든 분이긴 하지만 그래도 여전히 젊고 섹시한 누군가에게 간병 받고 싶어 할 거라고. 하지만 그런 사람이 아무도 지원하지 않았기 때문에 내 의견이 엄마한테 그다지 도움은 안 됐겠지.

할아버지는 첫 날부터 엄마한테 스무 번쯤 전화를 해댔다. 할아버지 유언장에서 엄마를 제외하겠다면서 있는 대로 고함을 친다. 엄마가 얼마나 배은망덕한지 열변을 토한다. 심지어 할아버지 자신을 리어왕과 비교한다. 내 생각에 그렇게 친다면 엄마는 착한 딸 코델리아가 된다. 그러면 나는 거기 나오는 광대쯤 되겠지. 할아버지는 마비스를 늙은 암소, 레즈비언, 새디스트라고 부른다. 마비스가 할아버지한테 스포티드 딕(건포도와 견과류를 넣은 푸딩) 같은 걸 만들어 준 게 분명하다. 결국 이틀 후 마비스가 일을 그만두고 엄마는 그 모든 면접 과정을 다시 시작한다.

웬걸, 이번에는 금세 운이 따라 준다. 필리핀에서 온 릴리는 간호조무사 훈련을 받은 사람이다. 돈을 모아서 남편과 아이들을 캐나다로 데려오려고 애쓰는 중이라 일할 의욕이 하늘을 찌를 듯하다. 릴리는 클래식 음악에 대해 아는 바가 전혀 없지만 많이 웃고 문신도 없고(적어도 눈에 보이는 데는) 분명 레즈비언도 아니다. 교회를 가야 하니까 일요일은 쉬게 해달라고 한다. 그게 다다. 릴리는 주6일, 하루 12시간 동안 행복한 마음으로 일을 한다. 여기서 '행복'이 가장 중요한 단어이다. 별 이유도 없는데 이렇게 많이 웃는 사람은 내 평생 처음 만나 본다.

"완벽해." 릴리가 떠난 후 엄마가 말한다. "아버지도 무조건 좋아하실 거야."

"응, 맞아." 나는 이렇게 말하면서 머릿속으로는 릴리가 할아버지한테 점심을 갖다 줄 때 할아버지가 릴리 엉덩이를 움켜쥐는 장면을 상상한다. 잠깐 동안 엄마는 어디가 아파 보인다. 아마 예전에 다친 어딘가가 도졌든가 아니면 그냥 다리에 쥐가 난 모양이다.

할아버지는 할머니가 떠난 후 재혼을 하지 않았다. 엄마는 자기 부모님이 실제로 결혼을 했었는지조차 확실히 모르지만, 엄마 말에 따르면 엄마가 자라는 동안 할아버지 옆에는 친구처럼 지내는 여자들이 끊이질 않았다. 일 년에 두 번 엄마가 지내는 기숙학교에 점심식사를 같이 하러 나타날 때면 할아버지는 카르멘이나 그라지엘라나 테레즈를 대동했다. 전부 할아버지보다 훨씬 어렸고 다들 음악하는 사람들이었다. 할아버지는 특히 노래하는 사람을 좋아했다. 그들 중 누구도 다시 볼 순 없었다. 그런데 지금 엄마가 그 호랑이 굴로 보낸 사람은 상냥하고 비교적 젊고 제법 매력적인 여자다.

"분명 괜찮을 거야." 엄마가 얘기한다. "아버지는 이제 너무 늙었으니까…"

나는 코웃음을 친다.

"게다가 릴리는 유부녀잖아, 로이스."

"그게 뭔 상관이겠어?" 내가 묻는다.

아니나 다를까 두 주 후 릴리는 과거 속으로 아스라이 사라진다. 안 봐도 뻔하다. 할아버지가 목욕 시간이 아닌데도 거시기를 과시했을 게 분명하다. 처음 몇 번은 릴리도 웃어넘기려 했지만 할아버지가 아무것도 걸치지 않은 자기 무릎에 앉아 보라고 하자 릴리는 기겁하며 집 밖으로 뛰쳐나와 우리 엄마한테 전화로 통보하고 일을 그만뒀다.

"릴리가 고소 안 한 게 천만다행이야." 릴리가 그만둔 다음 날 엄마는 마르타 이모와 통화하며 이렇게 말한다. 나는 주방에서 식탁 맞은편에 앉아 이모가 뭐라고 말하는지 짐작해본다. 엄마 표정으로 보아 하니 절대 좋은 소리는 아닌 듯.

"아버지한테 그렇게 하라고 난 말 못 해." 엄마가 얘기한다. "더군다나 나는 일 그만두고 쉴 여유가 없어. 지금은 아니야. 절대 아냐. 그리고 혹시나 내가 할 수 있다 쳐도 아마 일주일도 안 돼서 내가 아버질 죽일지도 몰라." 엄마가 억지로 웃기는 하는데 표정은 여전히 일그러져 있다. 엄마 머리카락이 내 상태랑 비슷하다. 윤기도 없고 생기도 없이 막 헝클어진 머리. 차이가 있다면 엄마가 밖에서 일할 때 뒤로 묶어 늘어뜨린다는 것 정도. 남자들이 한 말총머리는 어딘지 어설프다. 엄마는 일어서서 주방을 서성이기 시작한다. 싱크대, 냉장고, 스토브, 탁자, 싱크대, 냉장고, 스토브, 탁자.

"생각해 볼게, 언니. 아버진 안 좋아할 거야." 엄마가 말한다.

보나마나 이모는 '빌어먹을' 류의 호주식 표현을 쏟아내는 모양이다. 엄마가 이렇게 소리치기 시작하는 걸 보니. "그럼 언니가 맨디를 보내지 그래? 언니 입으로 그랬잖아. 걔한테 변화가 필요하다며. 도전 말야. 왜 로이스랑 내가 이걸 해야 하는데? 누가 알겠어. 언니한텐 돈이 있잖아. 시간도 있고. 잠시 동안만 테니스 라켓 좀 내려놓는 건 어때? 언니? 언니?" 엄마가 수화기를 귀에서 떼더니 마치 그게 죽은 쥐라도 되는 양 희한한 표정으로 쳐다본다. "전화를 끊어버렸어! 이게 말이 되니? 환갑 먹은 사람이 이런 식으로 전화를 끊어?"

나는 어깨를 으쓱한다. 나는 형제자매가 없으니까. 이복이든 뭐든. 형제자매들이 왜 싸우는지 나는 모른다. 아래층으로 내려가려는데 엄마가 내게 묻는다. "마르타 이모가 무슨 생각하는지 알아?" 나는 도리도리 고개를 흔든다. 뭐든 좋은 생각일 리는 없다.

"뭔데?"

"이모는 네가 할아버지를 돌봐야 한다고 생각해."

이제는 내가 충격 먹고 말문이 막힐 차례다. 언젠가 이런 표현이 쓸모 있게 될 줄 알았다.

"왜 나야?" 나는 흥분해서 꽥 소리를 질렀다. "할아버진 나 싫어해."

"바보 같은 소리 하지 마, 롤리. 할아버진 너 안 싫어해. 할아버지가 널 잘 모르실 뿐이야. 넌 이제 안 아프잖아. 학교도 안 가고 지금 당장 하는 게 아무것도 없잖아. 일도 안 하고. 엄만 도움이 필요해. 어쩌면 마르타 이모 말이 맞을지도 몰라. 이게 너한테 좋을 거야. 아, 잘 모르겠다."

"나한테 좋다고? 뭐가 어떤 식으로?" 내가 묻는다.

"돈, 자존심, 이력서에 넣을 어떤 거? 하나 골라 봐. 우리가 할아버지네로 들어가 사는 게 좋니? 아니면 우리 집에 모시고 와서 살까? 어느 쪽이든 우린 매일매일 하루 종일 할아버지 손발이 돼서 일해야겠지. 그리고 넌 어쨌든 아르바이트는 해야 할 거야. 내가 듣기론 맥도날드는 항상 사람을 뽑는다던데. 그게 싫으면 일주일에 5일씩 몇 시간만 할아버지 집에 가도 돼. 네가 선택해. 영원히 계속 해야 하는 일은 아니야. 가을에 학기 시작 전까지만이야. 그때쯤이면 엄마가 다른 일을 할 기회가 있을 거야."

"하루에 몇 시간인데?"

"여섯 시간. 처음에는."

"돈은?"

"엄마가 다른 사람들한테 줬던 만큼. 시간 당 15달러."

"현금으로?"

엄마가 한숨을 쉰다. "그래. 현금으로."

"돈은 누가 주는 건데?"

"할아버지." 엄마는 자세한 설명은 하지도 않는다. 이런 상황은 한 번도 생각해본 적 없긴 한데 하여간 할아버진 돈이 엄청 많은가 보다.

나는 머리를 굴려본다. 하루에 90달러, 일주일에 5일 근무. 주당 450달러 비과세. 4개월간 월 1,800달러. 도합 7,200달러. 아무리 많이 햄버거 패티를 뒤집든 주유소에서 기름을 넣든 절대 벌 수 없는 액수다. 이 여름이 끝날 때쯤이면 차 한 대 사서 노바스코샤로 돌아갈 만큼 충분한 돈이 생긴다는 얘기다. 비행기를 타도 되겠지만 비행기 공포증이 있으니 그건 안 될 테고. 열 살 때 경비행기를 탔을 때 안 좋은 일을 겪어 비행기는 영 별로다.

"그럼 9월까지만이야. 매주 금요일에 현금 지급이고."

엄마가 고개를 끄덕인다.

"진지하게 생각해 볼게." 내가 말한다.

엄마는 또 고개를 끄덕. "그래, 생각해 봐. 한 시간 줄게." 엄마는 이렇게 말하고 거실로 가서 피아노 앞에 앉아 뭔가를 연주한다. 뭔가 느리고 슬픈 곡. 에릭 사티나 드뷔시 곡 같다. 나는 그 두 사람 곡이 늘 헷갈린다. 지금은 엄마를 방해하지 말아야 한다. 내가 그 정도로 바보는 아니다.

엄마는 상담 치료를 받을 만한 여력이 없다고 사람들한테 얘기한다. 그래서 피아노를 치고 정원 일을 하는 것이다. 우리가 여기로 이사 온 직후 엄마는 나에게 상담 치료를 받게 했다. 내가 우울해 한다고 생각한 모양이다. 그래서 몇 번 가긴 했다. 엄마가 나를 괴롭히는 짓을 그만두게 하고 싶어서였다. 그러다 모노바이러스에 걸렸고 더는 상담 하러 갈 수 없었다. 엄마는 다시 상담 치료를 받으라는 얘기를 안 한다. 비용이 꽤 많이 드는 데다 나한테 자살 징후 같은 건 안 보이니까. 상담 치료사가 말했다시피 나는 그저 감정적 혼란을 겪고 있을 뿐이다. 달리 말하면 향수병. 하지만 청아한 음악 소리가 집안 곳곳을 가득 채우는 동안 나는 엄마가 부러워진다. 소리나 향기 속으로 숨어 들어가는 건 어떤 기분일까? 쇼팽 녹턴 덕분에 마음이 진정되거나 접시꽃 한 송이에 차분해지는 건 어떤 기분일까? 내 수준에서 가장 근사치를 찾자면 메이플 시럽을 곁들인 와플과 베이컨을 먹는 순간이다.

할아버지를 여기로 모셔 오면 전부 엉망진창이 될 것이다. 의심의 여지가 없다. 누군가 할아버지와 한 방에 있다면 마치 할아버지가 그 방에 있는 공기를 모조리 흡입하는 기분이 들겠지. 할아버지는 커튼을 닫고 열기가 후끈 달아오르는 걸 좋아한다. 음악을 들을 때면 어김없이 연주자들을 씹어 댄다. 그리고 할아버지가 보기에 '외국' 음식은 절대 안 드신다. 평생 이국적인 곳에서 그렇게나 오랜 시간을 보내셨는데도 말이다. 할아버지는 분명 여행할 때 함께 다니면 참 특별한 즐거움을 선사하는 길동무였을 것이다.

그래서 나는 머릿속으로 이것저것 따져본다. 내 공간에 할아버지가 하루 종일 같이 있느냐 아니면 할아버지 집에 내가 하루 여섯 시간씩 있느냐. 최저 임금을 받으며 멍청한 유니폼이나 입고선 평소 같으면 말도 안 걸 사람들에게 연신 미소를 날리느냐 아니면 심술궂은 할아버지와 행복한 엄마, 그리고 현금 더미를 택하느냐. 나를 고향으로 다시 데려다 줄 만큼 빵빵한 현금.

나는 거실로 들어서기 전에 엄마가 연주를 멈출 때까지 기다린다. 엄마는 등을 구부린 채 앉아서 건반 위에 놓인 자기 손을 쳐다본다. 엄마 손톱에는 딱딱한 껍질처럼 흙이 덮여 있고 양 손목과 손등에는 여기저기 벤 자국이 있다. 아서 할아버지가 예전에 말했던 대로 음악가의 손이 아니다.

"엄마?" 내가 부르자 엄마가 고개를 든다. "좋아, 콜."

셋

다음 날 오전, 엄마는 다른 집 정원 일을 하러 가는 길에 나를 할아버지 집에 내려준다. 요 몇 달 간 이렇게 일찍 일어난 적이 없다. 엄마가 기분이 좋아서인지 웬일로 나한테 트럭 운전대를 맡긴다. 할아버지네로 올라가는 언덕 중간쯤에서 정지 신호를 받고 내가 오도가도 못하는 순간이 오기 전까지는 모든 게 순조롭다. 내가 기어와 클러치와 브레이크랑 씨름하느라 우리는 언덕 아래로 뒷걸음질 치기 시작한다.

엄마는 "침착해, 롤리. 천천히 해 봐."라는 말만 한다. 나는 열여섯 살이 되자마자 학습면허를 땄지만 엄마는 너무 바빠서 나를 데리고 나가질 못해 딱히 운전 연습할 시간이 없었다. 그 덕분에 지금껏 한 번도 언덕을 오르는 법이나 정지 신호 대처법을 익힐 필요가 없었다. 망했다. 기어는 끼익 끽 삐거덕거리고 나는 빠득빠득 이를 가느라 바쁘다. 결국에는 어찌어찌 다시 앞으로 가기 시작한다. 할아버지 집에 도착해 브레이크를 잡자 엄마가 내 손 위에 엄마 손을 얹는다.

"엄마도 들어갔음 좋겠어?" 엄마가 묻는다.

나는 고개를 흔든다. "아냐. 괜찮아. 할아버진 내가 오는 줄 알잖아, 그치?"

엄마가 고개를 끄덕인다.

"내가 알아서 할게. 이따 두 시에 봐."

현관까지 쭉 걸어가는데 "롤리, 수고해!"라는 외침이 들린다. 엄마는 빵 하고 짧게 경적을 울린 뒤 유유히 떠난다. 나는 돌아보지도 않고 손을 흔들며 현관까지 걸어가 엄마가 준 열쇠를 지그시 움켜쥔다. 나 혼자 덜렁 여기 온 건 이번이 처음이다. 열쇠를 꽂기 전에 초인종을 먼저 눌러야 하나? 아니면 그냥 슥 걸어 들어가 할아버지 간 떨어지게 해드려야 하나? 어떻게 할지 결정하기도 전에 문이 열린다. 할아버지다. 아서 젠킨스. 유명한 첼리스트이자 전설의 바람둥이, 최악의 아버지이자 형편없는 할아버지.

"하, 너로군." 으르렁대듯 말한다. "니 에미는 어디 있냐?"

"일하러요." 내가 대답한다. 미꾸라지처럼 할아버지 옆을 지나 집 안으로 들어가려 하는데 할아버지가 보행 보조기로 출입구를 떡 하니 막고 있다. 안에서 뭔가 무지하게 고약한 냄새가 난다. 시큼한 탄내 같은.

"어… 저 들어가도 돼요?"

"뭐하러?"

벌써 치매가 이정도로 심해진 거야? "그러니까, 어, 할아버지 도와드리러 제가 온 거잖아요." 내가 말한다.

"도움 따윈 필요 없다." 할아버지는 투덜대듯 말을 툭 던진 뒤 아주 느릿느릿 돌아서서 걸어 들어간다. 문은 열어둔 채. 나는 문 앞 계단에 서서 할아버지의 느린 걸음을 지켜본다. 그냥 이대로 튀어버릴까. 나중에 엄마가 노발대발하는 거야 이래저래 무마하면 되지 않을까 고민한다. 시간당 15달러, 일주일에 450달러, 한 달이면 1,800달러. 머릿속으로 계산기를 두드려본다. 그래, 직진. 막 집 안으로 들어서는데 할아버지가 묻는다.

"제대로 된 커피 만들 줄 아냐?"

"커피요? 예, 아마 그럴 걸요. 거품 없는 저지방 너트맥 카푸치노 같은 복잡한 것만 아니면요."

"난 모닝 카페오레를 좋아한다. 커피 반, 뜨거운 우유 반. 커피는 진하게. 만들 수 있겠냐?"

"넵."

"수다스러운 녀석은 아닌 모양이야. 그렇지?" 할아버지가 킬킬대며 몇 마디 덧붙인다. "뚱한 편이군. 내가 뭔 소릴 하는지 네놈이 모를 수도 있지만."

"맞아요. 전 수다스럽지 않아요. 스스로 말수가 적은 편이라고 생각하는 게 좋거든요. 뚱하다는 건 약간 부정적인 뉘앙스네요. 어쨌든 대화라는 게 지나치게 과대평가되는 경향이 있죠." 할배, 적당히 눈치 좀 채시지. '그냥 입 좀 닫아요.'라고 말하고 싶다. 우리 둘을 위해선 그 편이 더 나을 테니.

할아버지는 콧방귀를 뀌고는 발을 끌며 거실로 향한다. 거기엔 유리가 덮인 L자 모양의 책상과 우람한 사무용 가죽 의자가 있다. 분명 거기 앉아서 온갖 일을 꾸미며 궁리하겠지. 책상과 의자는 어마어마하게 큰 붉은색 깔개 위에 놓여 있다. 그 덕분에 마치 인구수 한 명인 섬에 아서 할아버지만 덩그러니 앉아 있는 효과가 난다. 대기업 회장님이 쓸 법한 그런 책상이다. 그 책상과 의자에서 마주 보이는 벽에는 엄청 큰 벽걸이형 텔레비전이 있고 CNN으로 채널이 맞춰져 있다.

다른 집이라면 이건 납득할 수 있는 가구 배열이지만 이 집에는 어울리지 않다. 저 커튼을 걷으면 양옆으로 탁 트인 바다와 하늘, 그리고 산맥이 보일 텐데 가구를 저 모양으로 해놓다니 이해가 안 된다. 저 멀리 등대가 서 있는 작은 섬도 보이고 범선이나 고깃배, 간간이 화물선이 지나가는 모습도 보이고 맑은 날은 저 건너편 올림픽 산맥까지 눈에 들어오는 전망이 아깝지도 않나?

엄마는 우리가 언젠가 저 너머로 가 볼 거라고, 어딘가에서 읽은 온천에 몸을 푹 담그고 쉴 거라고 얘기한다. 집 앞쪽은 바닥부터 천장까지 이르는 전면 유리지만 커튼으로 죄다 꽁꽁 닫혀 있고 할아버지는 창을 등지고 앉아 있다. 여기 처음 왔을 때 내가 커튼을 휙 걷고 집 이 끝에서 저 끝까지 이어지는 목조 테라스로 나갔더니 할아버지가 아주 기함을 했다. 나는 할아버지가 심장 발작이라도 일으키는 줄 알았다. 뱀파이어가 친구하자고 할 판이다. 햇빛은 도저히 참지 못하는 사람이다.

거실 옆에는 탁한 복숭아색으로 칠해진 다이닝룸이 있다. 거기 있는 유일한 가구라고는 먼지투성이 그랜드피아노 한 대가 전부다. 피아노도 가구로 친다면 말이다. 그나마 건반도 덮개로 덮여 있고 뚜껑도 닫혀 있다. 다이닝룸을 지나면 주방이다. 이 집이 지어진 이래 한 번도 건드린 적 없는 듯한 자태의 주방. 주방 한 구석 간이식사 코너는 노란색 테이블과 세트로 된 의자들 몇 개로 완벽한 그림을 이룬다. 굉장히 복고풍이다.

거실에서 복도를 따라가면 짙은 색 목재 판자로 벽을 장식한 안방이 나온다. 엄마가 나더러 할아버지 빨랫감을 가져오라고 보냈을 때 딱 한 번 그 방에 들어가 본 적 있다. 곰이 겨울잠 자는 굴에 들어간 기분이었다. 역한 냄새가 코를 찌르고 후텁지근하고 폐소공포증을 불러일으키는 공간. 집 외부는 흰색이다. 정면 쪽은 한 쌍의 둥근 창으로 곡선을 이루고 있다. 진정한 아르데코 스타일이다. '독특하고 아주 비싸지만 할아버지한테는 전혀 쓰잘데기 없는 장식'이라고 엄마가 얘기한다. 보나마나 할아버지는 현물을 보지도 않고 이 집을 샀겠지. 할아버지가 중시한 조건은 프라이버시였다. 이 집은 언덕 꼭대기의 막다른 길 거의 끄트머리에 있다. 참나무들로 둘러싸인 거대한 암석지에 자리했다. 거기서는 이웃집들도 안 보일 정도다.

주방에는 신형 크룹스 커피메이커가 있다. 시큼한 냄새가 어디서 나는가 봤더니 레인지 안쪽 버너 위에 놓인 소스 냄비의 우유가 끓어 넘쳐 있다. 한 이틀 정도 발효 중인 것처럼 보인다. 냄비를 싱크대로 가져 가 물에 잠기게 해두고 호일이 덮인 버너 주변을 씻어낸 다음 깨끗한 냄비를 찾으려고 찬장을 뒤진다. 우유는 냉장고에, 커피는 조리대 위 작은 깡통에 있다. 식기세척기는 없는 것 같다. 참으로 유감스러운 소식이다. 식기건조대에 있는 머그잔은 절대 북북 문질러 씻은 적은 없는, 오로지 휙 헹구기만 한 것처럼 보인다. 뭐, 그 정도면 충분하다. 커피를 준비해서 거실에 있는 할아버지한테 갖다 드린다. 할아버지는 커피를 홀짝이고 한숨을 쉰다. 마음에 든다는 거야, 짜증난다는 거야? 무슨 마음인지 종잡을 수가 없다.

"커튼 좀 걷어도 상관없죠?" 내가 묻는다. 밑져야 본전이다. 잘하면 하루 종일 경치 감상이나 하며 시간을 보낼 수 있을지도 모른다.

"그래."

"그래, 상관있다, 예요? 아니면 그래, 커튼 걷어도 된다, 예요?"

"그래, 상관있다."

"아."

"화면에 빛이 너무 번쩍거려."

"아." 네네, 알아먹었습니다. 할아버지가 텔레비전 볼륨을 높이고 커피를 홀짝홀짝 마신다. 나는 앞으로 매일 저 커튼을 일 인치씩 열리라 다짐한다. 할아버지가 눈치 채는지 한번 봐야겠다.

몇 분 후 할아버지가 나를 쳐다보며 묻는다. "너 아직도 여기서 뭐 하고 있는 거냐?"

나는 어깨를 으쓱한다. "모르겠는데요. 엄마랑 마르타 이모 생각에는 할아버지가 도움이 필요한 모양이죠. 내가 보기에는 괜찮으시네요." 주방으로 가려고 돌아서는데 할아버지가 커피잔을 들어 보이며 "이놈아, 이거 한 잔 더. 그리고 아이스크림도."라고 주문한다.

"아이스크림이요? 지금요? 너무 이르잖아요."

"내 나이 아흔다섯이다. 내가 먹고 싶으면 하루에 열 번이라도 아이스크림을 먹을 수 있는 사람이야."

나는 또 으쓱하며 한마디 한다. "좋으실 대로." 나는 카페오레 한

잔을 더 만든 다음 초코아이스크림을 크게 한 숟가락 떠서 그릇에 담아 가져간다. 그런데 거실로 가자 할아버지는 큼지막한 의자에 앉은 채로 삐딱하게 푹 고꾸라져 코를 골고 있다. 아이스크림과 커피는 내가 먹는다. 아침 여덟 시 반에 먹기엔 약간 낯설지만 아주 맛있는 세트 메뉴다.

할아버지가 주무시는 동안 나는 집 안 여기저기를 답사하듯 돌아다닌다. 일층에는 침실이 하나 더 있다. 그 방에는 싱글침대 하나, 텅 빈 책장, 스탠딩램프가 있다. 커튼은 칙칙한 갈색 코듀로이다. 정말 구미가 확 당기는 구성이다. 만약 눈 먼 수도사라면 말이다. 침실 옆은 볼품없는 욕실이다. 얼룩덜룩한 핑크색 붙박이 세간에 여기저기 벗겨진 꽃무늬 벽지가 아주 가관이다. 아래층에는 우중충한 침실이 하나 더 있다. 낡아빠진 안락의자 앞쪽에 금세라도 무너질 듯한 탁자가 있고 그 위에는 팍삭 곯은 텔레비전이 놓여 있다. 나올 거라는 기대는 전혀 하지 않으면서 텔레비전을 켰더니 웬걸, 나온다. 일기예보 방송에 채널이 맞춰져 있다. 화면이 약간은 녹색 빛이 도는데 아무것도 안 나오는 것보다는 낫다.

의자에 앉아서 리모컨을 찾는다. 못 찾겠다. 찾은 거라곤 한쪽 끝 둘레를 접착테이프로 붙여 놓은 길고 가느다란 나무 막대기뿐이다. 가만 보니 이 막대기가 딱 의자에서 텔레비전까지 닿는 만큼 길다. 채널 바꾸는 버튼을 푹 찔렀더니 다른 화면이 나온다. 어떤 사람이 슬롯머신처럼 생긴 케이크를 데코레이션하고 있다. 한 번 더 쿡 찌르니까 이번엔 골프 채널이 나온다. 계속 쿡쿡. 팔이 좀 아프다 싶을 때쯤 카툰 채널로 다시 돌아가 〈사우스 파크〉를 보기로 한다. 아서 할아버지가 이 원시적인 리모컨을 고안해냈는지 궁금하다. 만약 그렇다면 꽤 멋지군. 아주 독창적이야.

앉아서 한 십 분쯤 있었을까? 종이 울리는 소리가 들린다. 이건 분명 TV에서 나는 소리가 아니다. 물론 사우스 파크에 종 울리는 장면이 나올 수도 있다만 지금은 아니다. 문 밖으로 고개를 쭉 내밀어본다. 소리는 확실히 위층에서 난다. TV 전원 버튼을 쿡 누르고 위층 거실로 향한다. 가보니 잠에선 깬 할아버지는 그다지 즐겁지 않은 분위기로 의자에 앉아 있다. 후프 스커트 입은 여자의 모습을 닮은 황동 종을 흔들면서. 내가 나타나자 할아버지는 호통을 친다.

"내 아이스크림 어디 있냐?"

"진정하세요, 할아버지." 나는 할아버지 손에서 종을 빼앗아 피아노 위에 둔다. "잠드셨었잖아요. 아이스크림 갖다 드릴게요."

"나 안 잤다. 너 나를 혼자 뒀어. 내가 쓰러질 수도 있었는데 말이다."

"아래층에 있었어요. TV 보면서."

"누가 너더러 그렇게 해도 된다고 했냐?" 할아버지가 묻는다. 내가 아무 대답을 못 하자 할아버지가 "나 화장실 가야겠다. 나한테 그렇게 커피를 많이 먹이면 어쩌자는 거냐?"

나는 고개를 절레절레 흔든다. 엄마가 했던 얘기가 점점 이해되는 중이다. 할아버지는 정말 왕재수다.

"이놈아, 거기 그렇게 버티고 서 있지만 말고 날 좀 일으켜."

나는 의자 옆에 보행 보조기를 대령하고 할아버지 뒤로 돌아서 일으키려고 팔뚝을 잡는다. 할아버지한테 이렇세 가까이 가는 건 처음이다. 썩 유쾌한 경험은 아니다. 지저분한 카디건 안에는 그냥 뼈하고 거죽만 있다. 냄새는 또 얼마나 고약한지. 이 냄새의 진원지 따위는 생각조차 하기 싫다. 턱에는 말라붙은 침 자국이 있고 체크무늬 셔츠 깃에는 온통 왕비듬이 널려 있다. 귀에서는 털이 뭉텅이로 자라나고 있고. 내가 천천히 할아버지 팔을 잡아당기자 할아버지가 비틀비틀 일어서더니 보행 보조기 손잡이를 잡으며 나한테 욕을 퍼붓는다.

"내일이면 제대로 멍이 들어 있겠구만." 할아버지는 화장실을 향해 걸어가면서 구시렁거린다. "그 젖소 같은 마비스도 나를 의자에서 일으키는 방법은 잘 알고 있었다고."

할아버지가 비틀거리지 않고 걸어가도록 잡아 드리려고 내가 손을 뻗는데 관절염 걸린 갈고리 손이 나를 찰싹 때린다. 할아버지가 균형을 잃고 넘어지려 하자 내가 팔을 잡고 다시 똑바로 세워드린다. 그런데 꽤 묵직하게 느껴져서 깜짝 놀란다. 장난 아니게 무겁다. 이런 게 '죽음의 무게' 뭐, 그런 건가 보다.

"나한테서 손 떼." 할아버지가 으르렁대듯 말한다.

"그러죠." 내가 답한다.

휴… 이번 여름 아주 길어질 것 같다.

어쨌든 그때부터 다섯 시간을 꾸역꾸역 버틴다. 아래층에서 골동품 TV 좀 보다가 수도사 방 같은 침실에서 낮잠 좀 자다가 그러면서 시간을 보낸다. 내가 보고 싶은 프로그램을 발견하는 순간이나 깜빡 조는 순간이면 어김없이 종소리가 들리면서 할아버지가 나를 찾는 고함소리가 날아든다. 마실 것 달라, 먹을 것 달라, 손톱깎이 달라, 냉장고에 붙여 둔 목록 갖다 달라, 다른 펜 말고 바로 그 펜 갖다 달라 주문도 가지각색이다.

음료는 너무 차갑다, 너무 뜨겁다, 너무 달다, 너무 안 달다 등등. 점심 때 만들어드린 그릴 치즈 샌드위치는 너무 탔다, 치즈가 너무 많다는 타박을 듣는다. 수프는 덩어리가 너무 많단다. 손톱깎이는 너무 무디고, 목록은 어디 있는지 찾지도 못하겠고, 그놈의 펜은 잉크가 말라 나오질 않는다. 할아버지는 화장실 갈 때 빼고는 내내 의자에 앉아 TV만 쳐다보고 있다. CNN과 MTV 채널만 왔다 갔다 하며 본다. 뉴스 앵커란 앵커는 죄 싫어한다. 특히 여자 앵커는 아주 질색한다. 하지만 푸시캣돌즈만 나오면 아주 왕팬 납시셨다.

할아버지가 "저런 계집애가 좋겠지."라고 말할 때는 장담하는데 낸시 그레이스 같은 앵커를 말하는 게 절대 아니다. 할아버지가 의자에서 몸을 앞으로 쭉 빼는 건 허벅지까지 오는 스틸레토 부츠에 까만 레이스 가터벨트로 연결된 망사 스타킹, 시퀸으로 장식한 핫팬츠, 은색 뷔스티에(어깨와 팔이 드러나고 몸에 딱 붙는 브래지어나 여성용 상의-옮긴이) 차림의 금발 여자를 더 가까이서 보려는 심산이다. 저 여자 무지 야하다. 불쾌하고 추한 쪽으로 야하다. 할아버지 말에 동의한다. 저런 계집애가 좋을 것 같긴 한데 할아버지하고 같이 뭘 할 생각은 없다.

"매춘부가 따로 없군." 할아버지가 낄낄댄다. "싸구려 매춘부야. 급이 없어. 근데 네 놈은 그런 거 모르지? 보나마나 아직 총각 딱지도 못 뗐을 테니."

알고 싶지 않을 걸요, 할배. 제일 멀리까지 진도가 나간 건 작년 송별회 때 조지아 밀먼이 입으로 해준 거였다는 말은 절대 못 한다. 조지아하고 나는 어릴 때부터 함께 자랐다. 근처에 살았고 같은 학교에 다녔다. 조지아 베프가 내 베프랑 사귀었다. 조지아 별명이 피치였는데 딱 그 별명 같은 애였다. 복숭아처럼 둥글둥글하고 육감적이고 달콤했다. 우리는 노상 어울려 다녔다. 보통 다른 애들하고 같이 있었는데 가끔씩은 수업을 땡땡이치고 우리 집에 가서 영화를 보고 끈적하게 서로를 애무하곤 했다.

우리 관계를 공식적으로 드러낼 기회가 있었으면 어땠을까 싶다. 물론 나는 연애 이런 거 잘 모른다. 싸구려 반지, 빨간 장미, 촛불 켠 저녁식사, 로맨스 영화? 그딴 거 하고 싶지 않았다. 그래서 나는 여자애 브래지어 벗기려고 애쓴 것 말고는 아무것도 안 했다. 아마 조지아가 입으로 해준 건 그 애 나름의 마무리 의식이었을 것이다. 뭐,

마무리든 아니든 어쨌든 그건 꽤 약발이 센 의식이었다. 내가 히치하이크를 해서라도 루넌버그로 돌아가고 싶은 큰 이유 중 하나가 바로 조지아였으니까. 이 동네엔 나를 위한 게 하나도 없다. 심술 대마왕 쭈그렁 할배를 셈에 넣지 않는다면.

할아버지가 나를 보려고 의자를 돌린다. 아니, 내가 상상한 건가? 하지만 할아버지가 다시 TV 쪽으로 몸을 돌리기 전에 나한테 윙크를 하는 것 같다는 생각이 든다. 진짜 소름끼치는 윙크다. 윙크는 항상 그런 법이다. 엄마가 그러는데 내가 어렸을 때 야경증이 있었단다. 내가 윙크맨이라고 부르는 사람 때문에 밤마다 덜덜 떨었다고 한다. 가만 생각해 보니 그 윙크맨은 아서 할아버지처럼 생겼던 것 같다. 나는 몸서리를 치며 얼른 딴 생각을 하려고 애쓴다. 할아버지는 내 나이쯤에 총각 딱지를 뗐을까 안 뗐을까 궁금해진다. 그때가 1931년인데 상상이 안 되는 시절이다.

엄마 말로는 할아버지가 음악 신동이었다고 한다. 암적색의 길고 풍성한 머리, 그러니까 엄마 표현대로라면 사자 갈기 같은 머리 스타일을 한 천재. 다시 말해 영화 〈십계〉에서 모세로 나온 찰턴 헤스턴이나 1980년경 케니 로저스처럼 뒤로 빗어 넘긴 장발 스타일 말이다. 할아버지 눈동자는 마치 표백한 듯 아주 창백한 푸른빛이다. 홍채 주변은 짙은 색 고리가 둘러져 있다. 머리는 아직도 장발이지만 색이 바래서 이제는 다 녹은 오렌지 셔벗 색 같다. 그리고 하도 기름기가 많아서 머리빗이 지나간 자리가 고대로 보일 정도로 야무지게 떡져 있다. 나는 내 머리를 손으로 슥 훑어보며 집에 가자마자 당장 머리를 감아야겠다 다짐한다.

나의 근무시간이 끝나갈 즈음 싱크대에는 지저분한 접시들이 수북하다. 싱크대 밑에서 쓰레기 냄새가 난다. 나는 큰맘 먹고 주방 커튼을 젖힌 다음 창문을 조금 연다. 아니나 다를까 할아버지는 공간 두 칸이나 떨어져 있는데도 용케 바람을 느끼는지 "창문 닫아, 이놈아. 날 죽일 참이냐?" 하고 소리친다.

내가 고개를 끄덕끄덕하는 모습을 할아버지가 못 본 건 다행이다. 나는 엄마가 말해준 대로 할아버지가 나중에 데워 먹을 수 있게 냉동된 저녁식사를 전자레인지에 넣는다. 내가 식탁을 차리기로 돼 있지만 할아버지가 포크랑 나이프 정도는 씻겠지 싶다. 두 시에 엄마한테 전화가 온다. 오는 길이라고.

"할아버지, 갈게요. 내일 봬요."

할아버지가 끙 하고 앓는 소리를 낸다. "나더러 할아버지라고 부르지 마, 이놈아. 되게 늙은 기분 든다."

나는 할아버지를 빤히 쳐다본다. 할아버지는 진짜 호호 할배다. 쭈글쭈글하고 구부정하고 마디마디 울퉁불퉁하다. 깜빡깜빡하고 무례하고 지독한 냄새가 난다. 늙은 거 말고 도대체 무슨 기분을 느낀다는 거지?

"그럼 저한테 '이놈아'라고 부르지 마세요. 전 할아버지 노예가 아니에요. 그리고 롤리라고 부르지도 마세요. 내 이름은 로이스니까."

잠시 동안 서로를 노려보는 우리 둘의 눈에서 불꽃이 튄다. 할아버지를 부를 호칭 오만 가지를 떠올린다. 그 중 단 하나도 듣기 좋은 건 없다. 밖에서 자동차 경적 소리가 난다. 엄마다. 나가려고 돌아서는데 할아버지가 말한다. "나를 아서라고 불러라."

"그러죠. 아서 맞으니까요."

할아버지가 또 불퉁거리고, 나는 그 소리를 뒤로하고 거기서 나온다.

넷

노예 신세에 돌입한 첫 주 동안 내가 한 일은 재방송 프로그램 보기, 샌드위치 태워먹기, 아이스크림 먹기, 기웃기웃 돌아다니기다. 그러다 주방 찬장 뒤쪽에서 스카치 위스키 한 병을 찾아내 슬쩍 집으로 가져갔다. 할아버지는 누군가 술이 고프게 만들고도 남는 사람이다. 맥주면 좋겠지만 엄마가 늘 얘기하다시피 얻어먹는 놈은 쓰다 달다 할 처지가 아니다. 주방을 기웃대다 찾아낸 고대유물이 있다. 내가 태어나기도 전에 유통기한이 끝난 수프 통조림들, 조선시대에 담갔을 간장병들.

어느 날 오전, 위층 침실들을 돌아다니며 뭐 건질 게 없나 어슬렁

대다가 침대 밑에서 (1970년 기준으로) 최신식 뱅앤올룹슨 전축을 찾아낸다. 벽장에 있는 오래된 담요 밑에 상자가 몇 개 있다. CD, 카세트테이프, LP가 잔뜩 들어 있는데 할아버지 사진이 표지에 있는 게 많다. 아직 포장도 뜯지 않은 것들이 수두룩하다. 할아버지가 유명했다는 사실은 알고 있지만, 얼마나 잘나갔는지 실감한 건 이번이 처음이다.

심지어 내가 들어본 사람들하고 음반 작업을 같이 하기까지 했다. 예후디 메뉴인, 파블로 카잘스, 요요마라니, 와우! 그랬던 할아버지가 지금은 랩, 힙합, 푸시캣돌즈 노래를 끼고 산다. 아이고, 세상에나. 할아버지를 좋아하는 누군가에게는 이 모습 자체가 고문일 수도 있겠다. 가만있자, 그러고 보니 이 집에서 피아노 말고는 음악가가 살고 있다는 사실이 드러날 만한 단서가 전혀 없다. 사진도, 악기도, 순회공연 기념품도 없다. 여차하면 할아버지가 예전에 공인회계사였다고 해도 믿을 판이다. 아니면 청부 살인업자? 하긴 그쪽이 더 할아버지답다.

상자 안 물건들을 챙겨서 다시 벽장에 넣기도 전에 종이 울리고 나를 찾는 고함소리가 달려든다. 거실로 내려가니 할아버지는 TV 소리를 죽여놓고 뒤틀린 자기 두 손을 노려보며 앉아 있다. 마치 그 두 손이 현재의 이 개똥 같은 상황에 책임이라도 있다는 듯 무섭게 쏘아보고 있다.

"씻어야겠다." 할아버지 입에서 떨어진 한마디.

나는 이 순간이 올까 봐 내심 두려워하고 있었다. 뭘 해야 할지, 할아버지한테 얼마나 많은 도움이 필요한지 아는 바가 없다. 엄마의 지시사항도 뭔가 막연했다. "그냥 할아버지의 리드를 따라." 우리가 무슨 탱고라도 추는 줄 알겠네. 나는 할아버지가 의자에서 일어나게 도와드린다. 그런 다음 우리는 욕실이 붙어 있는 할아버지 침실을 향해 비틀비틀 걸어간다. 욕실에는 욕조 대신 워크인 샤워기가 있다. 내가 할아버지와 함께 욕실로 들어가려고 하자 할아버지는 마치 내가 모기라도 되는 듯 나를 휘휘 쫓아내버린다.

"이놈아, 여기까지다. 혹시 내가 쓰러질지도 모르니까 그냥 밖에서 있기나 해. 깨끗한 수건 좀 가져 오고. 어떻게 된 게 수건 갈아놓는 인간이 하나도 없어. 무슨 베니어판으로 닦는 것 같으니, 원."

나는 복도에 있는 벽장에서 깨끗한 수건 몇 장을 가져다 할아버지한테 건넨다. 잠시 후 샤워가 시작되고 나는 문 밖에서 기다리며 부디 할아버지가 비누 밟고 미끄러지는 불상사가 벌어지지 않기를 기도한다. 만에 하나 할아버지가 다치기라도 한다면 엄마는 길길이 날뛸 게 뻔하니까.

시간이 좀 지나자 나는 심심해져서 방 안을 두리번거린다. 덩그러니 방을 비추는 천장의 전등은 벌레들 놀이터 같다. 방 안 여기저기 온 사방에 지저분한 옷들이 널브러져 있다. 엄마가 빨래 얘기는 하지 않았으니까 그것들은 건드리지 않기로 한다. 침대 옆 탁자에는 신경안정제, 변비약, 타이레놀, 저투여량 아스피린, 갑상선 호르몬

제, 종합비타민 같은 알약이 든 약병이 늘어서 있다. 그리고 더러운 거품이 떠 있는 물컵도 즐비하다.

할아버지가 회색 플란넬 목욕가운을 입고 욕실에서 나올 즈음 나는 저기 있는 신경안정제를 슬쩍할까 생각 중이었다. 머리에서 뚝뚝 떨어지는 물이 목욕가운 칼라를 적시는데 그게 문제가 아니라 목욕가운 앞섶이 제대로 여며져 있지 않다. 할아버지가 나한테서 돌아서서 허리끈을 묶으려 애쓰기 전에 말라빠진 허연 허벅지와 쑥 들어간 가슴께가 이미 내 눈에 포착된다. 아마 릴리한테도 모든 게 이런 식으로 시작되었겠지. 물론 할아버지가 나더러 무릎에 앉아 춤추라고 요구하는 일은 없겠지만.

"깨끗한 옷." 할아버지가 빽 하고 소리를 지른다. "깨끗한 옷 갖다 줘."

나는 서랍에서 양말과 속옷을 찾는다. 셔츠와 바지는 옷장에 걸려 있다. 할아버지는 또 훠이 하고 나를 내쫓고 침대에 앉아 팬티를 입는다. 할아버지가 세월아 네월아 느릿느릿 옷을 입는 동안 나는 경대 위 동전 단지에 있는 돈이 얼마나 될지 얼추 짐작해본다. 할아버지가 양말을 신느라 무지 끙끙대지만 나는 그 사납게 뾰족한 발톱에 내 손목이 쭉 베일 위험까지 무릅쓰고 싶진 않다. 그렇다고 다시 손톱깎이를 대령하고 욕먹고 하는 과정을 되풀이할 생각도 없다. 잠시 양말과 사투를 벌이던 할아버지는 마음대로 되지 않자 양말을 냅다 바닥에 던져 버리고 맨발을 슬리퍼에 구겨 넣는다. 그런 다음 수건으로 머리를 좀 말리고 긴 손잡이가 달린 불결한 까만 빗으로 머리를 빗는다.

"아서, 그 빗 씻은 적 있어요?" 내가 묻는다.

"이놈아, 네가 뭔 상관이냐." 우리가 거실로 다시 돌아가는 사이 할아버지가 이렇게 대꾸한다.

"우리 합의 봤잖아요, 아서. 기억 안 나요? 나 어떻게 부르는지?"

"내가 늙긴 했어도 바보는 아니다, 로이스." 할아버지가 말한다. "기억하고말고. 이제 아이스크림이나 갖다 줘."

첫 주가 끝나갈 즈음 나는 할아버지 집 탐사를 거의 끝냈다. 내가 찾아낸 가장 쓸 만한 물건은 바로 신상 맥북 에어다. 어느 날인가 할아버지가 샤워하는 동안 책상 서랍에서 찾아낸 것이다. 하드 드라이브에는 파일이 달랑 하나뿐이다. '나'라는 제목이 붙은 문서 파일. 그나마도 빈 문서다. 할아버지가 그 주제로 아무 말도 못한다는 자체가 믿기 힘든 사실이다.

금요일에 엄마가 나를 데리러 와서 할아버지한테 인사하러 집에 들어온다. 할아버지는 늘 앉아 있는 그 자리에 붙박이처럼 앉아서 CNN에 나온 앤더슨 쿠퍼를 보고 있다.

"호모 새끼." 할아버지가 화면에 대고 고함을 친다. "내가 니 에미를 잘 알지. 글로리아 밴더빌트. 뼈밖에 없는 말라깽이. 망할 놈의 스토코프스키랑 결혼한 여편네지."

"아버지. 로이스가 돌봐드리는 거 괜찮죠?" 엄마가 묻는다.

할아버지는 화면에서 시선을 거둬 나를 보며 얼굴을 찌푸린다. 뭣도 모르면 그게 미소라고 생각할지도 모르겠다. 엄마는 할아버지의 미소를 멸종 위기종이라고 부른다. 눈표범이나 전자리상어처럼 위험하고 잡히지도 않는 강력한 것이며 전설 속의 동물처럼 거의 눈에 띄지 않는 것이라고.

"그럼 됐어요." 엄마는 마치 할아버지가 무슨 말이라도 한 것처럼 대꾸한다.

"월요일에 봐요, 아서." 나는 주방에서 가방을 집어 들며 얘기한다. "저녁은 전자레인지에 있어요." 나는 출입문 쪽으로 걸음을 뗀다. 얼른 할아버지에게 벗어나서 엄마한테 알바비 정산을 받고 싶어 마음이 급하다. 그런데 문에 다다르기도 전에 할아버지 음성이 내 발목을 붙든다.

"상관하지 마, 너네 둘 다. 나야 그저 골칫거리 늙은이지. 기력 없고 쓸모없는 폐물 아니냐." 엥? 여태껏 듣던 그런 음성이 아니다. 뭔가 특징이 담긴 목소리다. 자기 연민과 애정결핍이 듬뿍 묻어난다.

"아휴, 아버지." 엄마가 한숨을 쉰다. 엄마는 아직 거실에 있다. 할아버지가 앉아 있는 의자 옆에 쭈그리고 앉아 할아버지 팔을 쓰다듬는다. "그렇지 않은 거 아시잖아요. 내일 또 올게요. 어디 드라이브라도 가요. 바닷가 옆에 앉아 커피도 마시고요."

할아버지는 '그래 봐야 뭔 소용이냐?'라고 말하는 듯 짠하게 고개를 가로젓는다. 나는 엄마한테 있는 힘껏 외치고 싶은 심정이다. '지금 할아버지가 엄마 갖고 노는 거야. 할아버진 멀쩡하다구. 죄책감 가지라고 괜히 하는 소리야!' 이렇게. 엄마는 할아버지가 얼마나 사람을 마음대로 조종하는지, 어떻게 항상 자기가 원하는 것을 얻어내는지 나한테 누누이 얘기하는데도 아직도 저 수에 넘어가고 있다.

예전에 엄마가 주말에 엄마 친구인 캐롤 아줌마네 가지 못하게 하려고 할아버지가 가슴 통증이 있다며 엄마를 붙들어 두던 그런 경우처럼 말이다. 알고 보니 할아버지의 옛날 여자 친구가 부다페스트에서 놀러 오기 때문에 할아버지 집을 청소시키려는 속셈이었다. 그때 엄마는 절대로 다시는 할아버지의 거짓부렁에 속아 넘어가지 않겠다며 맹세했었다. 하지만 제 버릇 남 못 주는 법인가 보다.

"내일 더 얘기해요." 엄마가 말한다. "내일 날 밝는 대로 올게요. 알았죠?"

엄마가 몸을 일으켜 할아버지 볼에 입을 맞추려고 몸을 숙인다. 그 순간 할아버지가 몸을 움직이는 바람에 엄마는 졸지에 허공에 대고 입을 맞추고 멋쩍게 할아버지 어깨를 토닥토닥할 뿐이다.

"갈게요, 아버지." 엄마가 말한다.

"다음에 봐요." 나는 문간에서 인사한다.

할아버지가 리모컨을 집어 들어 MTV 채널로 바꾸고 볼륨을 높인다. 어떤 여자의 구슬픈 목소리가 문을 통과해 우리를 따라온다. '당신이 나를 베고 상처를 열어버려 난 끊임없이 피를 흘리네…' 엄마가 그런 기분을 느끼는지 궁금하다.

트럭까지 걸어오자 엄마는 차키를 나한테 툭 던진다. 내가 운전석에 올라탄다. 안전벨트를 매면서 엄마를 슬쩍 보니 울고 있다. 또 저런다. 아주 잘 하셨네요, 할아버지. 나는 할아버지가 정말 재수탱이라고 엄마한테 떠들기 시작하는데 엄마는 그만하라며 손을 내젓는다.

"그냥 운전이나 해." 엄마가 울먹이는 목소리로 우물우물 얘기한다. "난 괜찮을 거야."

우리는 침묵 속에 집으로 향한다.

토요일 아침이 되고 나는 일찍 눈이 떠진다. 아, 화딱지 나. 이렇게 일찍 일어날 필요 없는데. 나는 다시 잠을 청하지만 위층에서 나는 소리가 귀에 쏙쏙 들어온다. 한동안 샤워기 물소리가 들리다가 잠시 후에는 냉장고 문이 열렸다 닫히는 소리가 들린다. 엄마가 일어나서 왔다 갔다 한다. 나는 이미 잠이 확 깨 허기를 느낀다. 그래서 위층으로 간다. 엄마는 주방 식탁에 앉아 커피를 홀짝이며 토요일자 《글로브》지를 읽고 있다. 내가 주방에 들어가자 엄마가 고개를 든다.

"토요일이잖아. 오늘 너 당번 아니야." 엄마가 얘기한다.

나는 고개를 끄덕하며 내 커피를 따른다. 그냥 사교적인 차원에서 한잔 마실 생각이다. 크림이랑 설탕을 충분히 넣으면 커피도 그럭저럭 마실 만하다. 사실 나는 홍차 맛을 더 좋아하지만 그건 딱히 열여섯 살짜리 남자애의 음료 취향은 아니다. 나는 싱크대에 기대서서 냉동실에 와플이 있나 없나 생각한다.

"잘 못 잤어." 내가 얘기한다. "오늘 차를 좀 보러 갈까 생각하느라고."

"차?"

"응, 차. 바퀴 네 개 달려 있고 좌석 있고 내연기관 있는 그거."

"차를 보겠다고? 왜?"

무슨 이유 때문인지 엄마는 오늘 이해력이 약간 딸리는 것처럼 보인다. 커피 좀 더 드셔야겠다. 나는 엄마 머그잔에 커피를 조금 더 따른다.

"내가 네 달 동안 일하면 학교 가기 전에 꽤 근사한 차 한 대 뽑을 돈은 충분히 생기겠다는 계산이 나오던데." 내가 갈 학교가 노바스코샤에 있는 학교라는 말은 안 한다. 안 그래도 힘들 텐데 그 얘기까지 들으면 엄마는 과부하 걸릴 테니까.

"차라고, 롤리…" 내가 엄마를 노려보자 엄마가 고쳐 말한다. "로이스, 보험은 어떡할 건데? 기름 값은? 차 유지비가 보통 많이 드는 게 아냐. 엄마는 네가 어디서 쓰레기 같은 차나 몰고 다니고 그러는 거 싫어. 차 사는 게 좋은 생각 같지 않아. 그냥… 그러니까 그냥 지금 하는 건 어때?"

"그러지 뭐. 아, 그리고 머리도 자르고 쌔끈한 양복도 한 벌 사야지. 청년 투자자 클럽 연례 모임도 참석해야 하니까. 맞다, 그 다음엔 토니 로빈스 자기계발 워크숍도 가야겠네."

"알았어, 알았어. 내가 말을 말아야지." 엄마가 한숨을 쉰다. "그러면 조금만 저금하는 건 어때? 10퍼센트? 늙은 니 엄마 좀 기쁘게 해주라."

"10퍼센트?" 나는 얼른 머리를 굴려본다. 10퍼센트면 매년 드는 보험료를 해결할 정도겠지.

"뭐, 그러든가. 그렇게 너무 걱정하지 마. 맨 처음 눈에 띄는 털털거리는 차를 한방에 사고 그러진 않을 테니까. 잘 알아보고 검색하고 꼼꼼히 뒤져볼게. 엄마 나 알잖아. 내가 자전거 고르는 데 얼마나 오래 걸렸는지 기억나지?"

내가 자전거를 사려고 자료를 찾고 검색하고 조사하던 과정은 가히 전설에 남을 만하다. 《컨슈머 리포트》 잡지를 거의 일 년치나 뒤지고 인터넷 검색하고 테스트 시승하고 이만저만 신경 쓴 게 아니다. 하지만 여기 이사 온 후로는 거의 타질 못하고 있다. 언덕이 너무 많다. 그걸 타고 다닐 에너지도 없다.

엄마는 일어나서 아침 먹은 접시를 싱크대에 넣는다. "서둘러야겠다." 엄마 말에 한숨이 가득이다. "노친네가 기다릴라. 이따 저녁땐 피자 먹자."

엄마가 할아버지랑 주말을 보내야 한다니 속이 상한다. 그래도 내가 데려다 주겠다고 나설 만큼 속상하진 않다. 오늘까지 할아버지 얼굴을 보고 싶진 않다. 눈 깜짝할 새 월요일 아침이 돌아올 테니.

"엄마, 책 가져 가. CNN이나 MTV 좋아하는 거 아니면 할 일이 별로 없어."

"아버지 모시고 나갈 거야. 텔레비전 화면 쳐다보는 거 말고 다른 것도 좀 하셔야 돼. 병원 진료 말고 다른 일로 집 밖에 나가 본 지 얼마나 됐는지도 모르겠네."

"잘 되길 바랄게." 나는 말은 이렇게 하는데 머릿속으로는 이런 장면을 떠올린다. 엄마가 낑낑대며 할아버지를 차에 태우고 내리고 하는 장면, 할아버지가 엄마한테 욕을 퍼부으며 야단치는 장면. 이를테면 운전을 왜 그 모양으로 하느냐, 커피 값이 왜 그렇냐, 엄마 쪽 창문을 열어서 바람 들어온다, 왜 그런 일을 해서 먹고 사느냐, 자식 교육이 엉망이다 뭐 그런 주제로.

엄마가 나가고 나는 다시 침대에 누워 자려고 애쓰는데 할아버지 집에서 들었던 그 바보 같은 노래가 머리에서 계속 맴돈다. '당신이 나를 베고 상처를 열어버려 난 끊임없이 피를 흘리네…' 편히 쉬는 건 포기하고 빨래나 돌리기로 한다. 사실 빨아 놓은 옷이 하나도 없다. 지난주에 내 상태가 좋아지고 있었기 때문에 엄마가 이제 내 빨래는 내가 하라고 선언했다. 엄마가 나가기를 기다리던 참이다. 혹시 내 방에 벌컥 들어올까 봐 경계했지만 그러진 않았다. 더러운 빨랫감 더미가 거의 경차 크기만큼 쌓여 있다. 세탁기를 네 판이나 돌리고 나니 지친다.

그래도 집에서 가만 앉아 있을 수는 없어서 차고에 처박혀 있던 자전거를 끌어내 바퀴에 바람을 넣고 해변으로 몰고 간다. 다시 자전거를 타니 기분이 좋다. 나한테 허벅지 근육이 있었다는 사실을 잊고 있었다. 얼굴에 부딪히는 바람이 이렇게 기분 좋다는 것도 잊고 지냈다. 한 시간 반쯤 자전거를 타고 집에 와 세 시간 동안 낮잠을 잤다. 엄마가 집에 왔을 때 나는 거실 소파에서 세상모르고 자고 있었다. 옆에는 개켜 놓은 빨래를 쌓아 놓고. 잠에서 깨자 엄마가 미소 지으며 묻는다. "우리 아들, 오늘 뭐 했어?"

다섯

월요일 아침, 자전거를 타고 할아버지 집에 간다. 모노를 잃고 나서 체력이 엉망이 되긴 했다. 가는 길에 두 번쯤 자전거에서 내려 언덕길을 밀고 올라갈 수밖에 없었다. 도착해서 보니 할아버지가 늘 있던 자리에 없다. 텔레비전 앞이 휑하다. 어이쿠, 책상 위는 쓰레기장을 방불케 한다. 꾸깃꾸깃 더러운 냅킨, 지저분한 휴지 뭉치, 전기면도기, 손전등 두 개, 다 쓴 펜들, 새 두개골, 다 굳어있는 스크램블에그 접시, 더러운 머그잔 세 개, 열쇠 열 몇 개가 달린 키 체인, 전화기 두 대(그 중 하나는 최신 휴대폰이다.), 주소록, 수표장. 별다를 건 전혀 없다.

보행 보조기는 다이닝룸 피아노 옆에 있다. 일층 전체를 샅샅이 살핀다. 할아버지는 없다. 밖에 나가 테라스까지 둘러본다. 뭔가를 보게 될 기대를 반쯤 품고서는. 무슨 기대? 할아버지가 난간을 기어오르기라도 할 줄 알았나? 아니면 바위 위로 몸을 던지기라도 할까? 아니, 그런 건 할아버지 스타일이 아니다. 봐주는 관객도 없는데. 나는 아래층으로 내려가 방마다 돌아다니며 큰 소리로 할아버지를 찾는다. 아무 반응이 없다. 대체 뭔 일이래? 만에 하나 할아버지가 깨꼬닥이라도 하면 이번 여름 알바도 자동차도 다 날아간다. 돌아가시면 안 된다. 어쨌든 아직 그러면 안 된다.

엄마한테 전화를 걸려고 내 휴대폰을 꺼내는 순간 차 시동소리가 들린다. 아주 가까운 곳에서 나는 소리다. 맨날 꽁꽁 닫혀 있는 문 하나가 빼꼼 열려 있다. 소리를 따라 가 보니 차고가 나온다. 차고에는 1956년형 검은색 티버드 한 대가 있다. 완전히 새것이나 다름없는 상태 최고인 그 티버드 안에 할아버지가 있다.

"아 놔 젠장!" 나는 엔진 소리를 뚫고 소리를 지른다. "아, 진짜, 뭐 하는 거예요?"

할아버지가 고개를 들더니 손짓으로 나를 부른다. 차창을 내리더니 이렇게 말한다. "배터리가 죽게 놔두면 안 되니까 일주일에 한 번씩 시동을 거는 거다. 네 에미한테는 입도 뻥끗하지 마. 내 면허증 뺏어 갔다. 너도 알다시피."

나는 고개를 끄덕인다. 예전에 할아버지 차가 도로 가장자리를 훌쩍 뛰어넘어 자기 집 바깥 인도에서 사방치기 놀이를 하던 꼬마 여자애를 거의 칠 뻔한 적이 있다. 그 사고가 일어난 자리에서 엄마는 말 그대로 할아버지랑 몸싸움을 벌여 손에서 면허증을 빼앗았다. 사고 장소에 온 경찰은 할아버지가 누군가의 집 빨간 단풍나무 아래 잔디에다 차를 주차해 놓은 것을 발견했다.

할아버지가 분명치 않게 말을 해서 처음에는 경찰들이 할아버지가 술에 취했다고 생각했다. 음주측정기 결과는 그렇지 않다고 나왔다. 할아버지 주치의 말로는 할아버지가 가벼운 발작을 겪었거나 단순히 운전 중에 잠이 들었던 거라 했다. 어느 쪽이든 간에 할아버지의 운전 인생은 그날로 끝이 났다. 나는 그때 그 차가 팔렸겠거니 했다. 지금 눈앞에 보이는 저 차는 난생처음 본다.

“그 꼬맹이가 지 혼자 밖에 나와 그렇게 논 게 잘못이지. 부모가 공연히 난리법석을 피운 거야. 다행히 어디 하나 긁히지 않았다.” 할아버지의 얘기다.

“하지만 아슬아슬했어요.” 내가 대꾸한다. 그날 엄마가 얼마나 화가 났었는지 기억난다. 엄마는 그 여자애 가족에게 꽃을 보내기도 했다. 물론 애가 식겁한 거 생각하면 꽃 갖고 되겠냐마는. 엄마는 그 가족에게 사과하고 또 사과하면서 할아버지가 다시는 운전대를 못 잡게 하겠다고 약속했다.

“나는 아무나 이 차 못 건드리게 한다. 밴쿠버에서 따로 사람이 와서 이걸 봐준다구. 비용이 엄청 들긴 해도 그럴 가치가 있지. 이 차는 산지 50년도 넘었지만 지금도 컨디션 최고다. 그때 따끈따끈한 신차로 뽑았다."

긁히고 어쩌고 한 할아버지 말이 다름 아니라 거의 사고가 날 뻔한 그 일로 차가 망가지지 않았다는 뜻이라는 걸 접수한다. 젠장, 저 인간은 꼬마애고 뭐고 신경도 안 쓴다. 내 마음을 읽기라도 한 듯 할아버지는 이렇게 말한다. "그 집에 돈을 보냈다."

"뭐라구요?"

"그 꼬마 부모 말이다. 나 쫓아다니지 말라고 돈을 줬다고. 애 돌볼 사람 쓰는 데 돈 좀 썼으면 싶은 마음에 그랬다. 분명 그 부모들이 애를 제대로 안 보고 있었다니까."

사실상 자기 애를 버리다시피 했던 사람치고는 이 정도면 마음씀씀이가 꽤 된다 싶다.

"애는 아직도 보험을 들고 있다." 할아버지는 핸들을 쓰다듬으며 얘기한다. "내 변호사한테 보험 문제를 잘 해결하게 했지."

"근데 운전할 수 없어요, 아서. 면허증 없잖아요. 기억 안 나요?"

할아버지가 나를 뚫어지게 쳐다본다. 그 묘한 얼굴 표정을 설명할 말은 교활하다는 표현밖에 없다. 아니면 실성했든가. 아, 아니. 둘 다.

"나야 운전 못하겠지. 하지만 넌 할 수 있다."

나는 뒷걸음질 치며 마치 할아버지가 나한테 총을 겨누고 있는 듯 두 손을 들어 항복 시늉을 한다.

"워워, 아서. 너무 앞서가지 마요. 내가 이 차를 운전했으면 좋겠다고요?"

"이놈아, 뭐가 문제냐? 몸 사리는 거냐? 그 정도 할 사내는 못 돼?" 할아버지가 엔진 회전 속도를 올리며 낄낄댈 때 나는 속으로 욕을 퍼붓는다.

"그런 거 아니에요. 그게…" 나는 말을 맺지 못한다. 왜냐면 내가 이 멋진 차를 운전하지 못할 이유를 단 한 가지도 생각해낼 수 없어서다. "학습 면허밖에 없어요. 그러니까 정식 면허 있는 사람하고 같이 타야 돼요. 근데 할아버지는…"

"니나가 면허를 아예 취소시켰는지는 모르겠다. 그날 뺏어 가서 너네 집 서랍 어디에 넣어뒀을 것 같은데. 가서 한번 찾아 봐라."

"그러니까 지금 나더러 엄마 물건을 몰래 뒤져보라고요?"

"몰래 뒤지는 게 아니지. 약해 빠진 놈. 법적인 내 물건을 찾아오라고." 할아버지는 시동을 끄고 느릿느릿 다리를 차에서 끌어낸다. "나 좀 위층으로 데려다 줘. 커피 한 잔 만들어 오고."

할아버지를 다시 위층 제자리로 데려다 놓는 건 만만치 않은 도전이다. 차고까지 혼자서 어떻게 내려왔는지는 생각조차 하기 싫다. 그렇지만 한 가지는 확실하게 말할 수 있다. 할아버지는 진짜 의지의 노인장이다. 할아버지가 자기 몸을 끌어올리려면 계단 난간을 이용해야 한다. 나는 마치 노인 올림픽에 출전할 엄청 허약한 체조 선수를 물색하는 사람처럼 할아버지 뒤에서 움직임을 살피며 걷는다. 우리가 계단을 오르는 동안 할아버지가 두어 번 방귀를 붕붕 뀐다. 둘 다 웃음이 터진다.

드디어 할아버지를 의자에 앉히고 보니 할아버지 얼굴은 땀범벅이고 손은 덜덜 떨리고 호흡은 가쁘고 얕다. 나한테 카페오레를 만들어 오라고 하고선 가져갔더니 할아버지는 그새 잠들어 있다. 고개가 불편한 각도로 축 늘어져 있다. 목 뒤에 베개를 받쳐 드리면서 보니까 할아버지가 면도할 때 꼼꼼하게 손을 못 본 부분이 듬성듬성 눈에 띈다. 그리고 차마 주름이라고 부르기에는 골이 너무 깊어 마치 빙하 위의 갈라진 틈 같아서 꽤 짠하다. 입 주위에 있는 그 깊은 골은 마치 입을 가운데 둔 괄호 모양 같다. 이왕 타 온 커피니까 그건 내가 마시고 재미있는 건수나 찾으러 자리를 뜬다. 무지 심심하다. 점심 먹는 거야 몇 시간씩 걸릴 일도 아니고. 할아버지가 진짜로 내가 운전하길 원한다면 차를 좀 봐두는 게 좋겠다 싶다.

차고로 다시 가면서 문은 열어둔다. 할아버지가 나를 찾으러 여기까지 내려올까 걱정은 안 한다. 지금은 진이 빠져서 다시 계단을 오르내릴 엄두가 안 날 테니까. 할아버지가 종을 울리면 그 소리나 들을 수 있을 정도면 된다. 차고 안은 따뜻하고 깔끔했다. 노바스코샤의 우리 집 차고처럼 오래된 페인트나 비료, 곰팡내 나는 운동 장비에 밴 냄새 같은 게 전혀 없다. 바닥에는 기름 자국 하나 없고 말라붙은 나뭇잎이든 유리조각이든 흙이든 무엇 하나 널려있지 않다.

빈 맥주병도 지난 신문뭉치도 상태 안 좋은 테라스 가구도 없다. 심지어 잔디깎이도 없다. 하긴 잔디가 없으니 그럴 수도 있겠다. 딱 그 차 한 대, 그리고 여기저기 긁힌 자국이 있고 위쪽에 선반이 달린 목재 작업대 하나와 갈퀴 한 개뿐이다.

차 주변을 둘러보며 〈젯슨 가족〉(우주의 자동화된 주택에 사는 젯슨 가족을 중심으로 벌어지는 일상 이야기를 담은 애니메이션-옮긴이)에 나올 법한 차의 라인, 떼어낼 수 있는 하드톱에 있는 둥근 차창, 측면이 흰 타이어, 자동차 테일 핀에 적힌 '썬더버드'라는 글자에 감탄한다. 1956년. 그때면 할아버지가 대체 몇 살이었지? 사십대 초반? 아직 머리가 붉은색이었을 그 시절의 할아버지가 턱시도 차림에 기다란 흰색 실크 스카프를 늘어뜨린 모습을 상상한다. 방금 유럽 순회공연을 마치고 돌아온 할아버지는 오드리 헵번처럼 생긴 여인을 위해 조수석 문을 열고 기다린다. 잘은 모르겠지만 아마 그 여자랑 잤겠지? 충분히 그러고도 남을 위인이다.

나는 운전석 문을 열고 살며시 좌석에 앉는다. 차 내부에는 전시실의 새 차 냄새가 난다. 마치 이 자리를 한 번도 벗어난 적 없는 차 같다. 아마 할아버지가 매주 꼬박꼬박 무슨 스프레이를 뿌리나 보다. 차 안에 새 차 냄새가 나게 하는, 오존층 왕창 파괴하는 스프레이 그런 거. 나는 무릎이 핸들에 부딪히지 않게 좌석을 조정한 다음 변속 레버 손잡이에 손을 얹고 클러치에 발을 올린다. 나한테 익숙한 5단이 아니라 3단 변속 장치이고, 점화 장치에 키가 꽂혀 있는 게 눈에 띈다.

마음만 먹으면 나는 이대로 차고 문을 연 다음 차를 몰고 나갈 수도 있다. 정식 운전면허증 소지자가 동승하지 않은 상태로 혼자 운전하다 단속에 걸린다 해도 까짓것 이 차는 한번 몰아볼 만하다. 그렇게 걸리면 엄마는 모든 사실을 알고 상상 초월의 수준으로 길길이 날뛰겠지. 엄마는 나를 해고하고 맥도날드에서 일하게 시키겠지. 그런 일로는 내 차를 살 만큼 큰돈을 벌 수 없다. 절대로. 루넌버그로 돌아가지도 못한다. 절대로. 그래서 나는 그냥 티버드 운전석에 앉아 변속 레버를 살살 어루만지고 클러치에 힘을 줬다 뺐다만 한다. 금세 나는 꿈에 빠져든다. 티버드를 타고 예전 학교 교문에 멋지게 차를 세우는 꿈. 그 순간 첫 번째 종소리가 울리고 누군가가 내 이름을 부른다. "로이스! 로이스! 이런 망할 놈의 자식. 여기서 일어나." 이런, 젠장.

나는 경치 좋은 길을 따라 자전거를 타고 집에 오면서 지금 다른 애들은 아직 학교에 있는데 나는 이렇게 도로를 달리고 있다는 사실을 떠올리며 꽤 짜릿해한다. 땀투성이가 돼 집에 도착한다. 다리가 뻐근하다. 샤워를 한 뒤 다이어트콜라와 나초 한 봉지를 챙겨 텔레비전 앞에 앉는다. 나한테는 딱히 다이어트 음료가 필요하진 않지만 엄마 생각에는 자기한테 그게 필요한 모양이다. 그래서 엄마는 그것만 산다. 나는 할아버지가 보는 프로그램이 궁금해서 MTV하고

CNN 채널을 돌려본다. 아하, 레이디 가가, 래리 킹. 할아버지한테 진짜 필요한 사람은 TV 틀 때마다 나오는 지긋지긋한 닥터 필 아닐까? 그럴 이유가 없는데도 할아버지는 닥터 필이 말할 때마다 온갖 간섭을 하며 훈수를 두겠지. 할아버지는 절대 변할 사람이 아니다.

나는 창문 밖을 잠깐 쳐다본 후 일어나서 엄마 방으로 간다. 엄마 침대는 정리도 안 돼 있다(바른 생활과는 거리가 먼 엄마군). 세탁 안 한 옷가지가 문 옆에 작은 언덕을 만들어 놓았다. 먼지를 뒤집어 쓴 침실용 탁자에는 독서용 안경, 물 한 잔(더껑이가 없는 그냥 깨끗한 물이라는 희소식을 전해 기쁘다), 책 무더기가 쪼로로 놓여 있다. 나는 문간에 서서 엄마가 할아버지의 면허증을 어디다 뒀을까 머리를 굴려본다. 부디 엄마 속옷 서랍은 아니길 빈다. 거기까지 열어 볼 생각은 없다.

제일 확실해 보이는 장소는 창문 아래 놓여 있는 조그만 책상이다. 엄마가 정원 관리 고객들과 피아노 레슨 학생들의 일정을 잡고 청구서를 보내는 데 쓰는 낡은 노트북과 프린터가 보인다. 고리 버들 바구니 안에는 청구서들이 있다. 펜이 잔뜩 꽂혀 있는 머그컵, 낡은 타일로 만든 컵받침, 그 위에 놓인 곰팡이 핀 커피잔. 책상에는 서랍이 두 개 있다. 위칸은 사무용품으로 가득 차 있고, 아래칸은 누가 봐도 '쓰레기'칸이다(물론 우리 집에는 주방에도 쓰레기칸 서랍이 있다).

오래 된 고무줄, 압정, 레시피 카드, 배달 메뉴판, 끈, 부러진 자, 가위, 이빨(아마 내 거)이 잔뜩 들어 있는 약병, 나사 모음, 액자걸이, 껌, 사진 꾸러미. 그리고 오호, 심봤다. 맨 밑에 할아버지 면허증. 사진 잘 나왔네. 겨우 사 년 전인데 할아버지는 지금처럼 망가져 보이지 않았다. 나는 면허증을 주머니에 넣고 서랍을 닫은 다음 엄마 방을 몰래 빠져 나온다. 성취감과 수치심이 희한하게 뒤섞인 묘한 감정을 느낀다. 아드레날린이 솟구치거나 그렇지 않다. 아무래도 나는 앞으로 범죄자가 될 가능성은 없나 보다. 혹시 내가 할아버지 면허증을 슬쩍 한 걸 나중에 엄마가 알게 되면 오늘 내가 느낀 점을 엄마한테 분명히 밝힐 수 있다. 엄마, 난 그럴 그릇이 아니야.

나는 다음 날 할아버지 집에 가서 그 면허증을 건네며 야단법석을 떤다. 그걸 찾으러 마치 에베레스트 산이라도 올랐던 것처럼 굴며 잔뜩 뻐긴다. 할아버지는 그냥 끙 하는 소리만 내고 한마디 한다.

"내 커피는 어디 있냐?"

"고맙다는 거죠?"

나는 할아버지가 커피를 마시는 동안 복도 벽장을 뒤지며 빈둥댄다. 철제 옷걸이에 걸린 재킷하고 코트가 열다섯 벌 정도 있다. 나무꾼 옷 같은 빨간색 체크무늬 셔츠, 밤색 벨루어 레저 재킷, 클래식 베이지 트렌치코트, 팔꿈치 부분을 가죽으로 덧댄 갈색 코듀로이 재킷, 트위드(무지 많다), 등 쪽에 무스가 그려진 코위찬 인디언 스웨터(되게 낡았고 냄새가 지독하다).

한 1972년도 옷 같은 끝내주는 녹색 가죽 보머 재킷을 슬쩍 입어본다. 팔이 너무 짧지만 나머지는 딱 맞다. 나는 재킷을 걸친 채 코트 위쪽 선반에 있는 거대한 모자 더미를 샅샅이 뒤진다. 프렌치 베레모 네 개, 지저분한 틸리 모자 하나, 테두리가 넓은 파스텔 톤의 면 벙거지 모자 세 개, 인디언 스웨터에 어울리는 끝이 뾰족한 털모자 하나, 목에 닿는 햇빛을 가려주는 플랩이 달린 카키색 모자 하나, 스웨이드 페도라(내가 쓴 건 이거다) 하나, 트위드 뉴스보이 모자 하나, 커다란 밀짚모자 하나.

모자들 뒤쪽에는 앨범이 스무 권쯤 있다. 각각 표지에는 연도가 적힌 보호 테이프가 붙어 있다. 하나를 꺼낸다. 1955–1958. 까만 종이가 얇게 벗겨질랑 말랑 하고 사진 뒤에는 풀이 다 말라 있다. 사진 한 장이 펄럭펄럭 바닥으로 떨어지는 그 순간 할아버지가 종을 흔들며 호출 신호를 보낸다. 나는 사진을 앨범에 다시 넣기 전에 사진 속 할아버지 옆에 서 있는 여자를 유심히 살펴본다. 이 분이 할머니인가? 알 수가 없다. 사진 속 여자 분은 키가 크고 곡선미가 있다. 공들여 올린 머리, 짙은 색 머리카락, 진한 립스틱, 크고 가지런한 치아. 사진을 뒤집어 이름을 본다. 코랠리. 그럼 우리 할머니는 아니다. 내가 할머니에 대해 아는 거라곤 이름뿐이다. 벨라. 아, 할머니는 바이올린을 연주하셨다. 엄마한테도 할머니 사진이 없다. 유품이 하나도 없다. 아예 하나도.

위층으로 가니까 할아버지가 내 재킷과 모자를 눈여겨본다. 할아버지는 코웃음을 치며 말한다. "너 뚜쟁이 같다."

"고맙네요. 밑바닥 생활하는 삼류 마약상 패션을 노렸던 거긴 하지만."

"그렇게도 보인다." 그러면서 할아버지가 한마디 툭 던진다. "드라이브 가자."

"지금요?"

"그래, 지금. 나 좀 따분하다. 내 코트 갖고 와. 트위드하고 베레모도 하나 챙겨오고. 크리넥스도 한 통 갖고 와라."

"크리넥스요?" 예정에 없던 도로변 화장실 타임을 상상하자 몸서리가 쳐진다.

"바람 때문에 재채기가 나."

"알겠어요. 트위드 코트 하나, 베레모 하나, 크리넥스 한 통 곧 대령이요."

나가기 전에 할아버지는 소변을 보고 이를 닦는다. 그리고 계단을 내려간다. 이번에는 내가 할아버지 앞에 서야 한다. 할아버지가 욕실에 있는 동안 나는 차 뒤에다 테이프로 L(학습(Learner) 면허)자를 만들어 붙인다. 목숨을 건 모험을 할 생각은 없다. 오늘따라 할아버지가 건강해 보이긴 하지만 차고까지 모시고 내려가 차에 태워 벨트를 매는 데까지 무려 삼십 분이나 걸린다. 할아버지가 글러브 박스에 손을 뻗어 차고 문 리모컨을 꺼낸다.

"어디로 가요?" 우리 뒤로 차고 문이 올라갈 때 내가 묻는다.

"하이웨이."

"할아버지가 찬바람을 싫어하는 줄 알았는데요. 밖은 아직 그렇게 따뜻하지 않아요." 내가 하이웨이를 달리고 싶지 않다는 게 아니다. 그저 할아버지를 조수석에 태우지 않고 달리는 편이 낫겠다는 얘기다. 할아버지가 검버섯이 핀 울퉁불퉁한 손으로 대시보드를 찰싹 때린다. "이놈아, 이발소 이름이다. 너 머리 좀 잘라야 돼."

여섯

할아버지랑 입씨름을 벌이는 대신 후진으로 차를 차고에서 꺼내는 데 집중한다. 그제야 이 차에 파워핸들도 파워브레이크도 싱크로메시도 없다는 걸 알게 된다. 아니면 적어도 느낌상 싱크로메시가 없는 것 같다. 후진 자체가 만만찮은 도전이다. 기어를 넣다 뺐다 하는 게 아무 소용이 없다. 할아버지는 욕을 퍼부으며 나한테서 변속레버를 빼앗으려고 안간힘을 쓴다. 드디어 차고에서 차를 빼 진입로에 다다를 즈음 이미 나는 땀을 비 오듯 흘리고 내 심장은 미친 듯이 뛴다. 도로로 빠지기 전에 잠시 숨을 고르며 마음을 진정시키려고 한다.

"이놈아, 우리 뭐 기다리는 거냐?" 할아버지가 몸을 돌려 나를 노려보며 묻는다.

"할아버지가 바보같은 짓 그만하길 기다려요." 내가 중얼중얼 얘기한다.

“뭐라고?”

“여보십시오, 그냥 변속레버가 제대로 작동하는지 확인하는 겁니다요. 할아버지 차 망가뜨리고 싶지 않거든요.”

“이 쉬운 걸.” 할아버지가 묻는다. “뭐가 문제냐?”

“아무 문제없어요.” 나는 겨우겨우 기적적으로 도로에 진입해 용케 언덕 아래로 향한다. 기어가 끽끽대지도 않고 먹통이 되지도 않고 어디 부딪히지도 않는다. 다행히 할아버지를 한 방 먹이지도 않는다.

“해변 도로로 가라.” 우리가 언덕 아래에 다다르자 할아버지가 지시한다. 나는 우회전을 하고 우리는 한마디 말도 없이 해변을 따라 드라이브한다. 슬슬 기어가 손에 익어 방법을 터득하게 되자 새로운 기분이 느껴진다. 티버드 모는 맛이 기가 막히다. 우리 차가 지나갈 때 사람들이 얼빠진 듯 우리 쪽을 쳐다보고 할아버지는 그들을 향해 손을 흔든다. 특히 아가씨들한테.

“이놈아, 이런 차는 말이다. 여자라면 언제든 백 프로 성공이지.” 일단 정지 표지판 쪽으로 슬슬 굴러가는데 할아버지가 이렇게 얘기한다. 표지판 옆쪽에 진짜 섹시한 여자가 있다. 핑크색 탱크톱에 체크무늬 핫팬츠 차림이다. 골든 리트리버 한 마리를 데리고 걷는 그 여자가 우리 차를 향해 환한 미소를 지어 보이며 손가락을 살짝 흔든다. 나를 향해 미소 짓는 거면 좋겠지만 차를 보고 그러는 줄 나도 안다. 그때 할아버지가 창문을 내리더니(할아버지한테 그럴 힘이 있다는 게 놀랍다) 이렇게 말한다. "개는 버리고 우리랑 드라이브나 하자구, 예쁜이." 여자는 미소를 싹 거두고 개 목줄을 잡아당기더니 저리 달려가 버린다. 어깨 너머로 "아 이 변태야!"라고 쏘아주면서.

"잘 했어요, 아서."

"기지배들이란."

나는 이발소에 가본 적이 한 번도 없다. 그냥 머리를 기르려고 마음먹기 전까지는 집에서 엄마가 잘라줬다. 내가 지금 예상하는 이발소 그림은 늙다리 아저씨들, 시가, 타구, 다 닳아빠진 바닥 깔개, 그리고 야구 중계가 나오는 라디오가 있는 장면이다. 이발소 '하이웨이' 밖에는 정말로 빨간 줄, 흰 줄이 둘러진 이발소 간판 기둥이 있지만 이발소 특유의 물건은 그것뿐이다. 안에 들어가니 트랙 조명, 짙은 색 목재 바닥, 검정색 가죽 의자, 벽걸이형 평면 TV, 어디 있는지 눈에 안 보이는 스피커에서 나오는 재즈, 이발 관련 제품들이 놓인 선반, 키가 큰 흑인 여주인이 그 공간을 채우고 있다.

"이놈아, 킴한테 인사해." 그 여주인이 할아버지 양 볼에 입을 맞추면서 뭔가 간질간질한 행동을 한다. 할아버지를 어르듯 부드럽게 콧노래를 부른다고밖에 표현할 수 없는 그런 행동이다. 할아버지는 저 여자한테 팁을 두둑히 줘야 한다.

나는 손을 내밀고 주인과 악수를 나눈다. "저도 이름이 있어요.

'이놈아'가 아니라 로이스 피터슨입니다. 손자예요."

"만나서 반가워요, 로이스." 그녀가 말한다. "잘생겼어요." 여주인이 할아버지에게 얘기한다.

"유전자가 좋은 거지." 할아버지가 얘기한다.

"자, 신사 분들. 뭘 어떻게 해드릴까요?" 킴이 묻는다.

"얘 머리 좀 잘라줘."

"아서도 잘라야겠어요." 킴이 이렇게 답하고 나를 보더니 내 머리를 손으로 쓸어본다. 킴의 빨간 손톱이 아주 길다. 손에서는 꽃향기가 나지만 톡 쏘는 암모니아 냄새 같은 게 훅 스친다. 아마 과산화수소인 모양이다.

"스타일 바꿀 때 됐어요?" 킴이 묻는다.

나는 어깨를 으쓱한다. "아마도. 어떻게 생각하세요?"

"당연히 바꿔야죠." 킴이 나를 데리고 샴푸실로 가서 얼룩말 무늬 가운을 내 어깨에 두른다. 나는 샴푸 의자에 누워서 눈을 감는다. 킴이 내 머리에 물을 묻히고 샴푸로 머리를 감겨주며 두피 마사지를 한다. 킴의 가슴이 바로 코앞에 있다. 내 무릎을 덮고 있는 품 넓은 가운에 깊은 고마움을 느낀다. 이거 없으면 어쩔 뻔했나. 머리 감기가 끝나고 킴과 내가 커트 공간으로 온다. 나는 킴이 이발 도구를 챙기고 내 머리를 빗겨주는 사이에 몰래 매무새를 가다듬으며 거기를 진정시킨다. 할아버지는 하얀 가죽 소파에 아예 거처를 마련하고선 잠든 것 같다.

"그러니까… 어떤 스타일을 생각했어요?" 킴이 묻는다.

"생각 안 해봤는데요. 할아버지 생각이었죠."

"아서도 참." 그녀가 웃는다. "진짜 특이하다니까."

나는 거울을 보며 고개를 끄덕인다. 킴이 손가락으로 내 젖은 머리를 빗질하듯 이리저리 쓸어본다. 그녀는 입술을 오므리고 살짝 찡그린 표정을 짓는다. 어쩐지 내 머리가 킴을 헷갈리게 만들고 있나 보다.

"전부 확 쳐버려요." 내가 말한다. 여태껏 왜 이렇게 머리를 길렀는지 모르겠다. '아, 이때쯤이면 머리를 잘라야겠군.' 이런 건 어떻게 아는 거지? 그냥 놔두니 머리가 자란 거고 이제 자를 때가 된 모양이다.

"정말?"

"넵. 전부 다요. 내 머리통이 어떻게 생겼는지 보고 싶어요."

"나도 똑같은 생각 했어요. 두상이 참 예뻐요. 숨어 있는 두상을 한번 찾아보죠."

오래 걸리지도 않는다. 마침내 드러난 내 두상은 꽤 보기 좋다. 잘생긴 머리통이다. 킴은 머리를 완전히 다 밀지는 않고 짧게 남겨 두었다. 여자들이 만져볼 수 있게 하는 거라나. 과연 그럴 일이 있을지는 모르겠지만. 나는 짧은 머리를 손으로 슥슥 만져보며 거울 속 나를 쳐다본다. 완전히 달라 보인다. 더 나이 들어 보이고, 확실히 터프해 보인다.

할아버지가 콧숨을 몰아쉬며 잠에서 깨 나를 노려본다.

“이놈아, 군대 가냐?”

“아서, 쓸데없는 소리 하지 마요. 정말 멋지잖아요. 두상 한번 보세요.” 킴이 손으로 내 머리를 슥슥 만지면서 살짝살짝 흔들어준다. “멋있다.” 또 한 번 그렇게 얘기하고 할아버지한테 얘기한다. “이제 아서 차례예요.” 킴이 할아버지를 부축해 샴푸실로 간다.

“로이스, 요 옆 카페에서 커피 한잔하고 있을래요?” 킴이 할아버지의 앙상한 목에 가운을 둘러 딱 맞게 조정해주면서 나한테 얘기한다. “내 앞으로 달아두라고 하면 돼요.”

나는 고개를 끄덕이고 커피숍으로 간다. 내 또래 남자인 바리스타가 커피를 만드는 동안 나한테 집적거린다는 느낌이 확 온다. 이런 상황은 내가 원하는 그림이 아니긴 하지만 내가 오늘 제대로 된 선택을 했다는 확인 도장쯤으로 받아들이기로 한다. 머리에 느껴지는 허전함이 뭔가 희한하다. 휑하게 까발려진 느낌이지만 홀가분한 기분도 든다. 뭐로부터 홀가분해진 건지는 나도 잘 모르겠다.

이발소로 돌아가 보니 할아버지는 빡빡이가 돼 있다. 백 프로 민머리. 나처럼 짧은 밤송이머리가 아니다. 완전히 다 밀어버렸다. 번쩍번쩍 빛이 난다. 마침 입꼬리가 찢어져라 웃고 있는데 대머리만큼이나 기괴하고 무섭다. 치아가 별로 하얗지도 않다. ‘해골’이라는 단어가 퍼뜩 떠오른다.

“헐, 대박!” 내가 말한다.

"나야말로 헐, 대박이다. 로이스, 내 커피는 어디 있냐?"

"커피요?" 내가 할아버지 커피를 갖고 오기로 돼 있던가? 나는 할아버지 머리에서 눈을 뗄 수가 없다. 그리고 내 머리도. 거울 앞에 나란히 서서 보니 그냥 할아버지 대머리만 볼 때보다 훨씬 더 으스스하다. 가족은 가족인가 보다. 닮았다. 내 두상이 할아버지 두상이랑 똑같다. 넓고 높은 이마, 두개골 아래 부분에 툭 튀어나온 두 군데. 코도 판박이다. 젠킨스 집안 매부리코. 나는 내 뒤통수를 슥슥 만져본다. 할아버지는 낄낄댄다.

"거시기 혹."

"뭐라고요?"

"그거 거시기 혹이라고 부른다. 네 뒤통수 아래쪽에 툭 튀어나온 거. 크기가 상당하지. 예전에 내 애인이 골상학을 믿던 여자였다. 우린 그 이론을 종종 시험해봤지."

킴이 애먼 소리 말라는 듯 눈짓을 보내며 할아버지가 의자에서 일어나게 도와준다. 할아버지가 킴의 엉덩이를 툭툭 두드리고 킴은 나한테 윙크를 하며 얘기한다. "머리 보니 피는 못 속이네. 그렇죠?"

머리통 전체가 뜨끈하며 붉어질 줄 누가 알았겠는가? 윙크 한번이 그렇게 반가운 줄도 몰랐다.

집에 와서 나는 할아버지에게 점심을 챙겨주고 할아버지는 거의 두 시간 동안 낮잠을 잔다. 잠에서 깬 할아버지는 말도 못하게 기분이 언짢아 보인다. 할아버지 머리통이 차갑다. 그래서 자꾸 코위찬 털모자를 쓰겠다고 고집을 피운다. 게다가 할아버지는 자기가 자는 동안 내가 할아버지 머리랑 내 머리를 밀어버렸다고 철석같이 믿는다. 우리가 킴의 이발소에 다녀온 일이나 머리를 공처럼 밀어달라고 얘기한 사실을 전혀 기억하지 못한다. 할아버지가 나더러 차를 몰게 했다고 얘기해도 당최 믿질 않는다.

나는 할아버지를 설득하는 건 포기하고 일단 아이스크림이랑 텔레비전으로 진정시키는 데 집중한다. 요 사이 할아버지는 새로운 프로그램으로 시청 폭을 넓혔다. 구닥다리 채널에서 재방영하는 〈초원의 집〉까지 본다. 할아버지 저녁을 챙겨 넣느라 주방에 있는데 할아버지가 얘기한다.

"우리 아버지가 여름마다 우리 머리를 밀어주셨다."

"왜요?" 내가 묻는다.

"초원의 여름이 더웠거든. 지글지글 타는 날씨였지. 우린 물가에서 살다시피 했다. 발가벗은 빡빡이들이 밧줄을 타고 놀았다. 여자애들은 그러지 못했지. 여동생은 길게 기른 붉은 곱슬머리에 페티코트 차림이었다. 우리 어머니가 여동생이 우리하고 놀지 못하게 하셨다. 여동생은 숙녀가 되는 법을 배워야 했거든. 불공평했지만 우리 남자애들은 별 신경도 안 썼고."

"여동생이요?"

"엘리자베스. 열 살 때 디프테리아로 죽었다."

할아버지 여동생 얘기는 처음 듣는다. 할아버지가 밧줄을 잡고 강으로 뛰어드는 모습은 상상이 잘 안 된다. 자수와 수채화 속에 영원히 아이 모습으로 남아 있을 운명인 할아버지의 여동생을 상상하는 것보다 훨씬 더 힘들다.

"참 안된 일이네요. 죄송해요. 몰랐어요."

"네가 모르는 건 그것 말고도 아주 많다. 나한테는 형도 있었다. 로버트. 바비라고 불렀지. 어머니가 제일 좋아하시던 아들이다. 우리 어머니는 나를 별로 안 좋아했다."

나는 증조할머니가 왜 그랬는지 너무 잘 알겠다.

"형한테는 무슨 일이 있었어요?" 내가 묻는다.

"죽었지. 열세 살 때 옆집 광견한테 물렸다. 그 시절에는 치료약이 없었다."

무슨 말을 해야 할지 모르겠다. 엄마는 이 일들을 알면서 나한테 한 번도 얘기 안 한 건가?

"참 안됐네요."

"우리 아버지가 그놈의 개를 쏴버렸다. 하마터면 개 주인도 쏠 뻔했지. 어머니가 말리지 않았으면 아마 그랬을 거다."

할아버지는 짧게 헛웃음을 한번 내뱉고 다시 TV 쪽으로 시선을 돌린다. 할아버지가 아직도 엘리자베스와 바비를 그리워하는지 궁금하다. 아니면 평소에는 그 사람들이 아예 존재하지 않았던 것처럼 지내는 걸까? 형제자매를 잊고 사는 것, 아예 애초부터 형제자매가 없는 것. 어느 쪽이 더 안 좋은 일인지 모르겠다.

그날 밤, 엄마가 내 머리를 보고 기겁한다. 머리가 너무 없어서 놀랐나 보다. 엄마가 나더러 머리 좀 자르라고 노래를 부르지 않았냐고 하니까 내가 가도 너무 많이 갔다고 뭐라고 한다. 스킨헤드족 같단다. 신나치주의자나 흉악범.

"엄마, 나치는 이런 차림이 아니지. 세상에 어느 나치가 오렌지색 컨버스 올스타를 신고 '루넌버그 민속축제 자원봉사'라고 적힌 티셔츠를 입겠어."

"그렇긴 하지만, 롤리. 아니, 로이스. 너 너무 달라 보여. 나이 들어 보인다구." 엄마는 나이 들어 보이는 게 나쁘다는 듯 말한다.

"할아버지를 한번 보셔야겠구만." 내가 중얼거린다.

"할아버지는 어떤데?"

"어, 할아버지도 빡빡이지. 나보다 더해. 번쩍번쩍 조명 저리가라야. 근데 자꾸 보다 보면 꽤 쿨해 보여. 말 그대로 쿨해. 할아버지 모자들이 총출동해야 할 걸. 유용하게 쓰겠지."

내가 웃자 엄마가 정색하며 말한다. "넌 이게 재밌니? 로이스, 넌 할아버지를 돌봐야 되는 사람이야. 식사 챙겨 드리고 할아버지가 깨끗하고 안전하게 지내게 해드리는 사람. 책임지고 돌봐야지. 머리나 밀게 놔두지 말고. 도대체 다음엔 뭘 할 작정이야? 문신? 피어싱?"

엄마 입에서 그 말이 나오자마자 나는 머릿속으로 다음 외출 계획을 세운다. 문신 시술소(tattoo parlor)에 있는 나와 할아버지 모습이 그려진다. 팔러(응접실)를 시술소라고 부르는 게 좀 이상하게 들린다. 응접실, 시술소, 문신. 뭔가 희한하군. 하나 확실한 건 할아버지가 강에서 밧줄에 매달려 바람을 가르고 있는 동안 할아버지 여동생은 답답한 응접실에 앉아 있어야 했겠지. 갑자기 내 뒤통수에 있는 거시기 혹에다 문신을 하면 어떨까 싶은 생각이 들어 마구 흥분된다. 내 이름 이니셜을 새길까? 문신 생각에 온통 정신이 팔려 신나 있는 나를 엄마가 큰소리로 부른다.

"로이스! 네 할아버지는 치매 환자야. 너도 알잖아. 심신의 능력이 점점 떨어진다고. 의사결정 능력도 제대로 발휘가 안 돼. 그게 무슨 말인지 알겠니?"

나는 고개를 끄덕인다. 뭘 위한 심신의 능력이 떨어진다는 거야? 섹스? 할아버지가 말로는 여전히 선수 중에 선수라 해도 그건 좀 힘들겠지. 아마도. 밥 먹기? 그렇지. 운전? 당연히 떨어지고말고. 걷기? 물론. 개인위생? 두말하면 잔소리. 첼로 연주? 틀림없이. 이런 거 할 능력이 떨어지고는 있지만 할아버지는 아직 안 죽었다. 그럭저럭 괜찮은 편이다. 음흉한 시선을 보내고 부적절한 터치를 하고 불량식품 같은 TV 프로그램을 보고 아이스크림을 먹고 커피를 마시고 조롱하고 모욕 주는 데 있어선 아직도 굉장한 능력을 보유하고 있다.

"로이스, 내 말 듣고 있니?"

"넵."

"택시비는 얼마 나왔니?"

하마터면 내가 티버드를 몰았다는 말을 할 뻔했다. 아차 한다. 내가 보기에 지금 엄마는 내가 차를 운전한 걸 두고 그것 참 편하게 잘 다녀왔네, 이런 말을 해줄 분위기가 아니다. 어쨌거나 나는 엄마 방을 뒤져 할아버지 면허증을 찾아냈고, 잘은 모르겠지만 아마도 그 면허는 취소돼 있을 거다. 오늘 있었던 운전 관련 사건은 전부 비밀로 하자고 할아버지한테 얘기해야겠다. 하하.

"어, 그렇지. 택시. 할아버지 돈 있잖아." 나는 화제를 돌리려고 다른 얘기를 꺼낸다. "근데 엄마는 나한테 엘리자베스랑 로버트 얘기는 한 번도 안 했더라."

"누구?"

"엘리자베스랑 로버트. 엄마 고모랑 삼촌 말야."

"엄마한텐 고모나 삼촌이 없는데."

"엄밀히 말하면 그렇지. 근데 예전에 있었다고. 할아버지한테 형이랑 여동생이 있었대. 둘 다 어렸을 때 죽었고."

엄마는 아무 말이 없다. 자리에서 일어나더니 식기세척기에 설거지거리를 넣기 시작한다. 엄마 얼굴이 벌겋다. 아랫입술을 잘근잘근 씹고 있다. 분명 속상하다는 신호다. "아버지는 자기 어린 시절 얘기한 적이 없어." 그제야 엄마가 한마디 한다. "아버지 부모님이 기독교인이었는데 되게 열성 신도였다는 건 알아. 아버지가 앨버타 어느 작은 마을에서 자랐다는 거하고. 내가 아는 건 그것뿐이야." 엄마 목소리에 기운이 없다. 엄마가 상처 받았나? 할아버지는 왜 엄마 말고 나한테 비밀을 털어놓았을까?

"머리를 밀고 나니까 옛날 기억이 갑자기 되살아났나 봐." 나는 엄마 기분이 좀 풀어지라고 이렇게 말한다. "할아버지의 아버지가 여름이면 머리를 밀어주곤 하셨대. 할아버지가 나한테 별 얘기 안 했어. 그냥 여동생이 디프테리아로 죽었고 형이 광견병으로 죽었다는 말밖에."

"엄만 몰랐어." 엄마 목소리가 슬프다. 기운도 없고 잔뜩 낙담한 목소리다. 아무래도 문신은 좀 기다려야겠다.

일곱

다음 날 아침. 할아버지는 아직까지 진이 쏙 빠져 있다. 나는 집에 가자마자 카페오레를 만들어 드린다. 하지만 커피는 주인의 손길을 전혀 느끼지 못한 채 덩그러니 놓여 있고 할아버지는 등받이가 높은 의자에서 꾸벅꾸벅 존다. 자다가 일어난 할아버지는 잠시 동안 어리둥절해한다. 여기가 어딘가 하는 눈치다.

할아버지 눈에 두려워하는 기색이 비친다. 내가 누군지는 모르지만 내가 할아버지를 마음대로 할 수 있는 사람이라는 건 아는 눈치다. 내가 뭐든 할 수 있다고 생각하겠지. 묶어놓고, 집을 털고, 여차하면 죽일 수도 있는 사람이라고. 고작해야 노트북 정도만 돈이 되는 물건일 텐데. 아, 차가 있구나. 하긴 사람들은 그것보다 더 보잘것없는 것 때문에도 살인을 저지른다. 얼마쯤 시간이 흐르고 할아버지가 커피 잔을 집어 들고 한 모금 홀짝이더니 대뜸 고함을 친다.

"지저분하긴!"

나한테 하는 소린가 싶어 잠시 어리둥절한데, 할아버지가 자는 동안 밀크커피에 더껑이가 생겨서 그걸 보고 하는 얘기인 걸 알게 된다. 그 점에 있어선 나도 할아버지랑 같은 생각이다. 둥둥 뜨는 우유 거품은 엄청 비위에 거슬린다. 내가 할아버지 손에서 컵을 빼내려고 하는데 미처 말리기도 전에 할아버지가 커피 잔을 바닥에 확 던져버린다

"젠장, 아서!" 나는 몸을 피해 펄쩍 뛰면서 날카롭게 소리친다. "새로 타다 줄게요."

순간 할아버지 얼굴에 창피해하는 하는 표정이 비치는가 싶더니 이내 다시 원래 모습으로 돌아간다.

"이놈아, 얼룩 생기기 전에 얼른 깨끗이 치워라. 이 카펫이 얼만지나 알아? 울 백 프로야. 1960년에 경매에서 건진 거라구. 페르시아 꼬맹이들이 만든 거다. 이제 겨우 걸음마하는 애들하고 계약을 하는 거지. 봐라. 저기 아래쪽 귀퉁이에 보면 그 조그만 손가락으로 새긴 작은 이니셜이 있다. 이 큰 거 한 장 만들고 십 센트나 받았나

모르겠다."

나는 걸레랑 온수 한 통을 갖고 와 커피 얼룩 없애기 대작전에 돌입한다. 할아버지가 말한 이니셜이 정말 있다. 아주 조그맣다. 이니셜 옆에는 작은 새 같은 게 있다. 가난한 꼬마들이 부자들을 위해 눈이 멀도록 카펫을 만든다고 생각하니 괜히 눈이 시큰거린다. 카펫 하나 청소하는 것도 충분히 죽을 맛이다.

"내 첫 첼로를 경매에서 샀다." 내가 카펫을 북북 문질러 닦는 동안 할아버지는 이야기꽃을 피운다. "내가 열두 살 때였지. 첼로의 첼 자도 들어 본 적 없던 시절이다. 당연히 본 적도 없고. 내가 들어본 음악은 교회 성가대 노래가 전부였다."

할아버지가 잠시 숨을 고르더니 노래를 한다. 귀에 거슬리던 평소 소리보다 훨씬 젊은 목소리다. 맑고 강한 음성.

"나는 행복하기에 찬양합니다. 나는 자유하기에 찬양합니다. 그분의 눈이 참새를 살피시듯 우리를 지켜보심을 아나이다."

갑자기 노래가 뚝 끊긴다. 느닷없이 노래를 시작하더니 끝내는 것도 갑작스럽다. 가사를 까먹었나? 아니면 나한테 얘기하고 있던 걸 잊은 건가? 아무리 좋게 말해도, 할아버지 기억은 분명 오락가락한다. 나는 할아버지가 다시 원래 목소리로 돌아오자 여차하면 다음 가사를 불러줄 뻔한다.

"어쨌든 그때 우리 마을에 시골 경매가 열렸다. 아마 누군가 죽은 뒤에 유족들이 집안 물건들을 처분하는 중이었겠지. 우리 아버지가 어머니한테 풍금을 사주셨다. 어머니 연주 솜씨가 아주 일품이었다. 어릴 때 온타리오에서 배우셨다더군. 그 경매장에 축음기, 유모차, 라이플총, 첼로가 있던 기억이 나. 어쩐 일인지 그날 나한테 3달러가 있었다. 허드렛일 하며 모은 그 돈을 첼로에 걸었지."

"왜 첼로였어요?" 나는 여전히 바닥을 문지르며 묻는다.

"뭔가 나를 끄는 게 있었어. 아마 첼로 모양 때문이었을 거야." 할아버지가 킬킬댄다. "내 절친한 친구의 누나를 연상시키더라고. 내가 진짜 갖고 싶었던 건 라이플총이었는데 바비가 나보다 비싼 값을 불렀어. 헌데 정작 그 총을 쏴보지도 못하고 죽었다."

"첼로는 어떻게 배웠어요?"

"한참동안은 첼로를 아예 건들지도 않았다. 그냥 내 방 구석에 놔뒀지. 바비가 죽은 뒤 그걸 뒤뜰로 끌고 가서 바비의 산탄총으로 거기다 구멍 좀 몇 개 박으려고 했다." 할아버지가 또 킬킬댄다. "하지만 난 사격 솜씨가 형편없었다. 아마 마지막 순간에 뻑하면 눈을 감아서 그랬겠지. 그래서 다시 질질 끌고 들어와서 그놈을 어떻게 연주할까 알아내려고 용을 썼다. 그 소리 때문에 우리 부모님은 미칠 지경이었을 텐데도 금세 애드먼턴에서 낱장 악보를 공수해 주셨다. 열네 살 때까지는 제대로 된 레슨을 받은 적이 없지. 내 몸에 밴 나쁜 연주 습관을 전부 없애는 데 꼬박 일 년이 걸렸다."

한참 카펫 문지르기를 끝내고 뭔가 이상하다 싶어 고개를 들어 할아버지를 보니 자기 두 손을 물끄러미 쳐다보며 울고 있다. 눈물이 할아버지 얼굴을 타고 흐른다. 자기를 보는 내 눈길을 느끼자 할아버지는 괜히 언성을 높인다. "뭘 보냐, 이놈아!" 하지만 속에 없는 소리다. 나는 각티슈를 할아버지 가까이 슥 밀어둔 다음 물 양동이를 들고 주방으로 간다. 내가 다시 돌아오니 할아버지는 텔레비전을 켜놓고 있다. 내 쪽으로는 시선도 주지 않는다. 나는 콧물투성이 티슈 한 무더기를 쓸어다 휴지통에 버리고 아래층으로 향한다.

맨 처음 한 일은 차 점검이다. 그 차가 어디 다른 데로 갈까 봐 그러는 게 아니라 그냥 잠시 운전석에 앉아서 핸들도 만져보고 비닐 냄새도 맡아 보고 싶을 뿐이다(할아버지 말로는 1956년 당시 비닐은 그야말로 최첨단 재질이었다고 한다. 가죽보다 훨씬 나은 초현대식 재질. 엉덩이에 땀 차게 했다면 유감이지만). 이대로 그냥 차고 문을 열고 몰래 내빼버리면 어떨까. 본토까지는 네 시간이 채 안 걸릴 거다. 그리고 노바스코샤까지 가는 데 일주일 이상은 안 걸리겠지. 달리는 내내 날씨가 좋으면 일주일도 안 걸릴 텐데. 차에서 자고 맥도널드 햄버거 먹으면서 가면 지금까지 모은 돈으로도 충분히 갈 수 있을 것 같다. 분명 가능한 얘기다. 단 한 가지만 빼면. 엄마. 이게 참 엄마한테 못할 짓이다. 꼬장꼬장하고 요구 사항 많은 늙은 아버지와 배은망덕한 도망자 아들을 둬야 할 이유가 없는 엄마다. 하지만 예전에 나 역시 가슴 아프게 내 고향을 떠나고 내 친구들과 헤어져야 할 이유가 없는 사람이었다.

나는 차에서 내린다. 대탈주극은 잠시 미뤄두기로 한다. 지금은 아이팟도 없고 갈아입을 옷 한 벌 없는 상황이니까. 차에서 내린 뒤 딱히 더 재미있는 일이 없어서 할아버지의 첼로를 찾아보기로 한다. 어딘가 분명히 있을 것 같다. 물론 할아버지가 열두 살 때 샀다던 그 첼로가 나오면 대박이겠지만 엄마가 얘기한 첼로가 어딘가 있을 거다. 1600년대에 이탈리아 장인인지 누군지가 만들었다던 단 하나뿐인 악기. 눈 튀어나오게 비싼 그 첼로. 오직 위대한 아서 젠킨스에게만 최고로 잘 맞는다는 첼로 말이다.

첼로는 꽤 큰 악기 아닌가. 한 아홉 살짜리 아이 덩치만한 하드케이스 안에 들어있겠지. 아래층을 뒤지는 데 그리 오래 걸리진 않는다. 안 보인다. 벽장 안에 숨어 있거나 침대 밑에 잠복해 있거나 문 뒤에 숨어 있지 않다. 위층도 수색한다. 하지만 첼로가 현관 홀 벽장 안에 있는 할아버지 코트에 고이 싸여 있는 것도 아니다. 주방 바깥 팬트리에서 세련된 베레모를 자랑스레 쓰고선 궐련을 뻐끔대고 있지도 않다. 할아버지의 첼로가 귀여운 바이올린한테 수작 거는 상상을 하자 씨익 웃음이 난다.

할아버지의 침실 앞까지 갔을 때는 그 방을 수색해도 되는지 다시 한번 생각해본다. 별로 남아 있진 않지만 그래도 할아버지의 프라이버시라는 게 있을 텐데 이건 사생활 침해 같기도 하다. 대체 나는 왜 첼로를 찾으려고 하지? 우리 둘 다 지금 첼로를 켤 상황도 아닌데. 그렇지만 무슨 이유 때문인지 지금 이 순간 첼로를 찾는 게 대단히 중요한 임무 같다. 그래서 나는 계속 찾고 있다. 비록 이 방에서 지독하게 고약한 냄새가 난다 할지라도. 나는 할아버지 침실에 있는 동안 침대 시트를 벗겨서 문간에 던져둔다. 혹시나 내가 자기 방에서 뭘 하는지 할아버지가 미심쩍어할 상황을 대비해서.

찾다 찾다 포기하고 점심이나 차리러 가야겠다 하는 순간 뭔가 눈에 들어온다. 할아버지의 헌 구두들을 담아둔 상자 뒤쪽 벽장 깊숙이 떠밀려 있는 뭔가가 있다. 바로 그거다. 오래된 나무통 하나에 수십만 달러라는 그 귀하신 몸. 첼로 케이스를 끌어내 불에 비춰 보는데 때마침 할아버지가 종을 흔들며 나를 소리쳐 부른다. 첼로를 다시 벽장 안에 밀어 넣을까 생각하다가 에라 모르겠다 하는 마음에 케이스 손잡이를 잡고 거실로 들고 간다.

"점심은 어디 있냐?" 잔뜩 골이 난 목소리다.

"내가 뭘 찾았는지 보세요."

백 프로 확신하는데, 만약 할아버지가 힘만 있었어도 당장에 나를 때려눕혔을 거다. 하지만 할아버지는 무력을 행사하는 대신 파랗게 질려 바득바득 고함치는 걸로 만족해야 하는 신세다. "그거 갖다 넣어! 이놈이 감히! 네놈을 고소하고 말 거다!"

할아버지는 나를 참 다양한 이름으로 부른다. 악당, 비행청소년, 강도도 모자라 심지어 난쟁이 좀도둑이라고 부른다. 아, 그건 어쩌다 알게 됐는데 맥베스에 나오는 표현이다. 난쟁이라고 불리는 게 웃겨서 피식 웃음이 터진다. 그것 때문에 할아버지는 다시 뚜껑이 열린다. 할아버지가 책상을 쾅쾅 내려친다. 저러다 유리가 깨지면 어쩌나 슬슬 걱정될 만큼. 아니, 저러다 심장마비라도 오면 어쩌나 걱정될 만큼.

"알았어요, 알았어요. 알아듣겠다고요. 화나신 거잖아요. 도로 갖다 놓을게요. 관심 가져서 죄송합니다아." 할아버지 방으로 가려고 돌아서는데 뭔가가 등을 탕 때린다. 아프다.

"아이씨." 내 목소리가 높아진다. "뭐 하는 거예요?" 할아버지 전기면도기가 내 옆쪽 바닥에 나뒹군다. 할아버지가 숨을 헐떡인다. 화가 치솟아 그러는 게 아니라 웃느라 숨이 넘어간다. 감정 기복 한번 대단하다.

"이놈아, 네 표정 좀 봐라." 할아버지가 계속 끅끅댄다. "그 광고에서 뭐라고 하지? 값을 매길 수 없다, 였나?"

"젠장, 아서. 진짜 아파요."

"약해빠진 놈."

"뭔 상관." 내가 구시렁댄다. "이거 제자리에 갖다 놓고 점심 갖다 드릴게요."

"그것 좀 보자."

"네?"

"열어 봐."

"정말로요?"

할아버지가 고개를 끄덕인다.

나는 첼로 케이스를 할아버지 가까이 갖고 가 손이 닿는 곳에 세

워둔다. 잠금쇠를 풀기에는 할아버지 손이 너무 뻣뻣하다. 내가 케이스를 열었는데 할아버지는 그 안에 있는 악기를 만져보려고 손을 뻗지도 않는다. 가만 쳐다보면서 한숨을 쉬다 고개를 슥 돌린다. 무슨 말을 해야 할지 모르겠다. 다른 첼로랑 별로 달라 보이지 않긴 한데 사실은 엄청 많이 다른 악기란 건 나도 안다. 할아버지가 책상 서랍에 손을 뻗어 손전등을 꺼내 내게 건넨다.

"한번 봐라."

"뭘요?"

"사인."

"아, 그래요." 나는 손전등을 켜고 첼로를 비춰본다. 누군가 첼로에다 사인을 해놓은 모양인데 어디인지 모르겠다.

"거기." 할아버지가 F 모양 구멍 중 한 곳을 가리킨다.

"맨 위."

나는 기어가는 자세로 엎드려 첼로 몸통 안쪽을 비춘다. 구불구불 가늘고 긴 필체가 보인다. 색이 바랜 작은 종이 라벨에 글씨랑 숫자가 있다. 뭐라고 적혀 있는지 알아볼 수가 없는데, 굳이 그럴 필요도 없다.

"프란체스코 루지에리 데토 일 페르 크레모나, 1673."

내가 이탈리아어는 할 줄 모르지만 그게 무슨 뜻인지는 알 것 같다. '루지에리가 1673년에 이탈리아에서 이 첼로를 만들었다.' 그 사람 이름이 나한테는 아무 의미 없지만 나는 "멋지네요." 하고 얘기한다. 하여간 내 평생 이렇게 오래된 물건을 본 적은 없다. "그러니까 프랭키, 어쩌다 이 동네까지 온 겁니까?" 나는 뜬금없이 첼로에게 묻는다.

할아버지가 코웃음을 친다. "프랭키라니."

나는 이왕 분위기 탄 김에 계속한다.

"뭐라고 하시는 거죠, 프랭키? 약간 쌀쌀하다고요? 바로 해결해 드리겠습니다."

나는 케이스를 닫고 복도 벽장으로 달려간다. 돌아와서는 할아버지의 군청색 베레모 하나를 프랭키의 딱딱한 머리에 얹고 빨간 목도리를 목에 둘러준다. 궐련도 한 대 딱 꽂아주면 좋겠지만 350년 묵은 나무와 흡연은 그다지 어울리지 않는다.

"언젠가 우리랑 같이 드라이브 한번 가시죠." 나는 계속 프랭키에게 얘기한다. "아서의 차가 아주 끝내줍니다." 나는 할아버지 쪽을 본다. "뭐라 그러셨어요, 아서? 프랭키한테 동네 구경 시켜줘야 한다구요? 저녁 먹으러 가자구요? 영화 보러 가자구요?"

"프랭키는 이미 프라하도 봤고 뉴욕도 봤고 런던도 봤다. 베를린, 도쿄, 파리 다 봤지. 그런 몸이 이 고리타분한 동네에서 뭘 하고 싶겠냐? 핫케이크에 차라도 한잔 하랴?" 할아버지가 프랭키한테서 몸을 홱 돌리더니 끙 하고 앓는 소리를 낸다. "점심은 아직이냐?"

"프랭키, 미안합니다. 할 일이 있어서요." 나는 프랭키를 일으켜 피아노 옆에 두면서 둘을 서로 인사시키는 척한다. "이 쪽은 빌헬미

나 보센도르퍼 양입니다. 빌리라고 부르세요. 프랭키 씨보다 한참 어려요. 그러니 만약 당신이 당신 주인을 닮은 분이라면 실력 발휘 좀 해서 빌리랑 금세 친해져 봐요." 나는 피아노 커버를 벗기고 하얀 건반을 드르르 훑어본다. "멋진 글리산도 주법이죠, 프랭키?" 나는 곁눈질을 하며 얘기한다. 나는 피아노를 칠 줄 모르지만 피아노 선생님과 사는 이상 몇 가지는 주워들었다.

"프랭키의 포르타멘토(운음. 한 음에서 다른 음으로 매끄럽게 옮겨가는 것–옮긴이)를 들어야지." 할아버지가 말한다.

"포르타멘토가 뭐예요?" 내가 묻는다. "포트멘토랑 피멘토 중간쯤 되는 걸로 들려요."

할아버지가 못마땅한 듯 또 끙 하고 앓는 소리를 낸다. "넌 아마 포트멘토가 뭔지도 모르는 모양이다."

"탄자니아 같은 단어요." 내가 대답한다.

"탄자니아?"

"탕가니카하고 잔지바르요. 포트멘토, 혼성어 말이에요. 두 단어가 섞여서 새로운 단어가 되는 거. 브런치 같은 거요. 브란젤리나, 가련약 그런 거. 내가 완전히 바보는 아니거든요."

"가련약?"

"가련하고 연약한 거 말이에요. '보로고브들은 하나같이 가련약했고, 집 잃은 래스들은 휘파람 같은 고함소리를 내는구나.' 이거 루이스 캐럴이잖아요. 옛날에 엄마가 읽어줬어요."

"나도 루이스 캐럴이 누군지 안다, 이놈아. 『이상한 나라의 앨리스』, 『거울 나라의 앨리스』. 내가 성경, 교과서, 변소에 있던 이튼 카탈로그 말고 처음으로 읽은 책들이지. 열네 살 때 에드먼턴의 학교엘 갔더니 누군가가 기숙사 내 방에 앨리스 책을 놔두고 갔더라. 나는 거기 간 첫 주에 그 책을 앞표지부터 뒤표지까지 모조리 다 읽었지. 그때는 늙은 루이스가 약간 변태라는 걸 아무도 몰랐을 때다. 그럼 내가 제일 좋아하는 캐릭터가 누군지 맞춰봐라."

나는 할아버지를 빤히 쳐다보며 기억을 더듬는다. 읽은 지 십 년도 더 된 책 내용을 떠올리느라 머리에 김이 날 지경이다. 그 책에는 수도 없이 많은 캐릭터가 등장한다. 내 기억에는 그 캐릭터들이 하나같이 괴상하기 짝이 없다. 옛날 노래가 머릿속에 떠오른다. '알약 하나 먹으면 거대해지고, 알약 하나 먹으면 작아진다.' 엄마가 나한테 해주던 얘기가 기억난다. 사람들은 루이스가 마리화나를 피웠다고 생각했단다. 물담배 피우는 애벌레가 앨리스한테 자기가 앉아 있던 버섯을 먹으라고 조언하는 게 그 증거라고. 나는 루이스가 변태였는지 아니면 마리화나 중독자였는지, 아니면 둘 다였는지 모르지만 할아버지가 제일 좋아하는 캐릭터가 앨리스도 험프티 덤프티도 가짜 거북도 아니라는 건 확신한다. 그렇다면, 알겠다. 붉은 여왕. 얘랑 할아버지는 공통점이 아주 많다. 성격 나쁘지, 편집증 있지, 과대망상 있지.

"저 놈의 목을 쳐라!" 나는 붉은 여왕을 흉내 내 소리치는데 할아버지는 그저 눈살을 찌푸리며 고개를 흔든다.

"다시 찾아 봐."

할아버지는 약간 제정신이 아니니까 정신 나간 모자 장수를 얘기한다. 할아버지는 또다시 고개를 절레절레 흔든다.

"그럼 체셔 고양이? 트위들 덤? 트위들 디? 흰 토끼?"

내가 하나씩 들이밀 때마다 할아버지는 낄낄대기만 하다가 결국 한마디 한다. "포기?"

나는 고개를 끄덕이고 할아버지는 최소한 8연은 될 내용을 읊기 시작한다. '아버지, 연세가 많으세요.'부터 시작해서 단어 하나하나를 다 기억한다. 모든 연을 줄줄 읊으며 마지막은 '꺼져, 안 그러면 걷어차 줄 테다.'로 웅장하게 끝낸다. 자기가 아침에 뭘 먹었는지도 얘기하지 못 하는 사람이 이러다니 놀랍다.

"무지 인상적이네요. 코끝에 뱀장어 세울 줄 아는 괴팍한 노인을 제일 좋아하는 줄 몰랐어요."

"그렇지!"

여덟

몇 주가 흘러가는 사이 만사가 편안하면서도 다소 지루한 패턴으로 자리 잡아간다. 나는 매일 아침 자전거를 타고 할아버지네로 간다. 할아버지는 내가 늦었다고, 아니면 땀 냄새가 진동한다고, 아니면 멍청하다고 소리를 지른다. 때론 그 세 가지 다 트집을 잡는다. 나는 커튼을 일 인치 더 열고, 할아버지한테 카페오레를 만들어 주고, 텔레비전을 조금 보고, 저녁식사를 전자레인지 안에 넣어두고, 경치 좋은 길을 따라 자전거를 타고 집에 돌아온다. 그 길은 큰 도로보다 더 길지만 더 재미있는 코스다.

우리는 일주일에 한 번씩 티버드를 몰고 나가 내가 매일 자전거를 타는 그 길을 따라 드라이브한다. 할아버지는 까탈 부리는 아기처럼 굴다 차에서 잠들기 일쑤다. 나는 할아버지가 잠에서 깨 화장실에 가야 한다며 소리를 지를 때까지 근처를 쭉 달린다. 만약 우리 둘이 영화 속 등장인물이라면 할아버지와 나는 함께 장거리 여행에 나서는 길동무다. 나는 할아버지한테 중요한 인생 수업을 받게 되고 할아버지는 내게서 삶의 기쁨을 선물로 받는 그런 비슷한 일들이 벌어지겠지. 나는 영화 속 캐스팅까지 그려본다. 할아버지 역은 커크 더글러스, 나 로이스 피터슨 역은 '트랜스포머'의 샤이아 라보프나 '트와일라잇'에서 젠체하는 놈들 중 하나.

어느 날은 할아버지가 자는 동안 계속 달려서 시드니까지 다녀온다. 티버드가 고속도로에서 어떻게 달리는지 보고 싶었을 뿐이다. 그건 그것대로 정말 짜릿한 일탈이지만 나는 다시 우리 동네로 돌아와서 좋다. 내 심박동을 다시 정상 수준으로 돌아가게 하는 것도 좋다. 할아버지하고 같이 있지 않았으면 아마 시드니를 지나 여객선 터미널까지 쭉 가고 싶었을지도 모른다. 여객선의 철제 주둥이로 이어진 경사로를 사뿐히 밟고 미끄러지듯 올라타 내 갈 길 갔을지도 모를 일.

어느 날 오후, 혼자 하는 카드놀이가 지겨워진 나는 똥마려운 강아지처럼 안절부절 왔다 갔다 하다가 할아버지의 앨범을 보기로 마음먹는다. 복도 벽장에서 썩어가고 있는 앨범들을 챙겨 들고 아무도 안 쓰는 위층 침실로 간다. 침대 위에 앨범을 올려놓고 시간 순으로 정리한다. 할아버지가 열네 살이던 1929년이 처음이고 2006년이 마지막이다. 앨버타에서 보낸 어린 시절 앨범도 없고 지난 몇 년 간의 앨범도 없다. 각 앨범은 삼 년에서 오 년 정도의 세월을 담고 있다. 앨범 두 권은 평론이 가득하고 두 권은 음악회 프로그램으로 가득하다. 들고 온 것들 전부 먼지투성이 검은색 가죽 장정 앨범이다. 그 중 작은 앨범 두 권만 빼고. 하나는 파란색, 또 하나는 빨간색 벨벳 표지. 마르타, 니나라는 이름이 붙어 있다. 나는 책장에 있는 첫 번째 앨범 빼고 나머지는 놔둔다. 그런 다음 1929−1932라고 쓰여 있는 앨범을 들고 침대에 편히 자리를 잡는다.

앨범을 펼쳐 보니 표지에 적힌 날짜가 잘못된 게 제일 먼저 눈에 띈다. 열네 살보다 어린 시절의 아서 사진들이다. 처음 몇 페이지는 사춘기 이전의 아서가 형이랑 여동생과 함께 있는 사진들로 빼곡하다. 바비랑 엘리자베스. 여자애는 곱슬머리를 리본으로 묶고 있다. 카메라 앞에서 가만히 있질 못하는 듯 여자애 모습은 약간 초점이 맞지 않는다. 사진마다 바비를 바라보는 아서의 눈에 하트가 가득하다. 바비는 주근깨가 있고 웃음이 시원한 남자애다. 손에 뭘 들고 있는 모습이 많다. 라이플총, 굴렁쇠, 죽은 땅다람쥐, 막대기, 공. 어떤 사진에는 그 세 남매가 진짜 인디언 천막 같은 원뿔형 천막 바깥에 쪼로로 서 있는 모습이 담겨 있다. 또 다른 사진에 있는 아서는 커다란 개가 끄는 작은 썰매를 타고 있다. 행복한 유년기 아닌가?

하지만 가족사진은 다른 이야기를 들려준다. 턱수염이 긴 남자가 단호하고 험악한 표정으로 서 있다. 통통한 젊은 여인의 어깨를 두 손으로 꽉 쥔 채. 하얀 레이스 드레스를 입은 그 여자는 아기를 안고 앉아 있다. 그런데 표정이 마치 방금 식초를 한 입 가득 삼킨 듯하다. 엘리자베스는 여인의 발치에 앉아 있고 금방이라도 울음을 터뜨릴 표정이다. 사내아이들은 어머니 양옆에 한 명씩 서 있다. 주먹을 꼭 쥔 차렷 자세다. 아무도 웃질 않는다. 그들 뒤쪽 벽에는 십자수로 놓은 글귀가 보인다. '매를 아끼면 아이를 망친다.' 그나저나 이 아기는 어떻게 된 건지 궁금하다. 할아버지는 바비랑 엘리자베스 얘기만 했다. 어쩌면 아기의 존재를 잊었는지도 모르겠다. 무슨 이유 때문인지 갑자기 마음이 불편하다. 누군가가 이렇게 증발할 수 있다고 생각하니 정말 속상하다.

가족사진 뒤로 두 페이지쯤 비어 있고 그제야 1929년이 나온다.

풍경이 도시로 바뀐다. 아마 에드먼턴이겠지. 곧 쓰러질 듯한 집 바깥 보도에서 삽질을 하고 있는 아서. 털코트, 털모자 차림에 가죽장갑을 낀 노신사 옆에 뻣뻣한 자세로 서 있는 아서. 아서는 손으로 뜬 벙어리장갑을 끼고 모직 캡을 쓰고 낡은 코트를 입고 있다. 추워 보이긴 하지만 행복한 기색이 비친다. 노신사는 한 손을 아서의 팔꿈치에 대고 있다. 아서를 이끄는 건지 아서한테 기대는 건지 분간이 안 된다. 아서의 첼로 선생님인가? 가족 친구 분인가? 집주인? 몇 페이지 뒤에서 답을 얻는다.

누레진 1931년자 신문 스크랩을 보니 그 둘의 사진이 실려 있다. 사진 아래 설명이 "아서 젠킨스와 그의 멘토 겸 스승인 라즐로 폴가" 이다. 헤드라인에는 "지방 출신 신동이 권위 있는 상을 수상하다." 라는 글귀가 있다. 기사 내용을 보니 아서가 길레르미아 수지아라는 여자와 함께 런던에서 공부하는 장학금을 탔다고 한다. 누구 하나 들어본 적 없는 이름들이다. 하긴 그것 말고도 모르는 것 천지인데. 기사에 따르면 그 여자가 꽤 대단한 사람이었나 보다. 카잘스와 바람을 피웠다는 그 여자는 '예측 불가능하고 개성 강한 보헤미안'이라고 묘사돼 있다. 딱 아서의 취향이군.

앨범 나머지 부분은 전부 런던에 있는 아서의 사진들로 넘쳐난다. 초반에는 어리벙벙하고 배고프고 약간 겁먹어 보인다. 사실 그렇게 멀리 집을 떠나 있기에는 아직 어린 나이이다. 그러다 마지막 페이지를 넘기니 거기에는 턱시도 차림으로 어떤 여자와 함께 차(MG

같다)에 타고 있는 아서의 모습이 보인다. 아서보다 훨씬 나이 들어 보이는 여자는 아마 변덕스러운 첼로 선생이겠지. 모든 게 이전보다 나아진 것 같다.

이제 막 1933–1937 앨범으로 넘어가려는데 전화가 울린다. 어, 이상하다. 할아버지네 전화는 내가 여기 온 후로 단 한 번도 울린 적이 없다. 만약 엄마가 나랑 얘기하고 싶으면 내 휴대폰으로 걸 텐데. 한번도 할아버지한테 전화 온 적 없다. 어쨌거나 내가 여기 있을 때는 그런 경우가 없다. 나는 할아버지가 전화를 받는지 기다리지만 계속 전화벨 소리가 들려서 잽싸게 거실로 달려가 책상에 놓인 수화기를 집어 든다. 할아버지는 전화도 나도 모르는 체한다. 초원의 집을 또 보고 있다. 분명히 월넛 그로브 동네에서 벌어지는 일이 꽤 흥미진진한 모양이다.

"여보세요. 젠킨스 씨 댁입니다."

"아서 젠킨스 씨 계신가요?" 여자 목소리다.

"누구시라고 말씀드릴까요?" 내가 묻는다. 왠지 내가 할아버지한테 오는 전화들을, 아니 달랑 이 한 통의 전화를 걸러야 할 것 같다.

"캐서린 램이에요. 토론토 CBC 방송국 프로듀서입니다. 저희가 곧 연주회 녹화를 진행할 건데 연주회 전 프로그램으로 젠킨스 씨 인터뷰를 하고 싶은데요."

"무슨 연주회요?" 내가 묻는다. 할아버지가 의자를 빙글 돌려 나를 쏘아본다. 목을 자르는 시늉을 하길래 나는 그걸 할아버지가 램

양과 통화하고 싶지 않다는 뜻으로 받아들인다.

"로이 톰슨 홀에서 열리는 연주회예요. 젠킨스 씨가 일 년 전부터 알고 계시던 겁니다." 캐서린 램이라고 자신을 소개한 여자가 잠깐 사이를 두고 다시 얘기한다. "실례지만 누구시죠?" 램 양은 슬슬 짜증이 나는 모양이다. 할아버지가 하도 세차게 고개를 가로젓는 바람에 털모자가 휭 하니 날아간다.

"젠킨스 씨 개인 비서입니다. 로이스 피터슨이요. 젠킨스 씨는 지금 통화하실 수 없습니다. 나중에 전화하시라고 할게요. 번호 남겨 주시겠습니까?"

램 양은 한숨을 쉬더니 전화번호를 따박따박 불러준다. 나는 그 번호를 지저분한 냅킨에 적는다.

전화를 끊고 묻는다. "무슨 연주회예요, 아서?"

할아버지는 여전히 TV에만 열중한다. 메리가 맹인 학교에 가려고 월넛 그로브를 떠나는 중이다. 나는 손을 뻗어 할아버지가 앉은 의자를 돌려세워 내 쪽을 보게 한다.

"무슨 연주회냐고요?" 내가 재차 묻는다.

할아버지는 다시 TV 쪽으로 몸을 돌리려고 하지만 내가 의자 뒤쪽을 꽉 잡고 놓질 않는다.

"이놈아, 놔라." 할아버지가 성난 소리로 말한다.

"싫어요. 무슨 연주회인지 얘기해줄 때까지 안 놔요."

"빌어먹을 놈들." 할아버지가 구시렁거린다.

"누가요?"

"주최자 놈들. 아직도 늙은이 갖고 한탕 하려고 한다니까. 여기 어딘가에 편지가 있을 거다. 의자 좀 놔 봐라. 찾아 줄 테니."

나는 할아버지가 의자를 돌리도록 손에 힘을 푼다. 할아버지는 책상 서랍을 열고 편지 한 뭉텅이를 꺼내 나한테 툭 던진다. 뜯지도 않은 청구서, 가옥 도장업자 전단지, 정당 세 군데와 공영 방송국, 지역 노숙자 쉼터에서 온 기부 요청서 등을 자세히 살펴본다. 편지 뭉치 맨 밑에 캐서린 램한테 온 편지가 있다.

"이제 속 시원하냐?" 할아버지가 묻는다. "거머리 같은 놈들. 왜 날 가만두질 못해?"

"이십 세기 최고의 첼리스트 중 한 분이었으니까 그렇겠죠."

할아버지가 코웃음을 치며 두 손을 들어 보인다. 덜덜 떨리는 손. 손목 관절이 부풀어 오른 것 같다. 엄지손가락은 희한한 각도로 튀어나와 있고 나머지 손가락은 갈고리 발톱처럼 보인다. "네가 말한 문장에서 중요한 말은 '이었으니까'다. 너는 내가, 사람들이 이런 나를 봤으면 좋겠다고 생각할 것 같으냐?" 할아버지가 여봐란 듯이 자기 두 손을 내게 흔들어 보인다. "한심하기 짝이 없어."

할아버지 본인이 한심하다는 건지 할아버지를 예우하고 싶어 하는 사람들이 한심하다는 건지 확실치 않지만 하여간 편지 내용은 아주 분명하다. 우리 할아버지의 삶과 시대를 조명하는 CBC 라디오 다큐멘터리 방송을 기념하기 위해 스타들이 총출연하는 연주회가

로이 톰슨 홀에서 열릴 예정이다.

연주회 주최자들은 할아버지가 다른 지역으로 움직이기 힘들다는 걸 알기 때문에 이 지역 시내 고급 호텔에서 기념행사를 갖기로 했다. 흰색 타이에 연미복, 지역 유명인사들, 음악가, 정치인 등이 모이는 행사. 그렇다면 연설, 카메라 이런 게 등장한다는 뜻이다. 정말 궁금하다. 이런 일을 추진한 사람들 중 누구든 과연 할아버지를 실제로 만나보기나 했을까? 지금 저렇게 지저분한 스웨터에 너덜너덜한 슬리퍼 차림으로 도끼눈을 하고 TV를 노려보는 할아버지를 봤더라면 이 모든 계획에 대해 다시 한 번 생각할 텐데.

"간다고 했었어요?" 내가 묻는다.

"그랬나부지." 할아버지가 투덜댄다. "아주 오래 전에. 그 망할 놈의 여자가 도무지 가만 놔두질 않더라고. 내가 그 여자하고 몇 시간을 얘기했는지 모르겠다. 인터뷰할 만한 다른 사람들 이름도 알려줬다고. 너라면 이제 노인네 좀 가만히 놔두겠구나 생각했을 거다."

"뭐라고 생각하신 거예요? 그 사람들이 설마 주빈을 까먹고 있었겠어요?"

할아버지가 어깨를 으쓱한다. "연주도 못 하는 쉰내 나는 늙은이를 보고 싶어 하는 사람이 있겠냐?"

"글쎄요. 그 사람들은 그런 모양이네요." 나는 이렇게 말하며 전화기를 집어 든다.

"그 여자한테 할아버지가 파티 이런 데 못 간다고 얘기할게요. 인터뷰도 못 하고. 그쪽도 분명 이해할 거예요. 내 말은, 할아버진 진짜 연세가 있잖아요, 지금."

할아버지가 마치 뱀 곡예사의 바구니에 있던 코브라처럼 쏜살같이 의자에서 일어난다. 내 손에서 전화기를 홱 잡아채 쿵 하고 자리에 앉더니 재다이얼 버튼을 누른다.

"다음 주에 인터뷰하겠소." 할아버지가 CBC 여자 프로듀서에게 얘기한다.

"내 재단사한테 전화해라." 할아버지가 전화를 끊으며 내게 얘기한다. "우리, 새 턱시도가 필요할 거다."

"우리요?"

"그래, 이놈아. 너하고 나. 그리고 네 엄마는 새 드레스가 필요할 거다. 돈은 내가 내마. 네 엄마더러 손톱 관리 좀 받으라고 해라. 손이 아주 망신스럽다."

그날 밤 나는 엄마와 저녁식사를 한다. 할아버지가 식사하는 모습을 본 후로는 입을 다물고 음식을 씹고 냅킨을 사용하고 음식도 질질 흘리지 않고 나더러 "이놈아"라고 부르지 않는 정상적인 사람과 함께 식사하는 게 그리 나쁘지 않다고 느껴진다.

"연주회 일 알고 있었어?" 나는 파스타를 먹으며 엄마에게 물어본다.

"응. 근데 이렇게 금세 다가온 줄 생각도 못 했어. 그 사람들 말야, 이 다큐멘터리에 몇 년 동안 매달려왔거든. 우리 루넌버그 살 때 나 인터뷰하러 집에 온 거 기억 안 나?"

나는 고개를 흔든다. 노바스코샤에 있을 땐 친구들, 스케이트보드, 비디오게임, 자전거에 늘 정신이 팔려 있었다. 냉장고에 먹을 거 있고 샤워할 때 뜨거운 물 나오고 하는 이상 엄마가 뭘 하는지 별 신경을 안 썼다.

"어쨌거나, 그 다큐멘터리 괜찮을 거야. 할아버지가 계약서 사인하시기 전에 내가 다 확인했거든. 근데 근래들어 애초에 승낙한 게 실수였나 싶기도 해. 내가 중간에 개입해서 할아버지가 아주 화를 냈어. 하지만 난 누구든 아버지를 이용하는 걸 원치 않아서 그랬어."

말도 안 돼. 엄마는 할아버지가 그 사람들을 이용해먹지 않을까 그런 거나 걱정해야 한다. 왜 다들 할아버지의 머리가 그 몸만큼 쇠약하다고 생각할까? 그래, 뭐, 가끔은 나사가 빠진 듯할 때도 있지만 평소에 할아버지는 뭔 일이 벌어지고 있는지 정확히 간파한다. 그냥 뭔 일이 벌어지는 게 싫을 뿐이다. 나는 그게 어떤 기분인지 잘 안다.

"그 다큐멘터리 제작자들이 전성기 시절의 할아버지를 알던 사람들을 엄청 많이 만나고 다녔어. 할아버지 요청으로 그 연주회에서 아포칼립티카가 연주할 거야. 로이 톰슨 홀 지붕이 확 날아갈지도 몰라!"

"아포칼립티카? 그게 뭔데?"

엄마가 고개를 옆으로 기울이며 씩 웃는다. "와우! 이런 일도 다 있네. 엄마가 아는 걸 네가 모르다니 별일이다. 아포칼립티카는 메탈리카나 슬레이어 음악을 첼로로 연주하는 핀란드 밴드야. 그 밴드 사람들이 헬싱키에서 클래식 공부할 때 할아버지 연주를 들었나 봐. 오래 전에 할아버지한테 연락을 해왔더라고. CD 몇 장을 보냈어. 이제 그 밴드가 중국인 음악 신동하고 이탈리아에서 온 현악 4중주단이랑 협연을 할 거야. 재미있겠지? 그치?"

나는 고개를 절레절레 젓는다. "할아버지 진짜 대박이네. 처음에는 CBC 프로듀서랑 얘기 안 하겠다고 하더니 이제는 인터뷰 약속을 잡고 나더러 할아버지 재단사한테 전화하래."

"재단사?"

"응. 새 턱시도를 맞출 건가 봐. 그리고 엄마한테는 새 드레스가 필요하대. 비용은 할아버지가 낸다네."

"새 드레스?"

"응. 그리고 네일 케어도."

"왜?"

"아마 우리가 그날 할아버지 파트너인가 봐. 그러니까 우린 멋지게 보여야 한다는 거지. 뭐, 문제 있어?"

엄마는 웃음을 터뜨리더니 손으로 머리를 슥슥 빗질한다.

"할아버지가 미용실 돈도 내줄까?"

"그렇겠지. 어쨌든 나는 할아버지의 신임을 받는 개인 비서야."

나는 탁자 아래 엄마 발을 슬쩍 본다. 엄마는 회색 작업용 양말에 구닥다리 가죽 샌들을 신고 있다. "할아버지한테 얘기하는 김에 페디큐어도 받아. 그리고 새 신발도 필요하다고 하고."

"너 진짜 웃긴다, 롤리."

"여사님, 저는 로이스입니다."

아홉

며칠 뒤 할아버지네 전화가 다시 울린다. 이번엔 지역 신문사 기자 전화다. 그 여기자가 곧 있을 연주회와 다큐멘터리 건에 대해 듣고 위대한 아서 젠킨스를 인터뷰하고 싶어 한다. 사진 기자도 함께 온단다.

"언제가 좋으시겠어요?" 기자가 묻는다.

나는 "좋을 일 절대 없을 걸요." 이렇게 말하며 웃어주고 싶지만 정중히 전화번호를 받고 나중에 전화 주겠노라 약속한다. 그렇게 했다고 할아버지한테 얘기하자 할아버지는 약속을 미뤘다며 나한테 소리를 지른다.

"멍청한 놈." 할아버지가 고함을 친다. "내일로 잡아 놔."

나는 할아버지를 열 받게 하려고 기자한테 전화해서 일주일 있다오라고 요청한다. 기자가 언제 올지 할아버지가 기억할 것 같진 않다. 그냥 할아버지 뜻대로 하지 않는 게 목적이다. 그런 순간이 내게는 짜릿한 만족감을 선사하는 드문 기회다.

기자와 사진작가가 오기로 한 전날 할아버지와 나는 킴의 이발소로 간다. 나는 스포츠머리를 다듬으러, 할아버지는 면도하러. 킴이 내 머리를 깎아준 뒤 나는 흰 가죽소파에 누워 킴이 할아버지 얼굴에 뜨거운 타월을 얹는 걸 지켜보며 나도 할아버지처럼 면도를 해달라고 할 좋은 구실이 생겼으면 좋겠다고 속으로 빈다.

유감스럽게도 나는 열다섯 살 때부터 쭉 솜털 모드에 머물고 있다. 며칠에 한 번씩만 면도를 한다. 그거야 나쁘지 않다. 왜냐, 면도는 아주 성가신 일이니까. 혹시 심각할 정도로 수염이 자란다면, 그냥 어떻게 되는지 보고 싶어서 그대로 자라게 놔둘 거다. 하지만 그런 일이 벌어지리라 기대도 하지 않는다. 엄마가 그러는데 예전에 아빠가 콧수염을 길렀다고 한다. 그런데 그 수염은 고작해야 긴 털 열 개 정도가 삐죽 난 것이어서 엄마가 아빠한테 그걸 싹 밀어버리게 했단다.

킴은 일을 하면서 낮은 목소리로 또 흥얼거리고 있다. 거기다 춤 같은 것도 춘다. 할아버지한테 움직이지 말라고 하거나 얘기하지 말고 가만있으라고 말하는 순간이 아니면 음향 장치에서 흘러나오는 노래를 내내 따라 부른다. 킴의 엉덩이는 높이 올라붙어 있고 둥글둥글하다. 그녀 위쪽 조명등 불빛에 반사돼 아른아른 빛나는 재질의 스커트에 감싸인 엉덩이. 희미하게 반짝이는 그 엉덩이께가 사람 넋을 빼놓는다. 마치 아주 취해 정신없을 때 번쩍이는 나이트 조명을 보는 그런 기분이다. 그렇게 멍하게 정신이 팔려 있는데 어느 순간 할아버지가 "이놈아 엉덩이 그만 쳐다보고 커피나 가져 와!" 하고 소리를 지른다.

나는 벌떡 일어나 옆집으로 잽싸게 튀어가면서 거울을 슬쩍 본다. 토마토처럼 발그레해진 내 머리통이 눈에 들어온다. 할아버지가 대놓고 키득거린다. 킴은 짓궂다며 한마디 한다. 내가 커피를 들고 왔을 때쯤 킴은 할아버지 얼굴에서 타월을 치우고 면도를 하는 중이다. 면도칼로 한 번에 길게 천천히 움직이는 손놀림이다. 할아버지는 눈을 감고 있고 킴은 커피를 옆 테이블에 내려놓으라는 손짓을 한다.

"잠드셨어. 아서한테 내일은 아주 중요한 날이겠네."

나는 고개를 끄덕이고 할아버지 커피를 한 모금 마신다.

"할아버지가 널 좋아하셔."

그 소리에 코웃음을 치다 라테가 코로 올라온다. 겨우 추스르고 이렇게 투덜댄다. "내가 그 말을 믿을 것 같아요?"

킴이 면도를 멈추고 면도칼로 나를 가리킨다. "그리고 너도 할아버지를 좋아해."

나는 도리도리 고개를 젓는다. "이거 그냥 일이에요. 돈벌이가 쏠쏠한 일. 진짜예요. 우리 둘, 사이 안 좋아요."

"그렇지 않아." 킴이 다시 할아버지 얼굴에 면도를 시작하며 얘기한다. "절대 아니야."

나는 어깨를 으쓱하고 《GQ》 잡지를 집어 든다. 턱시도에 뭘 입으면 되는지 팁이나 찾아보려고 하는데 킴이 한 말이 계속 귓가에 맴돈다. 킴이 할아버지 얼굴에 있는 면도 거품을 닦아내는 모습만 물끄러미 지켜본다. 그녀는 노래를 부른다. "당신이 최고, 당신은 콜로세움이에요. 당신이 최고, 당신은 루브르 박물관이랍니다."(뮤지컬 〈Anything Goes〉에 나온 'You're the top'이라는 노래의 가사. 콜 포터 작사·작곡–옮긴이) 할아버지 얼굴이 깨끗해진 뒤 킴은 나른한 동작으로 원을 그리듯 할아버지 머리를 마사지한다.

킴의 노래가 끝나갈 즈음이 되자 할아버지가 큰 소리로 따라 부른다. "나는 바닥이지만 당신은 최고입니다." 지금 이런 순간은, 그래, 내가 할아버지를 좋아한다고 인정해야겠다. 나는 웃음을 터뜨리고 킴은 몸을 숙여 할아버지 볼에 입을 맞추며 얘기한다. "자기 말이 맞아요."

"그렇지." 할아버지가 거칠게 응수한다.

나는 눈을 돌려 잡지에 나온 본드걸 기사를 본다. 그 사이 할아버지는 요금을 치르고 킴에게 작별인사를 건넨다. 우리가 나오는데 킴이 나를 안아준다. "내가 한 얘기 기억해." 킴이 내 귀에 대고 속삭인다.

나는 잠자코 고개만 끄덕인다. 킴의 몸에서 느껴지는 열기, 향수 냄새, 내 귀에 닿은 그녀 입술의 끈적끈적한 느낌에 압도된 채 아무 말도 못한다. 그때 할아버지가 '우연히' 보행 보조기로 나를 들이받고선 사악한 웃음을 띠며 한다는 소리가, "아이쿠, 미안하다." 이다.

맞아요, 킴. 내 생각도 그래요. 할아버지가 나를 참 좋아하네요.

다음 날 할아버지 집에 가보니 할아버지는 여태 자기 방에 있다. 기분이 아주 안 좋아 보인다. 놀랄 일이다. 본인은 인정하지 않겠지만 어제까지만 해도 할아버지는 분명 인터뷰에 엄청 들떠 있었다. 지금은 내복 바람으로 침대에 앉아 있다. 침대며 바닥이며 온통 옷들 천지다.

"어디 있냐?" 할아버지가 무서운 어조로 묻는다.

"뭐가 어디에 있어요?" 내가 되묻는다.

"내가 무슨 말 하는지 알잖냐. 슈트 말이다. 아르마니 슈트."

"아르마니 슈트가 있어요? 대박! 근데 그거 내가 안 가져갔는데요. 내가 사는 세계는 아르마니 같은 거 별로 필요하지 않아요, 아서. 게다가 사이즈도 달라요."

"그러면 그 도우미가 틀림없다. 릴리 뭐시기. 아마 갖다 팔아먹었겠지."

나는 옷장 안으로 머리를 쑥 들이민다. 몇몇 가지 빼고는 별 거 없이 휑하다. 철제 옷걸이 한 뭉치, 낡은 구두 몇 켤레, 그리고 내가 프랭키를 찾은 뒤쪽 저 구석탱이에 시커먼 덩어리 하나가 있다. 나는 안으로 기어들어가 그걸 꺼낸다. 먼지를 잔뜩 뒤집어쓴 채 지 주인을 닮아 주름투성이인 아르마니.

"이거랑 같이 입을 셔츠는 있죠?" 내가 묻는다.

할아버지가 어깨를 으쓱하며 자기 맨발 옆 옷더미를 가리킨다. "거기 어디 하나 있을 거다."

옷더미 속에서 깨끗한 연청색 버튼다운 셔츠 하나를 찾아내 아르마니랑 몽땅 들고 주방으로 갖다 둔 다음 다리미하고 다리미판을 찾는다. 내가 집 여기저기 수색하고 다니는 사이 할아버지가 빨간 내복 차림으로 나를 따라와서 주방 식탁에 앉는다. 다리미판이고 다리미고 도통 안 보인다. 할 수 없이 옷가지를 내 백팩에 쑤셔 넣고 집으로 달려가려는 찰나 할아버지가 입을 뗀다. "저기 있다, 이놈아." 할아버지가 간이 식탁에 있는 좁은 붙박이장을 가리킨다. 열어보니 빌트인 목재 다리미판이다. 그 뒤 쑥 들어간 선반에 다리미가 있다. 아주 기발한 구조다. 할아버지는 웃느라 숨이 넘어간다.

"거기 먼저 확인했어야지, 이놈아. 온 집을 뛰어다니기나 하고."

"젠장." 내가 중얼거린다. "꼭 그렇게 재수 없게 굴어야 돼요?"

지금 이 시점에서 내 말이 들리든 말든 신경 안 쓴다. 이런 거지 같은 대우를 다 참을 만큼 내가 충분한 대가를 지불받는 것 같지 않다. 사실 돈이야 많이 받는 건 맞지만, 지금 그게 문제가 아니다. 방금 할아버지가 가만 지켜보고 있는 동안 장장 삼십 분간 온 집안을 들었다 놨다 뒤집고 다녔다. 다리미판이 어디 있는지 지금 이 순간 딱 생각났을 수도 있지만, 그렇게 믿긴 힘들다. 할아버지가 저렇게 실실 웃고 있는 걸 보니.

내가 슈트를 다리는 동안 할아버지는 보행 보조기를 밀며 큰 의자 쪽으로 걸어가 TV 앞에 자리를 잡는다. 그러면서 내내 실실댄다. 다리미는 테플론 코팅도 안 돼 있고 스팀 구멍도 없다. 나는 다리미를 울 모드로 맞추고 제대로 다려지길 빌 뿐이다. 슈트 바지에 다리미를 갖다 대는데 내가 다섯 살 적에 장작 난로에 벙어리장갑을 뒀을 때랑 같은 냄새가 난다. 그때 집을 거의 다 태울 뻔했다. 이런 말하기 좀 그렇지만 나는 그 냄새를 아직도 좋아한다. 노바스코샤의 겨울을 생각나게 해서.

여기 웨스트코스트에는 전부 고어텍스랑 폴라플리스 장갑뿐이다. 불이 붙으면 타이어 타는 냄새가 나겠지. 셔츠 소맷부리를 다리는 중인데 꽤 까다롭다. 씨름중인 내게 할아버지가 소리친다. "내 커피는 어디 있냐?"

"가만 좀 있어요, 아서!" 나도 되받아쳐 소리친다.

엄마들이 뭔가 일을 해야 하고 애들은 도대체 입을 안 닫으려고 할 때 엄마들 심정이 이런 건가 궁금해진다. 만약 그렇다면 왜 유아살해 비율이 늘어나지 않는지 이상하군. 대체 어떤 사람이 그렇게 끈질긴 요구사항을 다 참아낼 수 있지?

인터뷰 시간은 열한 시로 잡혀 있다. 그렇다면 커피 만들고 할아버지 씻기고 슈트 입히고 하는 데 주어진 시간이 딱 두 시간이다. 나는 셔츠와 슈트를 나무 옷걸이에 걸어두고 양말과 넥타이를 골라둔 뒤 커피를 만든다. 갖고 갔더니 할아버지는 의자에서 잠들어 있다. 빨간 슬리퍼를 신은 덩치 크고 못생긴 대머리 아기 같다. 체크무늬 담요를 덮어주고 할아버지가 자는 동안 나는 커피를 들고 다른 방으로 간다.

1933-1937 앨범을 들고 침대에 자리를 잡는다. 한 시간 반 뒤 나를 찾는 종소리가 들릴 때 나는 앨범을 펼쳐둔 채 잠들어 있었다. 할아버지가 또 다른 여자에게 팔을 두르고 예전과 다른 차 옆에 서 있는 사진이 있는 페이지를 보다 잠든 참이다. 내가 보기에 열여덟 살 때부터 쭉 이런 식이었다. 할아버지가 한 일이라곤 첼로 연주, 드라이브, 연애질뿐이었다. 사진이 보여주는 바로는 할아버지가 이 세 가지 분야에서 아주 탁월한 성적을 보였다.

인터뷰와 사진 촬영을 대비해 할아버지를 준비시키는 게 이만저만한 인내심(내 입장)과 욕설 및 몸부림(할아버지 입장)을 요하는 게 아니다. 그래도 초인종이 울릴 때쯤 어찌저찌 할아버지는 깔끔하게, 제정신으로, 거의 잘생겨 보이기까지 한 상태가 되어 의자에 앉아 있다. 만약 할아버지가 조금 기운을 낸다면, 찌푸린 얼굴을 풀고 미소를 지으려고 한다면, 진짜로 꽤 멋져 보일 만큼 상태가 좋다.

나는 기자와 사진작가(둘 다 여자)를 거실로 안내한다. 그런데 웬걸, 기적이 벌어진다. 할아버지가 아무 도움 없이 혼자 일어서서 그들에게 인사를 하려고 책상 쪽으로 간다. 한 손으로는 책상을 잡고 버티는 게 내 눈에는 보이지만 그렇게 힘든데도 여자들과 악수하는 대신 손등에 입을 맞출 힘은 있나 보다. 할아버지는 그들에게 앉으라고 권하면서 아주 예의바른 모습을 보인다.

기자는 두툼한 검은 테 안경을 끼고 있다. 파마기 없는 은빛 머리에 몸집은 작고 단단한 중년 여성이다. 그녀가 주방 의자를 책상으로 끌고 와 앉아서 작은 녹음기를 꺼내 책상에 올려둔다. 그리고 가방에서 노트북을 꺼내 인터뷰 준비를 한다. 그러는 사이 기자보다 젊고 훨씬 섹시한 사진작가가 집 안을 돌아다닌다. 약간 어리벙벙한 표정이다. 아니면 할아버지를 찍기에 가장 좋은 각도가 어디인지 고민하느라 멍해 보일 수도 있다. 확실히 고민이 될 문제겠지. 내가 사진작가의 엉덩이를 쳐다보는 걸 그녀가 알아채곤 살풋 웃더니 나를 찍는 시늉을 한다. 순간 내 뺨은 무섭도록 시뻘게진다.

"숙녀 분들, 카페오레?" 할아버지가 살금살금 움직여 의자로 가서 앉으며 묻는다. "사양하실 거 없습니다. 여기 로이스가 다 해드릴 겁니다." 할아버지가 나를 향해 손을 흔들고 여자들은 웃으며 고개를 끄덕인다.

"카페오레 세 잔, 곧 갑니다." 나는 주방으로 가려고 돌아서면서 할아버지 눈빛을 본다. 나한테 윙크를 보내며 어깨를 살짝 으쓱한다. '네가 할 게 뭐겠냐?' 하고 말하는 것 같다.

커피를 만들어 와보니 할아버지는 얘기에 심취해 있다. 근 한 시간 동안 계속 떠든다. 기자는 몇 가지 질문을 하긴 하지만 주로 할아버지가 두서없이 지껄이게 그냥 놔두고 자긴 자판을 두드리고 있다. 그런데 가만 보니 마치 할아버지가 기자를 인터뷰하고 있는 모양새라서 무지 웃긴다. 할아버지가 이제 피곤해서 더 이상 못하겠다고 말할 때쯤엔 이미 기자 애칭이 밋지이고 장성한 자녀 둘(한 명은 재활원에 있고, 한 명은 변호사)을 뒀으며 이혼했고 닥스훈트를 좋아한다는 사실을 알아낸 뒤다. 어떻게 이런 일이 벌어지는지 모르겠다(사실 나는 사진작가의 스틸레토 부츠에 정신이 팔린 데다 그녀가 쪼그려 앉을 때 허리 아래쪽에 문신이 슬쩍 보인 것 때문에 인터뷰고 뭐고 집중을 못 하고 있다. 그 문신은 황새치나 일각고래처럼 생겼다). 그러다 밋지가 녹음기를 끌 때쯤 보니 할아버지와 그 기자는 벌써 오랜 친구처럼 행동하고 있다.

사진작가(이름은 베티나)가 할아버지한테 창가에 앉아서 사진을 찍자고 한다. 할아버지가 용케 몸을 일으켜 베티나가 미리 갖다 둔 의자 쪽으로 발을 끌며 걸어간다. 그녀가 커튼을 확 열어젖힌다. 완전히 확. 나는 할아버지가 기함하겠구나 예상하지만 의외로 할아버지는 한마디도 하지 않고 의젓하게 의자에 앉아 바다를 응시한다. 베티나가 셔터를 누르며 카메라로 법석을 떤다. 찍고 또 찍는다. 할아버지는 참을성 있게 얌전히 앉아서 사진 찍는 사이사이 밋지와 얘기를 나눈다.

"내 첫 아내, 참 아름다운 여자였소. 전쟁 직후에 부다페스트에서 만났지요. 천상의 목소리를 가진 여자였습니다. 같이 캐나다로 돌아왔는데 아내는 가족과 고국에 대한 그리움을 떨치지 못하더군요. 마르타를 낳다가 세상을 떠났어요. 그땐 정말 뭘 어떻게 해야 할지 모르겠습디다."

할아버지 눈에 눈물이 고인다. 밋지가 손을 뻗어 할아버지 손을 토닥여준다. 나는, '그래서 애를 다른 사람 손에 크게 했어요. 그게 저 양반이 한 일이죠.' 이렇게 말하고 싶지만 입 다물고 가만히 있는다. 가만 생각하니 마르타 이모를 누가 돌봤는지 잘 모르겠다. 하지만 과연 할아버지가 키웠을지는 의심스럽다. 뒤이어 나온 할아버지 얘기를 들으니 역시나 괜한 의심이 아니었다. 그럼 그렇지.

"마르타가 태어난 뒤 일 년 동안 순회공연을 하느라 떠나 있었습니다." 마치 내가 속으로 한 말을 듣고 답이라도 하는 듯 할아버지가 얘기한다. "돈을 벌어야 했어요. 그래서 나랑 같이 다니면서 마르타를 돌봐줄 유모를 고용했다오. 마르타가 다섯 살 되던 해에 토론토에 집을 샀습니다. 유모 코랠리가 마르타하고 같이 그 집으로 왔고요. 나는 최대한 자주 집에 들렀지만 그게 충분하다고는 말하지 못하겠네요. 더 많이 마르타를 봐야 했는데……. 저도 압니다. 코랠리하고 저는 1958년에 결혼했습니다. 그러다 마르타가 대학에 들어간 뒤 이혼했죠. 나는 집에 붙어있질 않았다오. 코랠리는 아이를 갖고 싶어 했는데. 서로 못 본 지 꽤 됐소. 아마 지금 팔순일 거요. 할머니지. 그리고 마르타는 나하고 같이 순회공연 다니던 시절을 기억조차 못 합니다. 걔가 기억하는 건 사립학교하고 코랠리뿐이오."

"선생님은 최선을 다하셨다고 믿어요." 밋지가 하는 말에 나는 콧방귀가 나오는 걸 겨우 참는다. 그 와중에 할아버지는 근엄하게 고개를 끄덕인다. 베티나는 계속 셔터를 누른다.

할아버지의 눈꺼풀이 슬슬 무거워진다. 나는 갑자기 이 여자들을 빨리 집 밖으로 내보내고 싶어진다. 얼른 할아버지 옷을 다시 갈아입히고 의자에 앉아 〈초원의 집〉을 보게 해드리고 싶다. 나는 다시 앨범을 보면서 마르타 이모와 코랠리의 사진을 찾고 싶어 마음이 급하다.

"할아버지 지금 방전됐어요. 할 만큼 다 하신 것 같은데요."

밋지와 베티나가 고개를 끄덕이고 짐을 챙기기 시작하는 사이 나는 할아버지를 다시 책상 뒤 의자로 데려간다. 손님 둘은 나가기 전에 할아버지 양 옆에 쭈그리고 앉아(덕분에 나는 베티나의 문신을 더 자세히 볼 수 있다. 분명 일각고래다) 감사의 말을 전한다. 시간을 내주셔서, 너그럽게 대해주셔서, 얘기 들려주셔서 고맙단다. 그들이 할아버지의 종잇장 같은 뺨에 입을 맞추자 할아버지는 싱긋 미소를 짓는다.

"나는 책을 쓸 겁니다." 할아버지가 나직한 목소리로 천천히 얘기한다. "내 인생 얘기 말이오." 할아버지가 자기 민머리를 톡톡 두들긴다. "전부 다 여기에 있지. 하나하나 전부 다. 절대 잊지 않았소."

밋지는 고개를 끄덕인 뒤 자기 명함을 책상에 올려놓는다. "혹시 뭐든 도움이 필요하면……" 그녀가 말끝을 맺지 못 한다.

"나한테는 얘가 있습니다." 할아버지가 나를 가리키며 말한다. "얘하고 맥북만 있으면 된다오." 할아버지가 내 얼굴을 보며 재미있다는 듯 껄껄 웃는다. 분명 내 표정에는 놀람, 당황, 마지못한 감탄이 뒤죽박죽 섞여 있을 거다. '나'라는 이름의 빈 파일을 본 기억이 난다. 할아버지는 밋지와 베티나를 감쪽같이 속아 넘겼다. 이 여자들은 할아버지가 대단히 훌륭한 사람이라고 생각하겠지. 그런데 이제는 할아버지가 나한테까지 사기를 쳐서 자기 자서전을 쓰게 만들 심산이다. 자기 삶과 시대를 판타지 버전으로 쓰는 걸 돕게 할 모양이다. 어림 반 푼어치도 없는 소리지. 나는 대필 작가로 일한다고 계약한 적 없다. 그냥 베이비 시터로 일한다고 했을 뿐.

열

인터뷰 다음 날 할아버지와 나는 티버드를 타고 턱시도 치수를 맞추러 할아버지 전담 재단사에게 간다. 오크 베이에 있는 양복점은 오래되고 허름한 집 일층에 있는 기본적인 방 두 개짜리 공간이다. 앞쪽 방은 진열실 겸 피팅룸이다. 바닥에서 천장까지 닿는 선반에는 직물 묶음이 꽉 있고 잘 차려입은 무표정의 마네킹 한 무리가 뒷벽을 따라 차렷 자세로 도열해 있다. 뒤쪽 방은 작업실이다. 재봉틀, 커팅 테이블, 다리미판, 반쯤 완성된 슈트들이 가득하다.

건물 밖에 간판도 없고 금전 등록기도, 천장 등도, 영업 사원도,

음악도 아무것도 없다. 줄자와 재단 초크를 들고 있는 칙칙한 양복 차림의 옛날 옛적 땅속 요정 같은 남자 한 명, 뒷방에서 등을 구부리고 묵묵히 일만 하고 있는 나이 든 과묵한 남자 세 명밖에 없다. 소설 『크리스마스 캐럴』의 타이니 톰이라도 튀어나와 "우리 모두에게 신의 은총이 있기를!" 하고 말하기를 기대할 분위기다.

"워즈워스 씨하고 나는 알고 지낸 지 오래됐다." 할아버지가 윙체어에 편히 앉도록 자세를 잡아주는데 이렇게 얘기한다. 그 방에 있는 가구는 그 의자뿐이다. "예전에 영국 왕족의 슈트를 만들던 사람이다. 그렇지 않나, 벤?"

워즈워스 씨는 진지하게 고개를 끄덕인다. "오래 전입니다. 젠킨스 씨. 아주 오래됐죠. 새빌가, 거기였어요. 지금부터 거의 오십 년 전에 거기 있었죠."

"벤은 마음 가는 대로 움직였지. 그렇지 않나, 벤?" 할아버지가 얘기한다. "전후에 캐나다인 간호사하고 결혼했지. 그 사람이 고향으로 오고 싶어 해서 자네가 같이 왔잖나."

워즈워스 씨가 빙그레 웃는다. "그때로 돌아간대도 또 그럴 생각이란다." 그가 나를 보며 얘기한다. "아무렴, 또다시 그렇게 하고말고. 온갖 화려한 생활이든 뭐든 다 버리고 떠났지. 여긴 왕족이 없다만 네 할아버지 같은 좋은 친구들이 있다. 아무리 식민지라 해도 늘 근사한 맞춤 양복은 필요한 법이거든."

그가 웃느라 씨근거리며 말하면서 줄자를 들고 내게 다가온다.

그의 자취를 따라 초크 가루가 흐릿하게 따라온다. 찰리 브라운 친구 피그펜 같다.

"맞춤이요?" 뭔가 생소하게 들린다. 그럴 리는 없지만 자전거 이런 거랑 어울릴 만한 표현 같다.

"주문 제작 말이다. 주문 제작."

"아."

"가만히 서 있거라. 가만히." 워즈워스 씨가 줄자로 내 목둘레를 잰다. 나는 약간 숨이 막혀 윽 소리를 내고 그는 "미안, 미안" 하고 중얼대면서 가슴께로 옮겨간다. 각 부위를 잴 때마다 숫자를 두 번씩 말하고 다음 치수로 넘어간다. 허리, 어깨, 팔, 엉덩이, 다리 안쪽 솔기(으웩), 가랑이(더 으웩), 바깥쪽 다리, 허벅지, 무릎, 발목. 그보다 더 많았을 텐데 워낙 빨리 움직여서 내가 따라잡지를 못 한다. 치수를 다 잰 뒤 내게 나이, 체중, 키, 오른손잡이인지 왼손잡이인지를 묻고 내 대답을 매번 두 번씩 되풀이한다. 그런 다음 뒷방 작업실로 잽싸게 달려갔다가 몇 분 뒤에 공책을 펼쳐 들고 다시 나타난다. 거기엔 굉장한 스케치가 있다. 각 부위에 조목조목 치수가 적혀 있는 내 앞모습과 뒷모습 스케치다. 맹세하는데, 진짜 오 분도 안 걸린 거다. 심지어 나랑 닮았다. 싱글브레스트 턱시도를 입은 나, 딱 그 모습이다.

"도련님, 블랙 셔츠 아니면 화이트 셔츠?" 그가 묻는다.

"블랙?" 아카데미 시상식에서 블랙온블랙으로 입은 남자들을 본 적 있다. 그 스타일이 꽤 멋져 보인다. 특히 삭발과 잘 어울린다.

"탁월한 선택이야. 탁월한 선택. 플랫 프런트 아니면 플리츠?" 그가 바지 앞쪽을 가리킨다.

"플랫이죠. 당연히 주름 없는 거." 플리츠는 괴짜나 노땅들이 입는 옷이지.

"아주 좋아. 아주 좋아. 트임은 더블, 싱글?" 이번에는 그가 재킷 등판을 가리킨다.

"싱글이 좋을 것 같아요. 더 날씬한 라인이죠?" 이제는 슬슬 이 분위기에 익숙해지는 기분이다. 내 맞춤 턱시도를 입은 모습이 어떨지 상상이 된다. 젊은 제임스 본드? 천하의 재수 없는 악당? 양쪽 다 가능할 듯.

"그래, 그래. 그럴 거야. 재킷은 피크 라펠이 좋겠지. 그래, 피크 라펠."

피크 라펠이 뭔지는 모르겠지만 워즈워스 씨가 알아서 잘 할 걸 안다.

"그리고 저 중 하나는 어때요?" 나는 진붉은색 조끼를 뽐내고 있는 마네킹 하나를 가리키며 묻는다. 워즈워스 씨가 할아버지를 흘끗 보자 할아버지가 고개를 끄덕인다.

"웨이스트코트. 멋지지." 워즈워스 씨가 싱긋 웃으며 내 팔을 토닥거린다. 손자국이 선명하게 남는다. "더할 나위 없이 아주 좋아. 역시 슈트에는 실크하고 울이지. 안 그래요, 아서 씨?"

워즈워스 씨가 천이 있는 벽 쪽으로 총총 걸어가 나무 사다리를 잽싸게 기어 올라가서 직물 한 필을 잡아 다시 기어 내려온 다음 할아버지 무릎에 그 천을 펼쳐 보인다. 그는 마치 약 먹은 산타 요정 같다. 할아버지가 흡사 여자의 머릿결을 만지듯 천을 부드럽게 어루만지고 동의하는 뜻으로 고개를 끄덕인다. 워즈워스 씨가 두 손을 비비자 초크 가루가 흩날리고 그는 그걸 들이마시고선 콜록콜록 기침을 한다.

"아서 씨 차롑니다." 워즈워스 씨가 할아버지한테도 똑같이 치수 재기 과정을 진행한다. 그리고 이건 뭐 오줌 누는 시간보다 더 짧은 시간 내에 으스스할 만큼 정확한 스케치를 그려낸다.

할아버지는 화이트 셔츠에 플리츠 프런트 바지로 하고 웨이스트코트는 빼기로 한다. 나는 에나멜 정장 구두를 고르지만 할아버지는 건막류에 관해 중얼거리면서 구두를 마다한다. 우리는 피팅하러 오는 날 약속을 잡는다. 워즈워스 씨는 기념파티 날까지 시간이 충분하니까 턱시도를 준비하는데 전혀 문제가 없을 거라고 장담한다.

"제일 우선으로 작업할게요, 아서 씨. 제일 우선으로."

집에 거의 다 왔을 즈음 할아버지가 "그 신발은 어디서 났냐?" 하고 묻는다.

"무슨 신발요?"

"너 지금 신고 있는 거."

"이거요?" 나는 가속 페달에서 발을 뗀다. 빨간 아디다스 운동화를 신고 있지만 할아버지가 이걸 어디서 샀는지 궁금해 하는 이유를 도무지 모르겠다.

"어, 시내에서요. 시내 상점이요."

"거기로 데려가라." 할아버지가 명령조로 얘기한다.

"왜요?"

"턱시도에 신을 것 사게."

"아디다스를 신겠다고요? 턱시도에?" 나는 시내 쪽으로 방향을 돌리면서 이 말이 지금 치매 때문인지 아닌지 헷갈려 한다.

"편한 신발이었으면 좋겠다. 그리고 스타일도 좋고."

"스타일이요?" 아무래도 할아버지가 MTV를 너무 많이 본 모양이다.

"운전이나 해."

배기진에 빈티지 트랙 재킷 차림, 끈 풀린 스케이트 슈즈 신은 녀석들 구미에 맞는 가게로 아흔다섯 잡수신 할아버지를 모시고 가다니 기분 참 묘하다. 하지만 할아버지는 그 가게에 홀딱 반해 기분 최고다. 내가 늘 참아줘야 하는 심술쟁이 괴짜는 온데간데없다. 나이는 좀 있지만 유행에 민감하고 활기 넘치는 할아버지 한 명이 물 만난 고기마냥 매력 발산중이시다. 주인은 어찌나 호의가 넘치는지 오 분도 안 됐는데 할아버지한테 신발을 신겨주고 다른 점원은 펑키한 티셔츠를 보여주고 난리다. 그사이 나는 베이비팻진하고 라인석 덮인 어마어마한 핸드백들이 진열된 곳 뒤로 살금살금 숨는다.

가게를 나설 즈음 할아버지한테는 새 신발 두 켤레(노란색 아디다스 운동화, 블랙 앤 화이트 푸마 하이탑), 스투시 카모 후드티, 오클리 선글라스, 할아버지가 기념파티에 초대한 새 친구 두 명이 생겼다.

"차려입고 오게." 할아버지가 새 친구들한테 조언을 해준다. "배기진, 밀리터리룩, 외설스런 티셔츠는 안 되네."

그들이 고개를 끄덕인다. 고개를 깐닥깐닥하는 인형들처럼 미소 지으며 고개를 끄덕끄덕 한다. 삼백 달러짜리 구두를 신은 진짜 쿨한 인형들.

"나중에 봐요, 형님." 그들이 합창으로 인사를 건넨다. 그 중 한 명은 주먹 하이파이브를 한다. 할아버지가 거의 나가떨어질 뻔한다.

"멋진 녀석들이야." 차를 타고 돌아오는 길에 할아버지가 한 얘기다.

기념파티가 가까워질수록 할아버지의 심술 농도가 점점 더 진해진다. 마지막으로 턱시도 피팅하러 간 날 할아버지는 다채롭게 꼬투리를 잡는다. 가격(너무 비싸다), 바지 핏(너무 꽉 낀다), 가게 온도(너무 낮다) 등등 불평이 끊이질 않는다. 워즈워스 씨는 참을성 있게 다 받아주지만 우리가 떠날 때 그가 기뻐하는 게 보인다.

기념파티는 일요일에 열린다. 당일 저녁 할아버지의 모든 외출 준비는 엄마가 맡기로 한다. 우리는 일곱 시까지 호텔로 가야 하니까 엄마는 늦어도 다섯 시 정도에는 집에 와야 한다. 외출하기 전에 뭐든 준비하려면 그 정도 시간은 필요하다. 리무진이 여섯 시 십오 분에 할아버지를 태우고 우리 집에 들러 나랑 엄마를 태워 갈 예정이다. 계획이랄 것도 없이 간단한 일정이다. 단, 엄마가 세 시에 전화를 걸어 할아버지가 자기 방에서 온몸으로 바리케이드를 치고 있다는 얘기를 전해준 게 문제긴 하다. 엄마가 제발 들어가게 해달라고 어르고 달랠 때마다 할아버지는 "그놈 보내라." 하고 우렁차게 고함만 친다고 한다.

"이리 올 수 있니?" 엄마가 묻는다.

"아놔, 뭐 하러?" 내가 퉁명스레 되묻는다. "할아버지가 나한테도 소리 지를 텐데. 아님 되도 않는 소리 해대겠지. 그러니 됐다 그래. 할아버지가 알아서 할 거야. 어쨌든 나 방금 나왔어."

"어딘데?"

"자동차 대리점."

"아이고, 롤리." 엄마가 한숨을 내쉰다. "못 기다리겠디?"

사실 난 옷도 안 갈아입고 있다. 하루 종일 먹고 자고 TV 보는 것 말고 한 게 없다. 페이스북이나 확인할까 생각했었는데 고향 친구들 근황을 내가 알고 싶은지 잘 모르겠다. 어쨌든 치매 걸린 할배하고 어울려 지내지는 않겠지. 그건 확실하다. 고향에서 친구들하고 나는 고등학교 졸업하자마자 루넌버그를 뜨자는 농담을 하곤 했다. 핼리팩스나 토론토, 밴쿠버 같은 큰 도시로 떠나자고. 친구들은 내가 운이 좋다고 생각한다. 일찍 거기서 벗어났으니까. 지금 상황에서 누구에게든 과연 무슨 메시지를 남길 수 있을까.

'안녕, 난 지금 여름 내내 우리 할아버지 돌보는 중이야. 모노바이러스 땜에 학교 안 가고 있거든. 나 머리 밀었다. 참, 나 턱시도 맞췄어. 네 친구 로이스가.' 이렇게?

어쩌면 걔들은 내 존재를 까맣게 잊었겠지. 뭐 그런 속담 있지 않나? 눈에서 멀어지면 마음에서도 멀어진다고. 누군가의 부재가 그 사람에 대한 정을 더 키워준다는 구체적인 증거를 본 적이 없다. 처음 빅토리아에 왔을 때 친구들하고 시도 때도 없이 연락을 주고받았다. 페이스북에서 살다시피했다. 그런데 시간이 지날수록 뭔가 시들해졌다. 쌍방이 다. 점점 할 얘기가 없어졌다. 최근의 캠핑이 어땠는지 걔들 중 한 명이 피치랑 어떻게 그렇고 그런 사이가 됐는지 그런 얘기 따위 듣고 싶지가 않았다. 나는 땅이 꺼져라 한숨을 쉬고 엄마한테 최대한 빨리 가겠노라 얘기한다.

할아버지 집에 도착했을 때 엄마는 집 바깥 테라스에 앉아 하염없이 바다만 바라보고 있다. 테라스에는 딱히 가구랄 게 없다. 그래서 엄마는 그냥 집 벽에 기댄 채 책상다리를 하고 앉아 있다. 내가 엄마 옆에 앉자 엄마가 한마디 한다. "이건 말도 안 돼."

나는 어깨로 엄마를 살짝 민다. "옳소."

엄마도 어깨로 나를 툭 치며 얘기한다. "엄마, 뭐가 문제니?"

"엥, 엄마? 문제는 엄마가 아니야. 할아버지가 제정신이 아닌 거지. 엄만 멀쩡해." 엄마가 뭐라고 얘기를 하려는데 내가 말을 끊는다. "그래, 나도 알아. 할아버지가 그 뭐냐 진짜로 머리가 이상하고 그런 건 아냐. 하지만 실제론 그냥 할아버지가 약간 돌았다고 생각하는 편이 마음 편해. 난 그렇게 하거든. 기대치를 낮추는 거지. 이제 봐봐. 오 분 있으면 나더러 꺼지라고 얘기할 걸. 그러고선 엄마한테 제발 돌아오라고 빌 거야."

나는 일어나서 엄마를 일으킨다.

"그렇지만 왜 하필 오늘 그래, 롤리? 응? 중요한 날이잖아. 나는 아버지 옷 입는 거 도와드리려고 한 것뿐이야."

나는 어깨를 으쓱한다. "그 속을 누가 알겠어? 어쩌면 겁먹은 걸 수도 있어."

"겁먹어? 천하의 아서 씨가? 아버지는 주목받는 걸 좋아해. 주목받는 걸로 출세하신 분이잖아."

"그렇지, 근데…"

"근데 뭐? 넌 할아버지랑 몇 주 같이 지내고 나서 할아버지를 더 잘 안다고 생각하는 거니?" 엄마는 뭔가가 언짢은지 벌떡 일어나 쿵쿵거리며 주방으로 걸어가 핸드백과 열쇠를 집어 든다. "나 대신 잘해 봐." 엄마가 문 쪽으로 걸어가며 툭 내뱉는다. "나는 머리하러 갈래. 그리고 집에 가서 거품 목욕하면서 와인 한 잔 마실 거야. 이따 집에서 봐."

현관문이 쾅 닫히고 트럭 시동 소리가 들린다. 저 정도는 완전히 자제력을 잃고 뛰쳐나간 건 아니다. 그나저나 할아버지는 대체 엄마한테 뭐라고 한 거지? 어떤 부분을 건드린 걸까? 할아버지 방에서는 아무 소리도 안 난다. 저대로 한동안 혼자 마음 졸이며 있어보라고 놔두고 싶은 마음이 굴뚝같지만 당장 시간이 없다. 할아버지를 빨리 준비시켜야지 나도 집에 가서 준비를 할 수 있다.

나는 문을 쾅쾅 두드리며 소리친다. "당장 열어요!" 내 손이 닿자 문이 휙 열리고 침대 끄트머리에 앉아 있는 까만 팬티 차림의 할아버지가 보인다.

"시간 다 됐다. 네 에미는 아무 짝에도 쓸모없어. 늘 그랬다."

상식적이고 분별 있는 로이스로 행세하는 게 갑자기 피곤해진다. 착한 청소년. 말 잘 듣는 아들. 할아버지 뒤치다꺼리 정말 싫다. 지금 이 순간 할아버지가 싫어 죽겠다.

"할아버진 진짜 지긋지긋한 인간이네요. 우리 이건 확실히 해요. 난 지금 할아버지 준비하는 거 도와주러 왔어요. 근데 할아버지 헛소리하는 거 더는 들을 생각 없어요. 엄마 얘기도 내 얘기도 하지 마요. 사람들이 할아버지 도와주려고 하잖아요, 알죠? 그럼 할아버지는 뭘 할 건데요? 할아버진 사람들 모욕주고 조롱하기만 하죠. 사람들 인생을 지옥으로 만드는 인간이에요. 왜 그래요? 할아버지가 그 잘난 아서 젠킨스라서요? 자기 자신이 안쓰러우니까 다른 사람 전부 할아버지처럼 불행하길 바라니까요?" 내 심장이 두방망이질 치고 피가 안 통할 만큼 주먹이 꽉 쥐어진다. 마음 같아선 할아버지고 뭐고 한 대 치고 싶지만 남들 도움 없인 제대로 서 있지도 못하는 양반을 때려눕힌들 뭐 얼마나 속이 시원하겠는가? 그래봤자 나만 나쁜 놈, 노인 학대자 이딴 소리나 듣겠지.

"어떻게 감히 네놈이." 할아버지 음성에 노기가 가득하다.

"어떻게 감히 뭐요? 할아버지 잘못을 따박따박 지적질 하냐고요? 아, 나도 모르죠. 엄마가 할아버지 도와주려고 애쓰는 거 알면서 걸핏하면 우리 엄마를 쓰레기 취급하고 상처 주니까. 나를 로이스라고 안 부르고 맨날 이놈 저놈 하니까. 어쩌면 우리 아빠가 겨우 스물여섯 살 때 죽고 나한테는 아빠를 알 기회조차 없었다는 사실에 뚜껑이 열리니까. 우리 아빠는 죽고 할아버지는 살아있다는 게 불공평하니까. 나는 여기 사는 게 지긋지긋하게 싫으니까. 어디 하나 골라 봐요." 나는 마치 자전거로 단번에 언덕길을 오른 사람처럼 거칠게 숨을 몰아쉬고 할아버지는 자기 무릎만 뚫어지게 쳐다본다. 할아버지 갈빗대가 오르락내리락하는 게 보인다. 할아버지 살갗은 창백하게 늘어져 있고 종잇장처럼 얇다. 마른버짐이 핀 알비노 코끼리 같다.

가만 보니 할아버지가 샤워를 한 모양이다. 젖은 수건이 침대 옆 바닥에 있다. 하지만 딱 씻는 것까지만 했나 보다. 내가 수건을 주우려고 허리를 굽힐 때 할아버지가 고개를 들어 나를 보며 윙크를 하더니 이렇게 중얼댄다. "용감해졌네. 축하한다."

그 말에 어떻게 반응해야 할지 모르겠다. 거기다 대고 '감사합니다.' 하는 건 이상할 것 같아 아무 말도 안 한다. 할아버지도 그 이상

덧붙이진 않는다. 내가 자기를 지긋지긋한 인간이라 불렀는데 좋아하다니 믿기지 않는다. 그래도 내 딴에 할아버지를 호되게 꾸짖어줘서 기분이 좋았다는 건 인정해야 한다. 진짜 좋았다. 나는 벽장에서 양복 가방을 꺼내 지퍼를 열고 침대 끄트머리에 턱시도를 뉘여 놓는다. 셔츠를 입히기 시작할 즈음 할아버지가 "까만 실크 양말. 서랍 맨 위."라고 얘기한다.

서랍을 샅샅이 뒤져 양말을 찾아내 할아버지 발치 바닥에 둔다. 한쪽 발 발톱이 길다. 다른 쪽은 짧긴 한데 우둘투둘하다. 손톱깎이가 바닥에 있다. 아마 저게 할아버지 복장을 터뜨리게 한 원흉 같다. 혼자 발톱 정리를 하려던 게 만만치 않았나 보다. 하지만 난 신경 쓰지 않는다. 할아버지 발톱 정리 따위 안 해줄 거다. 할아버지가 안쓰럽다는 생각도 안 할 거다.

내가 할아버지 옷을 입히는 동안 할아버지는 달리 한마디도 안 한다. 나 역시 마찬가지다. 우리는 손동작으로 의사소통을 한다. 커프스단추며 신발(블랙 앤 화이트 푸마 하이탑)까지 순전히 손짓으로 해결한다. 만약 내가 오늘처럼 심하게 꼭지가 돌지 않았다면 할아버지가 끝내주게 멋지다고 말해줬을 거다. 하지만 나는 한마디도 않고 그냥 주방 식탁으로 데리고 가서 목에 수건을 둘러준 다음 저녁을 챙겨준다. 그리고 식사를 다 마친 할아버지를 다시 책상 의자로 데려가 앉히고 갈 준비를 한다. 커튼이 활짝 열려 있다. 희한한 일이지만 나는 그냥 내버려둔다. 할아버지가 TV를 트는데도 커튼을 건드리지 않는다. 혹시 내 도움이 필요하면 할아버지가 나한테 정중히 부탁해야겠지.

"이따 봐요. 리무진이 여섯 시 십오 분에 올 거예요. 미리 소변보는 거 잊지 말고요."

"나 여섯 살 아니다."

"차라리 그러는 편이 낫겠네." 나는 작은 목소리로 들릴 듯 말 듯 한마디 한다.

턱시도는 내가 입어본 옷 중에 가장 편한 옷은 아니지만 가장 비싼 옷임은 분명하다. 그리고 가장 우쭐하게 만들어주는 옷이다. 나는 에나멜 구두가 약간, 음, 사내답지 않아 보일까 봐 걱정했는데 아주 끝내준다. 검은색 셔츠랑 버건디색 조끼도. 나는 있지도 않은 머리를 쓸어 넘기고 코딱지가 있나 콧속도 확인한다. 나갈 준비 끝. 반면에 엄마는 아직도 자기 방에서 야단법석 난리 부르스다. 그러는 사이 리무진 기사가 벌써 문밖에 서 있다. 엄마를 본 그 아저씨 눈이 번쩍 뜨인다. 엄마는 무릎까지 오는 딱 붙는 검은색 홀터톱 드레스를 입고 까만 하이힐을 신고 달랑거리는 귀걸이를 하고 반짝반짝 빛나는 빨간 숄을 걸치고 있다. 길고 풍성하고 웨이브가 멋스러운 머리를 매만진다. 손톱은 선홍색이다.

"손톱 붙였어." 엄마가 깔깔댄다. "누가 알겠냐? 그나저나 너 좀 봐. 우리 아들… 다 컸네." 나는 신사처럼 인사를 하고 엄마는 또 깔깔 웃는다.

리무진 기사가 헛기침을 하자 엄마가 얼굴을 붉힌다. 나는 엄마한테 팔을 내밀고 우리는 밖으로 나간다. 리무진이 엄청 크다. 우리는 구석에 움츠리고 앉아 왠지 불쌍해 보이는 할아버지를 마주보며 앉는다. 호텔로 가는 동안 누구 하나 말이 없다. 침묵 속에 있던 분위기가 호텔에 도착하자 급변한다. 할아버지는 갑자기 파티의 스타가 되고 엄마는 이미 약간 취해서 완전히 바보 같아 보이는 어떤 여자한테 확 끌려간다. 나? 나는 화분에 심은 야자나무 뒤에 서서 왁자지껄 쇼를 구경한다. 대부분 근사하게 차려입은 사람들이 공짜 술에 취해서 할아버지가 얼마나 훌륭한지 구구절절 늘어놓고 나는 그 이야기를 가만히 듣고 있다. 그때 본 옷가게 점원들이 슈트를 쫙 빼입고 나타난다. 선글라스에 온갖 블링블링한 것들로 치장하고선. 밀리터리룩도 배기 바지 차림도 아니다.

음식 담당 스태프 중에 진짜 귀여운 여자애가 있다. 이름표에 다니라고 적혀 있는데 그 애가 애피타이저 접시를 들고 내 쪽으로 와서 말을 건다. 안 그래도 나 역시 걔한테 말을 걸까 말까 고민하던 중이다.

"나 너 알아. 나랑 같은 수학반이잖아. 아니면 예전에 같이 들었던가. 근데 너 감옥 갔다는 소문이 돌았어."

감옥? 과분한 명성이 생겼군. 나는 대답하면서 절대 얼굴을 붉히지 않으리라 다짐한다. "모노에 걸렸었어."

"아, 그래? 내 친구도 걸린 적 있는데. 진짜 최악이라며. 넌 언제 학교 다시 와?"

"글쎄, 모르겠어. 아마 9월쯤."

"그나저나 너 여기서 뭐해?" 다니가 묻는다.

나는 이 애가 나랑 조금 더 있어주길 바라면서 접시에 있는 애피타이저 하나를 집어 든다. 나는 하하호호 웃고 있는 여자들에게 둘러싸인 할아버지를 가리킨다. "우리 외할아버지야."

"설마! 저 분은, 뭐랄까, 정말 호호 할아버지잖아. 우리 할아버지보다 훨씬 늙었어."

"그렇지." 나는 새우롤을 집어서 한입 가득 넣는다.

"아흔다섯 살."

다니가 웃는 얼굴로 할아버지를 빤히 쳐다본다. 할아버지는 이제 등받이 의자에 앉아서 한 손에는 마티니를 들고선 재미있는 얘기로 사람들을 즐겁게 해주고 있다. "신발 멋지다. 할아버지치곤 꽤 귀여우신데. 유전인가 봐." 다니가 나를 똑바로 쳐다본다. 눈동자가 밝은 갈색이다. 이번에는 내 얼굴이 슬슬 붉어진다.

"어머, 되게 귀엽다." 다니가 접시를 내려놓고 앞치마 주머니에서 펜을 휙 꺼낸다. 내 손바닥에 번호를 적는다. 제발 손이 축축하지 않길 기도한다. "전화해. 우리 만나자."

그 애가 저쪽으로 걸어가는 동안 나는 까만 미니스커트 안에서 보기 좋게 흔들리는 그 애의 엉덩이를 감상한다. 믿기지가 않는다.

할아버지 파티에서 끝내주는 여자애가 방금 나한테 추파를 던졌다. 아무도 눈치 챈 사람이 없다. 우리 엄마가 아니라 나한테 누군가 다가오다니. 물론 어떤 남자 한 명이 엄마한테 수작을 거는 것처럼 보이긴 한다. 바로 그때 그 파티의 주빈이 여자들 무리에서 벗어나 천천히 내 쪽을 향해 온다. 양옆에 여자를 한 명씩 달고. 할아버지는 무지하게 늙은 주름투성이 휴 헤프너처럼 보인다. 할아버지가 나를 향해 씨익 웃는다. 아, 이 방에서 적어도 한 명은 좀 전에 무슨 일이 있었는지 눈치 챈 모양이다.

열하나

파티 다음 날 아침, 엄마가 늦잠을 잔다. 아니, 더 정확히 말하자면 커튼을 닫아놓은 채 침대 곁에 양동이를 하나 두고 방에서 나오질 않는다. 나는 할아버지네로 가기 전에 인사를 하려고 엄마 방에 머리를 쑥 들이민다. 엄마는 끙끙 앓으며 베개로 얼굴을 덮는다. 엄마의 검정 드레스는 구겨진 채 바닥에 널브러져 있고 그 옆에는 번쩍이는 숄이 같이 누워 있다.

할아버지가 전날 밤에 술에 취했을 것 같진 않지만 할아버지 방에도 같은 장면이 펼쳐져 있을까 궁금하다. 생각만으로도 재미있다.

어제 집에 오는 길에 할아버지는 리무진 안에서 잠이 들었다. 도착해서는 내가 옷도 벗기고 화장실에도 밀어 넣어야 했는데 그 와중에 엄마는 그랜드피아노에 앉아 가볍게 연주를 하며 리무진 기사를 즐겁게 해주고 있었다. 내가 이것저것 수발들며 할아버지를 안정시켰을 즈음 엄마랑 그 기사는 듀엣으로 '어느 황홀한 저녁'을 부르고 있었다.

할아버지 집에 도착해 현관문을 여는데 어라, 거실로 산들바람이 솔솔 들어온다. 할아버지는 외풍을 절대 못 견딘다. 그건 백 프로 확실하다. 이십육칠 도쯤 되는 꿉꿉한 날씨이긴 하지만 어디선가 바람이 솔솔 불어오는 게 느껴지면 할아버지는 대단한 임무에 돌입하듯 당장 빈틈을 찾아내 봉쇄해버린다. 일 년 내내 손목, 발목까지 오는 긴 내복만 입고 사는 분이다. 그러니 신선한 공기를 집 안에 들이자고 테라스로 이어지는 문을 열어 뒀을 리가 없다.

나는 집에 도둑이 들었나 싶어 얼른 달려갔다. 맥북이나 차가 없어진 거 아니야? 우선순위로 할아버지를 먼저 걱정하지 않은 내가 잠깐 창피하다. 할아버지가 페르시아 카펫 위에서 피를 흘리며 죽어갈지도 모를 일인데. 하지만 할아버지는 거기 없다. 의자에 앉아 있지도 않다. 책상 위에는 그릇에 담긴 아이스크림이 녹고 있고 텔레비전은 켜져 있고 테라스로 나가는 문이 열려 있다.

할아버지가 테라스에 있다. 넘어진 의자와 양동이 옆에 웅송그린 채 누워 있다. 목욕 가운 차림에 손에는 젖은 걸레가 꼭 쥐여 있다. 누군가 때려눕히거나 강도를 당한 건 아니다. 그런데 나는 안심이 되기보단 화가 난다. 내가 원한 상황이 아니다. 엄마도 원하는 게 아니다. 할아버지가 쓸데없는 짓을 해서 우리가 뒷감당을 해야 하니까. 늘 그랬듯. 할아버지 눈꺼풀이 실룩거리다 떠진다. 테라스에서 머리를 들어 올리려 안간힘을 쓴다.

"아놔, 이게 뭐예요. 그냥 누워 있어요. 구급차 부를게요." 나는 가방에서 휴대폰을 꺼내 911을 누르면서 집 안으로 뛰어 들어간다. 베개랑 담요가 필요하다.

"어떤 긴급 상황입니까?" 911 교환원이 묻는다. 어떤 긴급 상황이냐고? 그러니까… 뭐라고 해야 하지? 할아버지가 바보짓 해서? 오만해서? 노망나서? 똥고집이라서? 그래서 벌어진 상황?

"경찰, 소방대, 구급차 뭐가 필요하시죠?" 교환원이 보기를 준다.

"구급차요. 쓰러지셨어요. 우리 할아버지가요. 의식은 있는 것 같아요. 아니, 조금 전까지는 분명 의식이 있었어요."

교환원이 다른 곳으로 연결해줘 누군가가 내 이름과 주소를 묻는다. 나는 통화를 끝내고 테라스로 돌아가 할아버지 머리 밑에 베개를 밀어 넣고 담요로 몸을 덮어준다. 할아버지가 종이처럼 창백하다. 나는 내가 뭘 하고 있는지 제대로 모르겠지만 할아버지 맥박을 잰다. 그냥 내가 뭐든 하고 있다고 느끼고 싶어서다. 맥박이 빠르게 뛴다. 비교해보려고 내 맥박도 확인해본다. 내 맥박 역시 미친 듯이 빠르게 뛴다. 이게 좋은 신호라는 생각을 할 순 없지만 아무튼 무슨 의미인지 모른다. 할아버지 몸이 얼음장인데 땀투성이다. 아무리 봐도 이상한 조합이라는 생각이 머리를 스친다. 할아버지 뒤통수에 탁구공만 한 혹이 있다. 피도 조금 나지만 건드리진 않는다.

"창이…" 할아버지가 중얼댄다. "더럽다." 술에 취해 말하는 것처럼 할아버지 발음이 분명치 않다. 물론 할아버지는 취한 게 아니다.

"창문을 닦으려 했다고요? 아니, 대체… 제정신이에요?"

할아버지는 고개를 끄덕이더니 얼굴을 찡그린다. "롤리야, 나 춥다." 목소리에 힘이 없다. "안으로 데려가다오." 이럴 때는 내가 텔레비전을 많이 본 게 고마울 지경이다. 적어도 이 상황에선 할아버지를 옮기지 않아야 한다. 나도 그 정도는 안다. 담요를 더 갖고 와 할아버지 옆을 지키며 구급요원이 오길 기다린다. 대체 어디서 미적거리고 있길래 여태 안 오나. 아니, 내가 그렇게 느끼고 있는 건가 보다. 집 밖에 사이렌 소리가 왕 하고 들리자 나는 할아버지 손을 놓고(어, 내가 언제 할아버지 손을 잡고 있었지?) 문을 열러 달려 나간다. 내가 할아버지 손을 잡고 있었던 것조차 몰랐다. 남녀 구급대원은 점잖고 부드럽게 할아버지를 대한다. 할아버지가 꼬장을 부리며 그 사람들한테 지옥에나 가라느니 어쩌니 하고 진상 짓을 하는데도 그들은 참을성 있게 대처한다.

"병원 안 가!" 할아버지가 울부짖는다.

"그럴 순 없어요, 어르신." 남자 구급대원이 얘기한다. "혹 상태가 심각합니다. 검사받으셔야 해요."

"연락할 사람 있어요?" 여자 구급대원이 내게 묻는다. "병원 입원 동의서 쓸 사람 말이에요."

"연락이요?"

"어른 없어요? 친척은?"

"제가 할아버지 손자예요. 제가 같이 갈 거예요."

"몇 살이에요?"

"열여섯이요. 곧 열일곱이에요."

구급대원이 고개를 가로젓는다. "미안하지만 할아버지랑 같이 갈 순 있어도 어른이 있어야 돼요. 병원에 어른이 와서 처리할 일이 있어요."

"엄마한테 전화할게요." 구급대원이 고개를 끄덕이며 동료한테 가서 할아버지를 들것에 옮겨 고정시키는 걸 돕는다. 할아버지는 저항하지만 그래봤자 별 소용이 없다. 구급대원들이 할아버지를 구급차로 옮겨가고 나도 따라간다. 엄마는 휴대폰을 안 받는다. 아마 꺼둔 모양이다. 그래서 집 전화로 건다. 받을 때까지 계속 건다. 한참만에 전화를 받은 엄마는 마치 입에 솜을 가득 물고 있는 사람처럼 말한다.

"롤리… 왜 그…"

"할아버지가 쓰러졌어. 내가 구급차 불러서 지금 병원 가는 길이야. 어른이 있어야 한대. 그러니까…"

"괜찮으셔?" 엄마가 묻는다. 몸을 일으켜 침대에 앉아 머리를 움켜잡고 있을 엄마 모습이 그려진다. 목구멍으로 넘어오는 담즙을 참아가며 겨우 말을 뱉는 상태겠지.

“잘 모르겠는데 그런 것 같아. 그래도 구급대원들 말로는 검사를 해봐야 한대. 뭘 어떻게 해야 할지 모르겠더라고.”

“911에 전화했잖아. 잘 했어, 로이스. 그게 제일 중요한 거야.”

“그렇겠지.” 전화도 했고 베개랑 담요도 갖다 드렸지. “엄마, 구급차가 가는 중이야. 병원으로 올래?”

“금방 갈게.” 엄마가 얘기한다. 지난밤에 기분 좋게 취해 비틀대며 깔깔거리던 여인의 자취는 온데간데없이 사라졌다. 할아버지가 이렇게 또 한방 먹인다.

병원 응급실에서 몇 시간을 보낸다. 바퀴 달린 들것에 누워 있는 다른 열 명의 환자들과 같이 통로에 할아버지를 둔 채 계속 기다린다. 응급실이 만원이다. 할아버지의 부상 정도는 당장 응급실 안으로 들일 만큼 나쁘진 않다. 시간이 지날수록 할아버지는 점점 더 멀쩡해지고 더 수다스러워진다. 오줌이 마렵다고 난리칠 즈음에는 상황이 그야말로 재앙 수준이다.

“이걸 쓰셔야 할 거예요, 젠킨스 씨. 일어나시게 놔둘 수 없습니다.” 분홍 꽃무늬 덧옷을 걸친 간호사가 할아버지한테 호리병박 모양의 파란 플라스틱 병을 건네는데 할아버지는 간호사 손을 탁 쳐버린다. 그 소변기가 휙 날아가 복도에 떨어지는 소리가 엄청 시끄럽다. 그나마 빈 통이라 다행이다. 사람들이 전부 우리를 쳐다보고 있는데 할아버지는 그러거나 말거나 눈곱만큼도 신경 쓰지 않는다. 할아버지는 일어나 앉아서 들것 끄트머리 위로 허옇고 앙상한 다리를 흔들어댄다. 그대로 뛰어내리려는 할아버지를 엄마와 내가 붙잡는다.

"아버지, 제발요." 엄마가 애원하고 나랑 둘이서 할아버지를 눕히려고 안간힘을 쓴다. 레슬링이 따로 없다.

"일어나시면 안 돼요."

"난 여기서 오줌 안 쌀 거다." 할아버지가 있는 대로 고함을 친다.

아까 그 간호사가 다른 파란 병을 들고 나타나서 엄마한테 떠넘긴다. "여기 소변기 다시 갖고 왔어요. 제가 할 수 있는 건 이것밖에 없어요. 최대한 빨리 안으로 모셔갈 수 있도록 노력할게요."

"더 많이 노력하셔야겠어요." 엄마가 톡 쏘듯 얘기한 뒤 할아버지 쪽으로 돌아선다. 할아버지는 이글이글 불타는 눈빛으로 우리를 쏘아본다. 미동도 하지 않은 채.

할아버지가 소변기를 잡더니 시트를 뒤로 홀렁 집어던지고 병원복 가운을 훅 올린 다음 거시기를 소변기 입구에 찔러 넣고 누워버린다. 순식간에 지린내가 복도를 가득 채운다. 엄마는 숨이 턱 막혀서 뭐라 말도 못 하고 부랴부랴 시트로 할아버지를 덮지만 이미 때는 늦었다. "역겨워!" "개자식!" "간호사!" "저거 치워!" 분노에 찬 외침들로 복도가 쨍쨍 울린다. 어느 노부인이 갑자기 벌떡 일어나 앉아 소리친다. "여기 어디야? 어디야?" 할아버지는 눈을 감고 혼자 씨익 웃는다. 다른 간호사가 나타나 할아버지 침상을 응급실로 밀고 들어가 커튼을 치고 소변기를 치운다.

"부끄러운 줄 아세요." 간호사가 말은 이렇게 하는데 딱 봐도 특별히 화가 난 것 같진 않다. 할아버지의 거시기는 응급실의 역겨움 정도를 따질 때 아주 높은 등급에 오르지는 않는 모양이다. 할아버지가 마치 '그래서 뭘 어쩔 건데?'라고 말하는 듯 어깨를 으쓱한다. 그리고 내가 맹세하는데 이건 진짜다. 그 간호사가 할아버지한테 윙크를 한다. 이게 말이나 되나? 할아버지는 방금 공공장소에서 자기 거시기를 만천하에 드러냈고 저 간호사는 그런 할아버지가 귀엽다는 듯 행동한다. 헐!

다섯 시간 후 할아버지는 밤사이 경과를 지켜봐야 해서 드디어 입원 수속을 밟는다. 그리고 윙크하던 간호사의 비밀도 풀린다. 그 여자는 국립청소년오케스트라에서 첼로를 연주할 때부터 할아버지의 광팬이었다고 한다. 할아버지가 자기 병실에서 안정을 찾을 즈음 엄마와 나는 완전히 기진맥진 곤죽이 된 상태다. 우리는 집으로 오는 길에 별로 말도 하지 않는다. 그럴 기력도 없다. 집에 오자 우리는 각자 방으로 가서 그대로 뻗어 잠든다. 내 평생 이렇게 피곤한 적이 있었나 싶다. 모노에 걸렸을 때도 이 정도는 아니었다. 잠에서 깼을 때는 밖이 어둑해지고 있고 엄마는 늘어진 티셔츠와 반바지 차림으로 식탁에 앉아 차를 마시며 통화중이다.

"의사들 말로는 TIA 같은 거라대. 일과성뇌허혈증. 미니 뇌졸중이래. 아마 처음은 아니라던데."

나는 냉장고에서 다이어트 콜라를 꺼내 식탁에 앉는다. 엄마가 입모양으로 "마르타"라고 내게 알려주고 계속 통화한다. "으흠. 으흠. 아버지는 내일 전문의한테 진찰 받기로 했어. 아니, MRI는 안 할 거 같아. 지금 아버지 상태가 꽤 좋아지고 있어. 병원에선 그냥 하룻밤 지켜보고 싶대. 그쪽에서 허락했으면 아버진 오늘 그냥 나왔을 거야. 아버지 알잖아."

엄마가 곁눈질로 보고 전화를 스피커 모드로 바꾼다. 마르타 이모의 새된 목소리가 방 안에 퍼진다.

"제일 실력 좋은 의사들이 아버지 맡게 되니, 니나? 병실은 1인실이지? 아버지 그럴 여유 있잖아."

"나도 알아. 근데 지금 당장 병실이 없는 것뿐이야."

"아, 니나. 말도 안 돼. 더 고집을 부렸어야지. 병원 전화번호가 뭐니? 형부한테 전화하라고 할게. 형부가 얼마나 세게 밀어붙이는 사람인지 너도 알지? 그 사람들 아버지가 어떤 사람인지는 아는 거야?" 엄마가 녹차를 코로 뿜는 사이 내가 이어받아 얘기한다.

"아이고, 그럼요. 다들 알죠."

"롤리, 너니? 네가 지금 엄마 도와주고 있는 거야? 네가 가장이야. 내가 이모부한테 늘 하는 말이다. '롤리는 지금 가장이야.'"

"이모, 통화 감이 안 좋아요. 여보세요. 어어, 말이 잘 안 들리네요. 우리가 나중에 다시 전화할게요." 나는 종료 버튼을 누르고 엄마를 쳐다본다.

"세게 밀어붙였네. 고마워 가장."

"별 말씀을. 집에 먹을 것 좀 있어?"

다음 날 병원에서 전화가 와서 할아버지를 데려가라고 한다. 바이탈 사인이 다 양호하다고 전해준다. 엄마가 나를 병원에 내려주고 택시비를 주면 내가 할아버지를 집으로 모셔가겠다고 엄마한테 얘기한다. 그랬더니 엄마는 너무나 기쁘게 이십 달러를 푹 찔러주고 정원 일을 하러 휭 하니 간다. 마음 같아서는 티버드를 몰고 갔으면 좋겠지만 엄마는 아직도 할아버지가 나한테 운전을 시킨 걸 모른다. 지금이 엄마한테 사실을 털어놓을 좋은 시점은 아니다. 병원에 도착해서 보니 할아버지는 휠체어를 타고 엘리베이터 옆에 앉아 있다. 목욕가운 차림인데 할아버지가 옷을 아무것도 안 입고 있다는 걸 이제야 알았다. 발에는 녹색 종이 신발이 신겨져 있지만 할아버지는 별로 개의치 않는 눈치다.

"여기서 빨리 나가자."

"다시 보니 반갑네요, 아서." 나는 휠체어를 밀고 정문으로 간다. 거기에 택시가 기다리고 있다. 할아버지 집에 도착해 안으로 모셔간다. 할아버지는 무너지듯 의자에 풀썩 앉더니 아이스크림을 갖다 달라 주문하고선 내가 가져오기도 전에 잠이 들어버린다. 커튼은 여전히 활짝 열려 있고 테라스에는 할아버지가 쓰던 의자와 양동이도 여태 나뒹굴고 있다. 창이 더럽다. 나는 양동이에다 비눗물을 채우고 식초를 약간 섞은 다음 작업에 돌입한다. 태양이 눈부시게 빛난다. 매력적인 여자애가 나한테 전화번호를 준 날이 생각난다. 할아버지는 잠들어 있다. 여기로 이사 온 후 오늘처럼 행복한 기분을 느낀 적이 있던가. 유리창을 닦는 사이 콧노래가 절로 나온다. 아마 더 이상 나쁜 일은 없겠지. 나한테도 엄마한테도 할아버지한테도.

내 예상이 무참히 깨졌다. 할아버지는 삼 주도 안 됐는데 TIA를 세 번이나 겪고 그 중 두 번은 병원에 실려가 응급실에 몇 시간이나 누워서 대기하며 검사를 받고 퇴원을 했다. 이제 나는 위험신호가 뭔지도 안다. 현기증, 어눌해지는 말, 방향 감각 상실, 아이스크림, 가급적이면 초코 아이스크림을 먹겠다는 강한 의지. 세 번째 뇌졸중이 찾아온 시기는 7월 말이다. 나는 당장 911에 전화하는 대신 할아버지를 침대에 눕혀 매시간 상태를 확인한다. 응급실에서 의료진이 하는 것도 그게 다다. 응급실로 다시 가는 건 오늘 내 일정에 없다.

나는 이따가 다니를 만나기로 돼 있다. 할아버지 파티에서 만난 그 여자애. 우린 자전거를 타러 갈 생각이다. 아마 해변으로 가겠지. 나는 축하 파티 후 그 주에 다니한테 전화를 걸었고 우리는 두 차례 만나서 어울렸다. 그 애가 많은 부분에서 나보다 월등해서 부담스러울 때도 있지만 그래도 나는 다니가 정말 좋다. 실제로 다니는 많은

면에서 나보다 낫다. 학교생활, 운동, 음악 등등. 그렇지만 걔도 완벽하지는 않다. 이를테면 이해가 안 될 정도로 벌레를 무서워한다. 벌레란 벌레는 전부 다 공포의 대상이다. 믿을지 모르겠지만 심지어 무당벌레랑 나비까지도 무서워한다.

그리고 가끔 보면 참을성이 없다. 어딘가에서 줄을 서서 기다리는 걸 도저히 못 참는다. 한숨을 푹푹 쉬고 안절부절못하고 눈을 굴리고 난리도 아니다. 또 하나, 바닐라 아이스크림이랑 하키를 죽어라 싫어한다. 하지만 그게 치명적으로 나쁜 점은 아니니 상관없다. 어쨌든 함께 자전거 타기는 진짜 데이트로 나가기 전 단계이기 때문에 이 시점에서 병원에 꼼짝없이 붙들려 엄마가 퇴근하기만 하염없이 기다리고 있긴 싫다. 할아버지는 괜찮아질 거다. 늘 그랬듯이.

할아버지가 부르면 바로 들을 수 있어야 하니까 나는 옆방에서 앨범을 보며 시간을 보낸다. 마르타 이모의 어릴 적 사진을 보고 있는데 할아버지의 외침이 들린다. "안 돼!" 화가 났다기보다는 뭔가에 깜짝 놀란 소리다. 그래서 그냥 자다가 잠꼬대를 하는 것 같아서 나는 다시 앨범을 본다. 이제는 코랠리 할머니가 등장하는 부분이다. 마르타 이모는 왜 그분 얘기를 한 번도 안 하는지 궁금하다. 아마도 이모는 그분이 사라진 걸 용서할 수 없나 보다. 만약 그게 사실이라면 친엄마가 죽고 새엄마가 자기를 버렸다고 상상해보면 분명 복잡한 심경일 것 같긴 하다.

할아버지가 잘 있나 보려고 일어설 때쯤 이미 다니를 만나러 갈 시간이 거의 다 되었다. 아무래도 할아버지를 혼자 두는 건 잘 하는 일 같지 않다. 지금 할아버지 상태가 좋지도 않은데. 나는 다니한테 문자를 보내 자전거 타는 건 다음에 해야 할 것 같다고 얘기한다. 제발 다니가 열 받지 않았으면 좋겠다. 내가 경험이 많지는 않지만 지금까지 겪은 바로는 여자애들은 대개 이렇다. 첫째, 바람맞는 걸 무지 싫어한다. 둘째, 남자가 항상 거짓말을 한다고 생각한다. 아무런 증거가 없는데도. 지금으로선 내가 할 수 있는 게 없다. 다니는 내 상황에 대해 잘 모른다. 할아버지 얘기를 한 적은 있는데 자세하게 하진 않았다. 괜히 겁을 주고 싶지 않았다.

나는 할아버지 방으로 들어간다. 뭔가 심각하게 잘못됐다는 걸 바로 알 수 있다. 할아버지 얼굴이 창백하다. 또다시 땀을 비 오듯 흘린다. 얼굴 한 쪽이 비뚤어져 찡그린 상이 돼 있다. 내가 침대로 다가가자 할아버지가 눈을 뜬다. 한 손으로 나를 잡아 자기 얼굴 가까이에 앉힌다. 할아버지가 말을 하는데 목소리가 너무 쉰 데다 발음이 분명치 않아 무슨 말인지 알아들을 수가 없다. 뇌졸중이 또 온 게 분명하다. 이번에 심각한 거다. 의사들이 전부 우리한테 경고했던 그거다. 만약에 할아버지가 이대로 돌아가시면 내가 할아버지를 죽인 거나 다름없다.

내가 오늘 일찍 911에 전화를 했으면 이렇게 심각한 상황이 벌어졌을 때 병원에 있었을 텐데. 병원에 있었다면 막을 수도 있던 일이다. 다 내 잘못이다. 이게 전부 여자랑 데이트하고 싶었던 마음 때문이다. 할아버지 옆에 서 있는데 입이 바싹바싹 마르고 손에는 땀이 줄줄 난다. 할아버지가 뭐라 그런 거지? '나는 죽는 게 더 낫다.' 진짜 그 뜻이었나? 만약 할아버지가 정말로 죽고 싶어 한다면 911에 전화하는 게 잘못된 건가? 할아버지가 죽는다고 우리 상황이 전부 더 나아지는 건 아니잖아? 나는 몸을 부르르 떨며 더듬더듬 주머니에서 휴대폰을 찾는다.

"괜찮을 거예요, 아서. 내가 엄마한테 전화할게요. 다 괜찮을 거예요."

할아버지가 신음하는 사이 나는 911에 전화하고 곧바로 엄마한테도 전화를 건다.

구급차를 기다리는 동안 할아버지가 작은 소리로 뭐라고 얘기하는데 말을 알아들을 수가 없다. 할아버지한테 진짜 역한 냄새가 나지만 나는 할아버지 가까이 더 몸을 숙인다. 할아버지가 다시 얘기한다. "날 죽여라."처럼 들린다. 아니, "네가 날 죽였다."인가? 그건 명령 아니면 비난 둘 중 하나다. 나는 마치 전구 소켓에 손가락이 낀 기분이다. 머리가 윙윙 돌고 혼란스럽고 마비된 느낌이다. 내가 할아버지를 죽였나? 죽여도 되나? 죽여야 하나? 누군가가 죽고 싶어 한다면 어느 쪽이 더 나쁠까? 사고로? 아니면 의도적으로? 내가 어떻게 이런 걸 묻고 있나? 뱃속이 요동친다. 나는 속에서 넘어올 것 같은 그걸 힘겹게 삼킨다. 드디어 구급차가 도착한다. 구급대원이 뇌경색이라고 확인시켜준다.

"학생이 여기 있어서 다행이네요." 구급대원 한 명이 나에게 얘기한다. 아, 네, 맞아요. 그렇죠. 나는 더 일찍 전화할 수도 있었는데 그러지 않았다는 얘기를 무심결에 할 뻔했다. 구급대원들이 할아버지를 들것에 고정해서 구급차에 태우는 걸 잠자코 바라보기만 한다. 할아버지를 싣고 나도 구급차에 올라 할아버지 옆에 앉는다. 구급차가 요란하게 사이렌을 울리고 불을 번쩍이며 집에서 멀어지는 동안 할아버지가 또다시 내게 얘기한다. 두 마디. 가글하는 듯한 소리가 난다. 지금 나는 할아버지가 무슨 말을 하는지 너무나 잘 안다. "날 죽여줘."

열둘

할아버지가 병원에 입원한 뒤에는 시간이 더디게 가기도 하고 쏜살같이 흐르기도 한다. 할아버지랑 떨어져 있을 땐 여름이 쌩 하고 지나가는 느낌이다. 자전거를 타러 다니고 체육관에 다니고 다니랑 놀러 다닐 때는 시간이 눈 깜짝할 사이에 지나간다. 그리고 할아버지랑 같이 있을 땐 시간이 마치 축축하고 어두컴컴한 자취를 남기며 꾸물꾸물 기어가는 달팽이 같다.

할아버지랑 같이 있는 건 바늘방석에 앉아 있는 것보다 더 괴롭지만 나는 참회와 속죄의 시간을 보내야 한다. 911에 일찍 전화하지 않았기 때문에, 할아버지가 죽기를 바랐기 때문에, 할아버지를 살리려고 노력했기 때문에. 이게 바로 내게는 고행의 채찍이요 업보다. 그래, 내 신조가 뭔가 뒤죽박죽인 건 나도 안다. 나름대로 한도를 정했다. 고행의 가장 흔한 형태인 단식과 금욕은 하지 않기로 했다. 일주일에 몇 번씩 병원까지 십오 킬로미터 넘게 자전거를 타고 다닐 힘은 필요하니까 단식은 못한다. 그리고 혹시나, 정말 혹시나 다니와 무슨 일이 생길 수도 있으니까 금욕 서약도 할 수 없다. 다니는 내가 할아버지 생각을 많이 하고 챙기는 모습이 사랑스럽다고 한다. 만약 진실을 알게 되면 나를 싫어할지도 모르는데.

할아버지는 처음 입원했을 때 중환자실에 있다가 지금은 노인재활 병동에 있다. 뇌경색이 온 직후 며칠 동안 엄마는 거의 매시간 의사들과 상담하고 간호사들한테 얘기를 들었다. 그들은 내가 911에 즉시 전화해서 할아버지 생명을 살렸다고 얘기했다. 진실은 나만 안다. 아, 할아버지도 안다. 나는 할아버지가 만천하에 진실을 알리길 기다리고 있다. 내가 얼마나 이기적이고 나쁜 놈인지, 손에 전화기를 쥐고 할아버지 옆에 어떻게 서 있었는지, 도움을 요청하는 전화를 걸기 전에 속으로 어떤 철학적 싸움을 벌였는지 사람들한테 알릴 시점을 기다리는 중이다. 물론 할아버지가 내 속에서 벌어진 치열한 싸움을 어떻게 알겠냐마는. 아니, 나이 많은 사람들한테는 그런 걸 꿰뚫어보는 초능력 같은 게 있지 않을까.

어느 날, 나는 할아버지 병실에 앉아 할아버지가 주무시는 모습을 지켜보며 이런 생각을 한다. 사실 걱정을 한다고 보는 게 맞다. 다음에 어떤 일이 벌어질까. 어쩌면 이쯤에서 티버드를 타고 날라버려도 되지 않을까. 아직 늦지 않은 것 같은데. 할아버지는 개의치 않겠지. 그렇게 가버릴 거면 차라리 빨리 사라져버려야 한다. 곧 개학이다. 만약 이 동네에 계속 있는다면 친구들도 새로 사귀고 새 옷도 사고 머리도 약간 더 길러야 한다. 혹시 노바스코샤로 돌아갈 거면 그곳에서 방과 후와 주말에 죽어라 일을 하며 돈을 벌 일자리와 코딱지만 한 거처라도 찾아야 한다. 먹고사는 게 바빠 친구들하고 지낼 시간도 없겠지. 피치는 다른 놈을 찾아갈 테고. 젠장, 벌써 딴 놈이 생겼겠지. 예전이랑 같을 순 없을 거다.

이런 생각에 잠겨 있는데 갑자기 할아버지가 말을 꺼낸다. "난 대학에 간 적이 없다. 너도 알지." 어라, 독심술이라도 하나? 진짜 희한하다. 할아버지가 일어나 앉으려고 끙끙거려서 베개를 받쳐 도와드리려고 하는데 할아버지가 내 손을 찰싹 때린다. 쇠약해진 몸을 끌어다 앉는 자세를 잡으려고 애쓰는 모습을 지켜보는 건 고통스럽다. 내가 꼬마였을 때 엄마가 항상 날 도와주려고 애썼던 그 시절의 느낌이 떠오른다. 자기 신발 끈 묶는 거랑 침대에서 몸을 일으켜 앉는 거랑 별반 다르지 않다. 전부 자립에 관한 이야기다. 혹은 스스로 할 수 있다는 환상에 관한 이야기.

나는 자리에 앉아서 할아버지가 다시 입을 열길 기다린다. 기다려도 말이 없자 할아버지 발을 툭 치며 묻는다. "왜요?"

"뭐가 왜요냐?"

"왜 대학에 안 갔어요?"

"시간이 없었다." 할아버지가 끙 하고 앓는 소리를 낸다. "다들 나더러 음악에 집중해야 한다고 얘기했다. 하지만 그 사람들 말이 틀렸어."

"예? 음악으로 성공했잖아요."

"그거 하나뿐이었지. 그게 사라졌을 때 나에겐 아무것도 안 남았다." 할아버지가 뒤틀린 두 손을 올린다. "아무것도 없는 것보다 더 나쁘다."

"대학에 갔으면 어떻게 달라졌을 것 같은데요? 뭘 공부했을 것 같아요?"

나는 할아버지 대답에 깜짝 놀란다. 영문학이나 철학 이런 걸 짐작했는데 할아버지 입에서 나온 말은 의외로 '물리학'이다. 내 예상이 완전히 빗나가서 피식 웃음이 나온다.

"물리학이요? 할아버지가 물리학을 공부했을 거라고요? 왜요?"

할아버지가 나를 노려보며 얘기한다. "지금은 뭐든 아무 상관없다. 나는 독학으로 공부했지만 대학에서 공부하는 거하고 같진 않았지. 나는 혼자 시도 암송하고 온갖 고전 작품을 읽고 프랑스어랑 이탈리아어도 독학했다. 구할 수 있는 물리학 책들도 전부 독파했지만 정작 그런 것에 대해 얘기 나눌 사람이 없었다. 사람들이 나한테 원하는 건 오로지 음악뿐이었다. 그래서 난 사람들이 원하는 걸 준 거다. 그게 내가 할 일이라고 생각했으니까."

"절대 잘못된 게 아니었잖아요. 할아버진 유명한 사람이에요." 그리고 부자고요. 하지만 이 말은 입 밖에 내지 않는다.

"충분하지 않았다. 허했지. 그러니 똑같은 실수를 하지 마라."

"알았어요. 대학 갈게요. 약속해요." 어쨌든 계획했던 일이니까 거짓말 하는 건 아니다.

"뭘 공부할 거냐?" 할아버지가 묻는다. 나의 성생활, 아니면 성생활 부족 이딴 거 빼고는 나에 대해 무엇이든 이렇게 관심을 가진 적이 없던 할아버지가 내게 묻는다. 그래서 대답하기 전에 잠깐 생각을 해본다.

"수학이요." 내가 이렇게 말을 하는 순간 이 말이 진짜라는 느낌이 온다. 나는 수학을 사랑한다. 늘 그랬다. 그러니 이 대답은 충분히 말이 된다.

"수학? 음악은 곧 수학이지. 알고 있었냐?"

나는 고개를 흔든다.

"책이 하나 있다. 『수학과 음악(Emblems of Mind)』 꼭 읽어봐라."

"알겠어요."

할아버지 눈이 감기고 몸이 베개 옆으로 미끄러진다. 나는 할아버지가 자리에 눕게 도와준다. 이번에는 할아버지가 내 도움을 물리치지 않는다.

"할아버진 언제 집에 와?" 나는 병원에 가는 길에 엄마에게 묻는다. 이걸 한 천 번쯤 물어본 것 같다. 할아버지가 쓰러진 뒤 거의 삼 주가 지났고 나도 꽤 많은 시간을 병원에서 보냈다. 나는 이제 더 이상 아침에 눈을 뜨며 '오늘이야말로 티버드를 몰고 동부로 떠나는 바로 그날이야.' 이런 생각을 하지 않는다. 언제부터 그랬는지 잘 모르겠지만 이제는 슬슬 빅토리아를 집으로 생각하기 시작했다.

"집?" 엄마가 한숨지으며 말한다. "모르겠어. 아마 영영 못 올지도 몰라."

"영영?" 할아버지 상태가 좋아지지 않는다거나 TV 앞에 앉아서 CNN 뉴스 앵커들한테 욕을 퍼붓지 않는다거나 나한테 소리를 지르지 않을 거라는 생각을 해본 적이 없다.

"치료도 관리도 많이 필요한 상태잖아. 할아버지 혼자서는 아무것도 못하실 거야."

"그러면 할아버진 어떻게 되는데?"

"장기 요양시설을 알아보고 있어."

"양로원 이런 데?"

"요즘은 그렇게 안 불러."

"근데 그거 맞잖아."

"아주 좋은 데도 많아. 집이랑 비슷해. 사람들하고 어울릴 기회도 되게 많고."

"할아버지가 싫어할 텐데."

"나도 알아, 롤리. 그래도 믿어 봐."

우리는 그 다음부터 아무 말 없이 병원으로 간다. 병원에 도착해 엄마는 할아버지 치료팀과 만난다. 노인병 전문의, 영양사, 물리치료사, 작업치료사, 언어치료사, 사회복지사. 이 사람들이 할아버지의 팀이다. 할아버지 말에 따르면 언어치료사 빼고는 나머진 전부 무능한 바보천치란다. 그리고 엄마 말에 따르면 다들 인내심 있고 열심히 일하는 전문가들이라고 한다. 할아버지의 건강을 위해 진심으로 최선을 다하는 사람들. 내가 보기에는, 그 중간쯤이다. 제한된 관찰 결과에 따르면, 그날그날 할아버지의 기분에 따라 평가가 왔다 갔다 하는 것 같다.

그중에서도 할아버지 말이 맞는 부분이 있다. 언어치료사 라즈는 예외다. 그는 중년의 노르웨이 신처럼 생겼다. 잘생겼는데 약간 후줄근하다. 혹한의 날씨, 전쟁, 인간 제물 이런 게 연상되는 생김새다. 엄마는 라즈가 1990년경, 그러니까 '섹시했던 시절의' 닉 놀테처럼 생겼다고 한다. 그렇다면 엄마는 라즈가 섹시하다고 생각하는 게 틀림없다. 이것 참, 뭔가 기분이 이상하다. 막연히 비윤리적이라는 생각이 드는 건 왜일까. 어쨌거나 그는 할아버지의 '팀원'이다. 라즈는 할아버지를 포함해서 그 누구한테든 트집을 잡히지 않는다. 말하는 법을 다시 배우고 싶은 사람에게는 라즈가 적격이다. 만약 그렇지 않다면, 음, 그냥 잠자코 물러나라.

할아버지는 금세 라즈와 친해졌고 할아버지의 언어 능력은 급속

도로 좋아지고 있다. 분명하지 않았던 발음이 거의 사라졌고, 맞는 단어를 찾아내는 데도 거의 어려움을 겪지 않는다. 할아버지는 몇몇 부분을 잊어버렸다. 가령 내 별명(이건 좋은 일)이나 자식들 이름(이건 나쁜 일)이 할아버지 머릿속에서 아득히 사라졌다. 그래도 엄마는 이 모든 상황을 당연한 일로 받아들이고 침착하게 대처한다. 마르타 이모는 그렇지 않다. 얼마 전에 이모는 할아버지가 자기 이름을 기억해낼 때까지 절대 오지 않겠다고 얘기했다. 엄마는 내가 여태껏 엄마 입에서 한 번도 들어보지 못한 말로 이모를 불렀고 둘은 그때 이후 냉전 상태다.

나는 할아버지한테 갖다 줄 커피와 초코 도넛을 사려고 병원 커피숍에 들른다. 그건 우리들만의 의식이다. 내가 커피를 갖다 준다. 그러면 할아버지는 그게 카페오레가 아니라고 투덜거릴 수 있다. 어쩌다 한 번씩 스타벅스에 가서 라테를 사오지만 그래도 여전히 나는 욕을 먹는다. 오늘은 커피를 들고 갔더니 할아버지가 휠체어를 타고 엘리베이터 옆에서 나를 기다리고 있다.

"왜 이렇게 오래 걸렸냐?" 할아버지가 구시렁거린다.

"나 보고 싶었어요? 어디로 가고 싶어요? 병실? 라운지?"

"집."

뭐라고 말해야 할지 모르겠다. 할아버지가 언제 퇴원할지 모르지만 절대 집에 갈 수 없다는 건 확실히 안다. 할아버지는 걸음마를 배우는 아기 같다. 고작 열 걸음도 못 가 앞으로 고꾸라진다. "도넛이랑 커피 가져왔어요. 라운지로 가요. 거기서 텔레비전이나 같이 봐요." 할아버지가 〈초원의 집〉 재방송에 대한 기대감에 다른 건 생각하지 않길 바라면서 휠체어를 끌고 엘리베이터에서 멀어진다.

"내 집 침대에서 자고 싶다. 여기 소음은 견딜 수가 없어. 불도 밤낮으로 켜 놓는다. 누가 와서 맨날 푹푹 찌르지를 않나 뭘 자꾸 물어대질 않나."

"그나마 지금은 개인 병실에 있잖아요. 처음 여기 왔을 때 병실 같이 썼던 그 아저씨 기억나요? 이름이 뭐였죠?"

"척. 이름이 척 캘러헌이었다. 모차르트는 평생 들어본 적 없던 놈. 코골이가 가관이었지. 무슨 세쿼이아 벌채하는 전동 톱 소리가 났다."

할아버지는 왜 우리 엄마 이름이 아니라 척의 이름을 저렇게 똑똑히 기억할까? 불공평하다. 그리고 평소에는 우유, 책 이런 간단한 단어도 깜빡할 때가 많은데 세쿼이아라는 단어는 대체 어떻게 떠올리지? 뇌졸중이 할아버지 뇌를 얼마나 손상시켰는지 그런 것과 관계있다는 건 알겠지만 나는 아직도 저런 모습에 기겁하곤 한다. 우리 모두는 두개골 속에 든 연약하고 스펀지 같은 이 놀라운 무언가를 갖고 여기저기 걸어 다니면서도 그 연결선에 혼선이 생기기 전까지는 절대 문제가 없다고 생각한다. 일이 터졌을 땐 이미 너무 늦은 시점이다.

"그놈 가족은 음식을 양동이째 갖고 왔지. 닭고기 말이다. 대체 어떤 인간이 음식을 양동이에다 먹냐? 여물통의 여물 먹는 돼지들 처럼. 냄새도 아주 역겨웠다."

"그래서 돼지 같이 먹는다는 말이 있잖아요. 언젠가 한번 해보세요. 좋잖아요. 나중에 갖다드릴게요. 살 좀 찌워야죠."

라운지에는 노부인 두 명이 카드 게임 중이고 할아버지 한 분이 꽃무늬 소파에서 자고 있다. TV가 켜져 있는데 무음 모드다. 오프라쇼 방청객은 또 눈물바람이다. 노부인 한 분이 고개를 들어 할아버지한테 미소를 건넨다.

눈동자가 밝은 파란빛인 할머니다. 립스틱 색과 손톱 색깔이 똑같이 진분홍색이다. 색을 맞췄나 보다. 알록달록 다채로운 색의 스카프가 할머니의 백발 곱슬머리를 묶고 있다. 목 아래로는 딱 표준 규격의 노인 병동 환자 모습이다. 여성 버전의 환자 차림새 중 하나. 폭신폭신한 핑크색 가운, 색깔 맞춘 슬리퍼, 옆에 둔 보행 보조기.

"아, 그 유명한 젠킨스 씨네." 할머니가 얘기한다. "같이 하실래요?" 손에 든 카드를 흔들어 보인다. "자리는 언제든 있어요. 우린 누구나 환영해요. 그렇지, 리?"

다른 노부인(하늘색 가운, 녹색 슬리퍼, 치아에 묻은 빨간 립스틱)이 미소 지으며 고개를 끄덕인다.

"아서, 어때요?" 내가 묻는다.

할아버지는 고개를 가로젓고 한 손으로 눈을 가린다. 그렇게 하면 자기가 투명인간이라도 되는 듯.

"집에 데려가 다오, 로이스." 할아버지가 떨리는 목소리로 말한다. "집에 가고 싶다."

노부인들이 서로를 쳐다보며 쯧쯧 하고 가볍게 혀를 찬다. 마치 병약한 수탉 한 마리와 대면한 기대한 파스텔톤 암탉들 같다.

"죄송합니다, 숙녀 분들. 아무래도 할아버지가 오늘은 생각이 없나 봐요." 나는 휠체어를 밀고 복도 아래쪽으로 향한다. 할아버지 병실 방향이다. 할아버지는 계속 고개를 숙이고 얼굴을 가린 채 병실까지 간다. 침대에 눕혀드릴 때까지 내내. 나는 할아버지 뺨에 흐른 눈물을 닦고 코를 풀게 해드린 후 도넛과 커피를 건넨다.

"괜찮아요?" 할아버지가 왜 울었는지 모르겠다. 할머니들과 카드 게임을 한다는 생각 때문이었을까? 감정 기복과 망상증이 뇌졸중 환자들에게 흔히 나타난다는 얘기는 들은 적 있다.

그래서 할아버지가 "그 사람들 나를 잡고 싶어 안달이다." 이렇게 말할 때 크게 놀라지 않는다.

"누구요?"

"그 즐거워 뵈는 과부들 말이야. 난 돈이 많고 유명하잖냐. 자기들 생각에 내가 횡재수겠지."

"헐, 아서. 그 분들은 그냥 카드 게임을 같이 하고 싶었던 거예요. 할아버지랑 결혼하고 싶다는 게 아니라."

"웃기는 소리 하지 마라. 그 눈빛에서 다 읽히더구만. 욕심이 아주 덕지덕지 붙었다니까."

"말도 안 돼요, 아서. 할머니들은 친해지고 싶어 했을 뿐이에요."

"나랑 입씨름할 생각 마라, 이놈아. 이 커피 다 식었다. 다시 사와."

일주일에 두 번쯤 할아버지 집에 가서 우편물을 챙기고 차 시동을 건다. 그때마다 티버드를 잠깐 몰고 나가 드라이브하고 싶은 충동을 억누른다. 내가 다니네 집 앞에 56년형 티버드를 딱 세우면 다니는 어떻게 생각할지 궁금하긴 하다. 언젠가 제대로 된 면허증이 생기면 우린 정식 데이트를 하게 될 거다. 저녁식사, 영화, 자동차 뒷좌석에서 벌이는 사랑행각. 1950년대 분위기가 물씬 풍긴다.

할아버지가 병원에 입원한 날로 내 봉급도 끊겼지만 엄마는 다른 일자리를 찾아보라고 얘기하지 않았다. 나는 더 이상 차 살 돈을 모으지 않기 때문에 여기저기 돈을 쓴다. 머리, 자전거 기어, 옷, 스포츠센터 회원권 등. 쟁여 둔 돈이 빠른 속도로 줄어들고 있다. 순식간에 지갑이 홀쭉해진다. 시내 자전거점에 일자리를 알아볼까 생각 중이다.

루넌버그 생각은 별로 하지 않고 산다. 피치의 페이스북 상태가 '연애중'이다. 새 애인 루이스랑 찍은 사진이 수두룩하게 올라와 있다. 나한테는 그거 보며 발끈할 권리가 없다. 그래도 마음이 쓰리긴 하다. 만약 다니와 내가 커플이라면(아직은 아니라는 얘기) 우리 사진도 올릴 수 있을 텐데. 나는 데이트 같은 건 뒤로하고 월수금 점심식사

후에 자전거를 타고 병원으로 달려간다. 할아버지는 매일 아침 재활 뭐시기를 이것저것 해야 한다. 할아버지는 아주 질색하지만 이건 선택 사항이 아니다. 그래서 내가 오후에 할아버지한테 갈 때마다 할아버지는 나를 붙들고 재활 뭐시기에 대해 있는 욕 없는 욕을 쏟아 놓는다. 엄마는 여전히 주말 교대조다.

8월 중순쯤 할아버지는 상태가 한결 좋아졌다. 가끔씩 나는 할아버지가 어쩌다 여기 오게 됐는지에 대한 나의 죄책감을 깜빡 잊기도 한다. 많은 면에서 할아버지는 예전의 아서로 돌와왔다. 성미 급하고, 무례하고, 상스러운 모습의 아서. 할아버지의 보조(물리치료사는 걸음걸이를 이렇게 부른다)가 거의 정상 수준으로 회복되었다. 할아버지는 집에 가고 싶어 하는데 왜 갈 수 없는지는 아직도 모르고 있다. 엄마가 드디어 할아버지한테 맞는 요양원을 찾아내 대기자 명단에 할아버지 이름을 올려놨다. 내가 그곳을 절대 '치료 시설'이라고 부르지 않아서 엄마를 열 받게 하지만 엄마는 온갖 간병인과 시설에 '연락을 취하느라' 정신없이 바쁜 터라 나한테 성질을 부릴 시간이 없다.

나는 엄마가 라즈와 꽤 자주 '연락을 취하는' 걸 눈치 챈다. 같이 저녁 먹으러 가는 걸 '연락을 취하는' 거라고 부를 수 있다고 가정하면 그렇다. 라즈는 엄마 트럭이랑 똑같은 차종이지만 더 지저분한 트럭을 몰고 엄마를 데리러 온다. 트럭이 같다는 사실 갖고도 둘은

과하다 싶게 깔깔댄다.

라즈의 트럭 뒤에는 더러운 자전거 한 대가 끈으로 묶여 있다. 그리고 집채만한 개 한 마리가 목줄도 없이 버티고 있다. 알고 보니 베어울프라는 이름의 그레이트 데인종인 그 개는 다행히도 훈련이 잘 돼 있었다. 나는 큰 개가 별로 반갑지 않다. 예전에 놀이터에서 놀다가 독일 셰퍼드한테 물린 흉터가 아직도 팔에 남아 있다. 그 당시 견주 말로는 '장난으로 살짝 문' 거란다. 퍽이나. 그때 나는 세 살이었다. 그래서 우리 엄마가 배낭으로 그 견주 머리를 '장난으로 살짝' 갈겼다.

라즈가 그 개를 부르면 트럭 꼬리판을 훌쩍 뛰어넘어 라즈 쪽으로 성큼성큼 달려온다. 라즈의 한 팔은 엄마를 두르고 있고 엄마는 밝게 생긋 웃으면서 머리카락을 귀 뒤로 넘긴다. 엄마가 긴장하고 있다는 확실한 증거다. 라즈는 뜻밖의 횡재 같은 존재다. 반갑기도 하고 당황스럽기도 하다.

"앉아, 베어울프." 그가 얘기한다.

베어울프가 앉는다. 앉았는데도 여전히 집채만 하다. 엄마는 긴장한 상태로 깔깔 웃으며 얘기한다. "조랑말만큼 크네요."

"하지만 더 귀엽죠." 노르웨이 신이 거기에 한마디 더 보탠다. "당신처럼요."

저 아저씨 지금 우리 엄마가 조랑말보다 더 귀엽다고 말하는 건가? 약간 이상하게 들리는데 엄마는 또다시 까르르 웃고 베어울프의 거대한 머리통을 쓰다듬는다. 그 정도까지 보고 나는 자전거에 올라타 그 축산학스러운 광경을 뒤로하고 내 갈 길로 간다.

어디든 자전거를 타고 두 달을 돌아다니다 보니 내 몸이 변했다. 스포츠센터에서 꾸준히 웨이트트레이닝을 한 것도 도움이 됐다. 허벅지는 바이크용 반바지 안에서 울렁꿀렁하고 종아리는 고정된 바이크 슈즈 위로 불룩 나와 있다. 가슴팍은 비싸게 주고 산 수분 흡수 브이넥 쫄티를 빵빵하게 채우고, 이두박근은 보기 좋게 튼실하다. 나는 땀도 흘리지 않고 수월하게 병원까지 페달을 밟을 수 있다. 놀림 받으면 어쩌지 하는 두려움 없이 다니와 함께 바닷가에 앉아 있을 수도 있다. 식스팩도 생겼다. 다니도 마찬가지다. 뭘 하며 시간을 보내면 재미있겠냐는 말에 다니가 떠올린 건 팔굽혀펴기 경쟁이다. 내가 할 수 있는 건 지금 수준을 쭉 유지하려고 노력하는 거다.

내가 할아버지한테 다니를 소개한 날, 우리는 다니가 제일 좋아하는 호숫가에 처음으로 자전거를 타고 갔다. 장거리지만 달려볼 만한 코스다. 주중에는 사람들이 많지 않다. 물가 근처에는 꼬마들이랑 같이 있는 몇몇 가족밖에 없다. 우리는 자전거를 자물쇠로 채워두고 물가로 돌진한다. 달려가면서 옷을 훌렁훌렁 벗는다. 호수 한복판으로 헤엄쳐 가서 딱 물에 뜰 정도로만 팔다리를 파닥거리며 물에 누워 있다. 한번씩 물장구질을 멈추고 그대로 잠시 물속에 가라앉기도 한다. 다시 수면으로 올라와 눈을 뜨니 삼나무 꼭대기를 향해 급강하하는 독수리 한 마리가 보인다. 우리는 물가에서 먼 쪽으로 둥둥 떠간다. 파닥거리다 가라앉다 파닥거리다 가라앉다, 가라앉는다.

뭔가가 내 발, 다리, 가슴을 슥 스치는 게 느껴진다. 수초? 물가에서 이렇게 멀리 떨어진 데는 수초가 없는데. 그럼 물고기? 그런 것 같지도 않다. 나는 물을 차고 수면으로 올라온다. 다니도 내 옆으로 퐁 튀어나온다. 고래처럼 수면으로 뿜어져 나온다. 다니가 머리를 뒤로 젖히고 깔깔 웃는다. 내 몸을 쭉 훑은 게 다니 손이었어? 그런 생각을 하니까 이렇게 찬물 속에 있는데도 내 똘똘이가 빳빳해진다. 나는 다니를 정말 좋아하지만 다니가 먼저 다가오기를 기다리고 있다. 아까 그게 그런 거였나?

"뭍까지 시합하자!" 다니가 소리친다.

다니가 나를 이긴다. 근소한 차다. 뭍에 다다를 즈음 똘똘이는 다시 얌전해졌지만 다니가 내 눈앞에서 몸을 닦자 다시 신호가 온다. 나는 돌아서서 셔츠와 신발을 붙들고 버둥거린다. 할아버지의 우둘투둘한 발톱, 풍성하게 삐져나온 귓털, 침실용 변기 이딴 걸 상상하며 마음을 진정한다. 발기가 가라앉는다. 할아버지 음성이 들리는 것 같다. '내가 널 위해 아무것도 안 했다고 얘기하지 마라, 이놈아.'

돌아서 보니 다니는 옷을 다 입고 갈 준비를 마쳤다. 뒤로 땋은 머리는 기다란 젖은 밧줄 같다.

"너 정말 준비 됐어?" 내가 묻는다. 할아버지를 만날 준비가 됐냐고 묻는 거다.

"물론이지. 할아버지 만나고 싶어. 우리 부모님은 그분이 얼마나 훌륭한지 쉴 새 없이 얘기하고, 너는 그분이 얼마나 골치 아픈지 계속 얘기하네. 뭐가 진실인지 알아내고 싶어."

"양쪽 다야."

"양쪽 다라구?"

"응. 너도 곧 알게 될 거야."

다니가 자전거에 폴짝 뛰어오르고 나는 그 뒤를 따른다. 다니 엉덩이를 감상하며 달리다가 중간에 패인 구멍에서 거의 자빠질 뻔한다. 병원에 도착하자 우리 둘은 다시 온통 땀투성이가 돼 있다. 한참 동안 가쁜 숨을 몰아쉰다. 할아버지 병실에 도착했을 때 할아버지 입에서 처음 나온 말은 이거다. "이놈이 드디어 하나 건지다니 보기 좋다."

열셋

할아버지가 이렇게 얘기한 뒤 잠시 정적이 흐른다. 이내 다니가 할아버지 휠체어 쪽으로 성큼성큼 걸어가 그 옆에 쪼그리고 앉아 얼굴을 할아버지 코앞까지 들이밀고 얘기한다. "말씀 많이 들었어요,

젠킨스 씨. 근데 무례하다거나 상스럽다는 얘기를 들은 적은 한 번도 없어요. 그러니까 이번 한 번만 다시 하실 기회를 드릴게요."

"뭐라고?" 할아버지가 발끈한다.

"다시 하실 기회요. 되감기 그런 거요. 방금 전 상황을 바로잡으실 기회를 드릴게요." 다니가 일어나서 내 손을 잡고 병실 밖으로 끌고 간다. 할아버지는 한마디도 안 하지만 나는 돌아서서 나오면서 할아버지 얼굴을 흘끗 본다. 얼굴이 빨갛다. 위대한 아서 젠킨스가 얼굴을 붉히고 있다.

"진짜… 대단하다." 다니가 엘리베이터 옆에 놓인 볼품없는 오렌지색 소파에 털썩 앉는다. "끝내준다." 다니가 내 어깨에 세게 한방 먹인다. "왜 그랬어?" 내가 묻는다.

"네가 직접 하지 말라고."

"내가 뭘 직접 안 하는데? 할아버지가 못되게 구는 거에 대고 싫은 소리 하는 거?"

다니가 고개를 끄덕이고 시선을 거둬 창밖을 바라본다. 병원의 조그만 정원에서 관목을 조금씩 뜯어먹고 있는 토끼 몇 마리가 보인다. 나는 아직도 다니가 한 말을 곱씹어보면서 그게 다니가 나를 좋아한다는 뜻인지 아닌지 열심히 머리를 굴린다.

"미, 미안해." 내가 더듬거리며 말한다. "그게 말야, 복잡해…"

"어떻게 복잡한데?"

할아버지가 여기 있게 된 건 다 내 잘못이라고 다니한테 털어놓으면 어떨까 잠깐 생각해 보지만, 나는 다니가 나를 좋아했으면 좋겠다.

“가족 문제야.” 내가 얼버무린다. “알잖아. 가족 간의 관계. 말했듯이 좀 복잡해.”

다니가 토끼들을 조금 더 쳐다보다가 내 쪽으로 고개를 돌리고 미소 짓는다. 치아가 하얗긴 한데 약간 비뚤어졌다. 교정기를 너무 일찍 뺀 것처럼 보인다.

“괜찮아, 로이스. 이해해. 네가 나한테 경고하지 않았던 것도 아닌데 뭘.” 다니가 소파에서 일어서고 우리는 다시 할아버지 병실로 간다. 할아버지는 창가에 앉아서 토끼들이 진달래를 먹어치우는 걸 지켜보고 있다. 우리가 들어오는 소리를 듣고 할아버지는 몸을 돌려 일어선다. 우리가 할아버지 쪽으로 다가간다. 할아버지 이마에 작은 땀방울이 보인다. 혼자 힘으로 일어서 있으려고 온힘을 다하고 있는 거다. 할아버지가 다니한테 한손을 내밀 때 내가 할아버지 팔꿈치를 잡고 부축한다. 다니가 할아버지 손을 잡고 몸을 앞으로 숙여 구레나룻이 있는 할아버지 뺨에 입을 맞춘다.

“아서, 이쪽은 다니. 다니, 이분은 아서.” 할아버지가 비틀거리기 시작해서 나는 다시 휠체어에 앉혀드린다. 다니가 방문객 의자를 끌어다 할아버지 옆에 놓는다.

“만나 뵙게 돼서 영광입니다. 저희 부모님이 열렬한 팬이세요.”

“내가 영광이죠, 숙녀 분. 늙은이의 무례함을 부디 용서해요.”

"별 말씀을요. 토끼 보러 가실래요? 소풍 겸해서?" 우리는 다들 작은 정원을 내려다본다. 커다란 녹색 파라솔 아래 작은 테이블하고 의자들이 있다.

할아버지가 고개를 끄덕인다. 다니가 휠체어를 밀고 정원으로 나가는 동안 나는 간식을 사러 커피숍으로 달려간다. 밖에서 다시 만났을 때 할아버지는 햇볕을 쬐며 눈을 감고 앉아 있다. 갈라진 입술에 엷은 미소가 떠다닌다.

"파리 생각이 난다. 튈르리궁."

"튈르리궁에서 이쁜 아가씨랑 앉아 있었어요? 멋지네요." 내가 객쩍은 소리를 한다.

다니가 까르르 웃으며 할아버지한테 팀홀튼 햄치즈 샌드위치와 냅킨을 건넨다. "무슈, 바게뜨 드세요."

"메르시, 마드모아젤." 할아버지가 휠체어에 앉은 채 허리를 살짝 굽히며 얘기한다.

나는 할아버지 커피를 옆 쪽 테이블에 둔다. "까페올레, 오씨(카페오레도요)."

"메르시." 할아버지는 종이컵을 들고선 떨리는 손으로 건배 제의를 한다. "아 보트르 상떼, 메 자미(친구들의 건강을 위하여!)."

"아 보트르 상떼, 아서." 우리도 화답한다. 할아버지의 건강을 위하여.

“병원에 앨범이랑 노트북 갖고 가자.” 어느 날 할아버지 우편물을 수거하러 갔을 때 다니가 한 얘기다. 카드놀이도 지겹고 테라스에 누워 있기도 너무 더운 날 다니한테 앨범을 보여준 적이 있다. 우리는 작은 침실에서 싱글 침대에 나란히 앉아 앨범을 봤다. 파리, 뉴욕, 런던에 있는 할아버지 사진들. 다니한테 키스하고 싶었지만 내가 용기를 내기도 전에 다니가 일어나서 음료수를 마시러 주방으로 가버렸다.

지금 다니가 이렇게 얘기한다. “할아버지가 영원히 사시진 못 할 거야. 할아버진 자기 얘기를 들려주셔야 돼. 넌 그 얘길 기록해두고. 이건 구술 역사 같은 거야. 예전에 우리 증조할머니가 돌아가시기 전에 내가 그렇게 해봤거든. 할머니는 유명한 음악가 이런 분이 아니라 그냥 평범한 농부의 아내였어. 근데 아서는 여기저기 다 가보셨잖아. 글로리아 반더빌트, 카잘스, 심지어 피카소도 알고. 그리고 자기 얘기하는 거 좋아하신다며. 네가 그랬잖아.”

“알았어, 알았어. 무슨 소린지 알아. 할아버진 재밌는 사람이지. 할아버지가 보노도 안다는 말 했나?” 나는 별 거 아니라는 듯 무심하게 툭 던지지만 이 말이 다니의 마음을 확 흔들 걸 안다. 다니는 보노가 끝내준다고 생각하니까. 다니 마음속에서는 보노가 버락 오바마나 제인 구달이랑 일등을 다툴 정도다.

역시나 다니 눈이 동그래진다. “뻥치시네. 할아버지가 보노를 안다고? 우와! 아서는 재미있는 사람 그 이상이야, 롤리. 할아버지는…" 다니가 적당한 단어를 찾고 있다. "중요한 분이야."

다니가 우리 엄마한테 내 애칭을 알아냈다. 어느 날 우리 집에서 같이 놀고 있을 때 엄마가 그 말을 슬쩍 흘렸다. 다니는 그 애칭이 '사랑스럽다'고 생각한다. 그래서 우리끼리만 있을 때는 그렇게 부르게 놔둔다. 하지만 남들 앞에서는 안 된다. 절대 안 된다. 그리고 할아버지 앞에서도 절대.

다음 날 우리는 가게에서 얻어 온 상자에다 앨범을 넣고 노트북 코드도 잊지 않고 챙긴다. 엄마가 차로 우리를 병원까지 데려다준다. 엄마는 일하러 가기 전에 라즈와 '미팅'이 있단다.

"아서 왕 전설 프로젝트 잘 되길 바랄게." 엄마가 라즈를 찾으러 가면서 이런 말을 남긴다.

"태워주셔서 감사합니다, 피터슨 부인." 다니가 얘기한다. "제목 멋지지, 롤리? 아서 왕 전설."

마지막 상자를 꺼내는 내 입에서 끙 하는 소리가 나온다. 할아버지 병실에 상자 여섯 개를 어디다 둬야 할지 모르겠다. 이게 정말 잘하는 일인지도 아직 확신이 없지만, 다니 말대로 병원 음식, 다른 환자들, 스태프, 병실, 가족에 대해 불평하고 자기가 전혀 존중받지 못한다고 투덜대는 할아버지 얘기를 듣느니 이 편이 낫긴 하다.

다니가 옳았다. 할아버지는 몇 시간 동안 자기 얘기만 줄창 한다는 계획을 듣고 그야말로 군침을 흘린다. "아서 왕 전설이라." 할아버지가 계속 되뇐다. "마음에 든다. 언제 시작하면 되나?"

"원하시면 지금 바로요." 다니가 상자에서 첫 번째 앨범을 꺼내며 얘기한다. "준비됐지, 로이스?"

나는 고개를 끄덕인다. 노트북은 침대 테이블에 놓고 나는 베개 다섯 개를 등 뒤에 받치고 할아버지 침대에 자리를 잡는다. 최대한 편한 자세를 취하는 게 좋겠다고 생각한다. 다니는 의자를 당겨 할아버지 가까이에 앉아 앨범을 펼치고 한두 가지 질문을 한다. 나는 할아버지가 말하는 내용을 타이핑한다. 다니는 희한한 질문을 하면서 할아버지를 슬쩍 찔러 자세한 얘기를 털어놓게 하거나 얘기를 진행시킨다.

나는 한번씩 할아버지한테 천천히 얘기해 달라고 부탁하지만 대체로 내가 따라갈 수 있는 속도다. 할아버지가 사진 속 인물이나 장소를 알려주면 다니는 포스트잇에다 정보를 적어서 사진 옆에 붙여둔다. 한 시간 뒤, 할아버지도 지치고 내 손가락에도 쥐가 난다. 다니는 앨범을 덮고 할아버지의 볼을 톡톡 두드린다. 나는 노트북을 덮고 테이블을 한쪽으로 민다.

"내일 봐요."

"아 비엥토(또 보자)." 할아버지도 작별 인사를 한다.

그때 이후 할아버지와 나의 일상은 정말 판에 박힌 듯이 흘러간다. 나는 병원에 들를 때마다 커피를 갖다 드리고 노트북을 켠다. 그런 다음 할아버지가 커피를 마시면서 얘기하는 동안 나는 자판을 두드린다. 나는 감동받고 싶지 않은데 어쩔 수가 없다. 할아버지가 알고 지냈다는 온갖 유명인사들(재키 케네디 오나시스, 빌 클린턴, 프랭크 시나트라, 무하마드 알리 등등) 얘기도 놀랍지만 할아버지의 업적도 정말 대단하다. 할아버지가 협연한 교향악단, 플래티넘 앨범, 매진된 카네기홀 연주회 등등 장난이 아니다.

하지만 내가 정말 관심을 갖는 부분은 가족 얘기다. 마르타 이모의 어머니가 세상을 떠났을 때 할아버지가 얼마나 슬퍼했는지, 할아버지가 코랠리 할머니를 얼마나 그리워했는지, 할아버지가 우리 엄마를 얼마나 사랑하는지 등등. 할아버지가 열여섯 살 생일을 맞은 엄마를 파리로 데려갔다거나 엄마가 우리 아빠랑 결혼하기 전까지는 매년 크리스마스와 여름을 할아버지와 함께 보냈다는 얘기를 전부 처음 듣는다. 엄마한테 들은 적이 한 번도 없다. 여태까지 엄마가 해준 얘기라고는 엄마 옆에는 24시간 유모가 붙어 있었고 다섯 살이 되던 해에 할아버지가 엄마를 기숙학교에 집어넣었다는 레퍼토리뿐이었다. 프로방스 집에서 여름을 보냈다거나 영국 왕족과 함께 크슈타트에서 스키를 탔다는 얘기는 한 번도 한 적 없다. 심지어 나는 뉴욕 연립주택은 말할 것도 없고 프로방스에도 집이 '있었다'는 사실도 몰랐다. 할아버지가 아직도 그 집들을 갖고 있는지 궁금하다.

엄마가 그걸 잊었을 리가 없고 할아버지가 이 얘기를 전부 지어낼 리도 없다. 어느 쪽이든 간에 진실이 그 사이 어딘가 자리하고 있는 게 분명한데, 할아버지가 풀어내는 상세한 이야기가 꽤 생생하고 설득력이 있다. 다이애나비의 눈동자 색, 마리아 칼라스의 발 사이즈, 비엔나의 자허 토르테 맛 이런 거. 그러다 이야기 내용이 현재와 가까워질수록 자욱한 안개가 몰려든다. 할아버지는 이름과 날짜를 더듬더듬 얘기한다. 언제 은퇴하고 빅토리아로 왔는지도 기억하지 못 한다. 마르타 이모가 어디 사는지도 확실히 모른다. 우리 집에 와 봤는지도 헷갈려한다.

이 작업을 시작하고 열흘 후 할아버지는 이 프로젝트를 중단시킨다. 내가 도착했을 때 할아버지는 침대에 있다. 나는 할아버지한테 커피를 건네주고 방문객 의자에 앉은 뒤 노트북을 열고 할아버지 얘기를 기다린다. 한참 있다 할아버지가 입을 연다. "그만하자."

"뭘 그만해요?"

할아버지가 도끼눈을 하고 나를 본다. "더 이상 기억이 안 난다."

나는 노트북 화면을 본다. "어디까지 얘기하셨냐면요…"

할아버지가 말을 끊는다. "나 너무 피곤하다." 할아버지가 머리를 다시 베개에 묻고 눈을 감는다. "그만하자."

나는 잠자코 기다리지만 할아버지는 아무 말이 없다. 십 분쯤 흐른 뒤 할아버지가 덜덜 떨리는 손을 들어 문 쪽을 가리킨다.

"내가 갔으면 좋겠어요?" 내가 묻는다. 기분이 상한다. 아니, 상처 받았다. 나는 우리 사이에, 뭐랄까, 유대감 같은 게 생겼다고 느꼈는데. 내 생각이 잘못됐던 모양이다. 결국 나는 할아버지의 노예에 불과한 존재다. 게다가 돈도 못 받고 일하는 노예.

할아버지가 단호히 고개를 끄덕인다. 내가 노트북을 닫으려고 하자 할아버지가 저지한다. "아니, 그건 놔두고 나가라."

개자식. 병실을 나가면서 드는 생각. 이제야 알겠다. 엄마가 왜 할아버지랑 거리를 두는지. 엄마가 저 인간의 마력에 혹해서 끌려갔다 내쳐진 게 어디 한두 번인가. 결국 저 인간은 자기가 지겹거나 짜증이 나거나 바빠질 때마다 수도 없이 엄마를 밀어냈다. 나는 분을 참지 못해 있는 대로 화를 내면서 자전거 페달을 밟는다.

생각나는 욕이란 욕은 다 한다. 쌍놈, 개자식, 비열한 새끼, 개새끼, 씨발놈, 역겨운 놈, 건방진 자식, 얼간이. 남이 듣든 말든 고래고래 소리를 지른다. "좆까! 좆까, 이 새끼야!" 이걸로는 충분치 않지만 그래도 뜻밖에도 만족스럽다. 정지 신호에서 내 옆에 선 차 운전자(여자)가 완전히 기겁한 표정으로 나를 쳐다본다. 나는 '미안해요'라고 입모양으로 얘기하지만 그 여자는 그냥 고개를 돌려버린다. 마치 내가 그녀를 실망시켰다는 듯 나를 외면한다.

집에 도착할 즈음 마음이 좀 가라앉는다. 오랫동안 샤워를 하고 칠면조 샌드위치를 먹고 다니한테 전화를 건다. 음성메시지로 넘어가지만 메시지를 남기지 않는다. 부재중 통화를 보겠지. 갑자기 피곤이 덮친다. 소방 호스에서 터져 나오는 물줄기 같은 위력으로 피로가 나를 강타한다. 나는 침대에 푹 쓰러져 베개가 머리에 닿자마자 기절하듯 잠이 든다.

휴대폰이 울려 잠이 깬다. 다니 목소리를 기대하고 전화를 받는데 엄마다.

"롤리, 할아버지한테 또 뇌졸중 왔대."

나는 시간을 확인한다. 장장 네 시간을 잤다.

"언제?" 나는 일어나 침대에 앉는다. 잠이 확 깬다. 평소에 낮잠을 자고 일어나면 몸도 못 가누고 겔겔대는데 지금은 얼음이 닿은 듯 정신이 쨍하다. 아마 나쁜 소식이 그렇게 만드나 보다. 아니면 아드레날린 그런 건가?

"몇 시간 전에. 점심 드시러 안 내려오셨길래 누가 할아버지를 찾으러 갔대." 엄마 목소리가 갈라진다. "이번 거 되게 심각한 거였어, 롤리. 지난번보다 더 심각한 거. 할아버지가 다시 의식을 회복할지 장담 못한대." 엄마가 얘기하는 동안 나는 일어나서 욕실로 간다.

"금방 갈게, 엄마. 거기까지 가는 데 45분 정도 걸릴 거야."

"자전거 타고 올 필요 없어. 라즈가 너 데리러 가고 있으니까 준비만 하고 있으면 돼. 알았지? 칫솔이랑 추리닝 좀 갖다 줄래? 엄만 오늘밤 여기 있을 거야."

"알았어, 엄마."

"우리 아들, 착하다."

"이따 봐, 엄마." 나는 전화를 끊고 주방에서 검은 쓰레기봉투를 꺼낸다.

라즈가 도착할 때쯤 나는 집 밖에서 대기하고 있다. 오늘은 뒷좌석에 지저분한 자전거도 베어울프도 없다. 나는 라즈가 병원까지 가는 동안 애써 얘기를 나누려고 하지 않아서 고맙다. 우리한테 필요한 게 있으면 자기가 언제든 도와주겠다는 얘기 정도만 한다.

"너희 엄마 대단한 분이다. 이번에 엄마가 아주 힘들어 할 거야."

"내가 그런 걸 모르는 것 같아요?" 내가 차갑게 내뱉은 말에 라즈는 더 이상 대꾸하지 않는다. 엄마의 연애 생활 따위는 생각하고 싶지 않다. 나는 다니에게 전화를 걸어 메시지를 남긴다. 무슨 일이 있었는지 얘기하고 나중에 전화해달라고 남긴다. 다니가 전화를 안 받아서 왠지 다행이다. 지금 당장 엄마 말고는 누구든 상대하기 힘들 것 같다.

라즈가 나를 정문에 내려주고 나는 계단을 뛰어올라가 할아버지 병실로 간다. 쓰레기봉투가 다리에 자꾸 부딪힌다. 지금 이 상태로 낯선 사람들과 엘리베이터에 갇혀 있고 싶지 않다. 병실에 도착하자 엄마가 복도에서 기다리고 있다.

"간호사들이 할아버지를 돌리고 있어."

"할아버지를 돌려?"

"마비가 왔어, 롤리." 엄마가 울음을 터뜨린다. 나는 엄마를 감싸 안는다. 엄마를 위로하는 사람이 되다니 기분이 이상하다.

"하지만 할아버지 예전에도 마비됐었잖아." 나는 얼굴을 파묻고 있는 엄마 머리에 대고 얘기한다. 엄마는 고개를 가로젓는다. 내 어깨에 대고 우물우물 얘기한다.

"이번 건 훨씬 안 좋아. 아버진 지금 삼키지도 못해. 말도 못하고 내가 누군지도 몰라."

나는 그게 무슨 뜻인지 잠시 생각해본다. 아마 할아버지는 나도 누군지 모를 거다. "그러면 링거를 놓겠지, 안 그래? 링거로 영양 공급 하겠지."

엄마가 고개를 끄덕인다.

"할아버지는 강해. 엄마가 맨날 그렇게 얘기하잖아."

"나도 알아, 롤리. 나도 알아. 근데 이건… 이번엔 달라."

엄마가 내 팔에서 벗어나 옷소매로 얼굴을 쓱 훔친다. "아버지 변호사한테 전화해서 아버지가 사망 선택 유언을 남겼는지 알아봐야겠어."

"사망 선택 유언?"

"말로 의사표시를 할 수 없을 경우에 어떤 의학적 치료를 받고 싶은지 밝혀두는 법률문서야. 아버지가 지금 말씀을 못하시잖아. 아버지 집에서는 찾을 수가 없었어. 엄마가 전화 몇 통 하는 동안 네가 할아버지 옆에 있어 줄래?"

"응." 간호사가 병실에서 나와 우리한테 이제 들어가도 된다고 얘기한다.

"주무시고 계세요. 아휴, 가엾은 분…. 필요한 거 있으면 불러요."

엄마는 전화하러 가고 나는 병실로 들어간다. 할아버지는 똑바로 누워 있다. 이불이 턱까지 덮여 있다. 이불에 덮인 할아버지 몸이 작아 보인다. 거의 어린애 같다. 입이 한쪽으로 비뚤어져 있어서 마치 으르렁거리는 표정 같다. 그렇지 않다는 건 알지만. 침대 옆 의자에 앉아 할아버지 팔을 쓰다듬는데 내 눈에 눈물이 고인다.

“헤이, 아서. 나예요, 롤리. 엄마 올 때까지 내가 여기 있을게요. 내가 뭐 좀 가져왔어요.”

나는 쓰레기봉투에서 엄마의 CD 플레이어를 꺼내 탁자 위에 둔다. CD 스무 장을 챙겨왔다. 대부분이 클래식 CD이고 거의 다 할아버지 음반이다. 나는 CD 한 장을 집어넣는다. 브람스 이중협주곡 A 마이너. 첼로는 아서, 바이올린은 이작 펄만, 베를린 필하모닉. 음악을 튼 뒤 나는 의자에 기대앉는다. 음악이 방안을 가득 채운다. 들어본 적이 없는 곡이다.

해설을 읽어보고 나서야 이 곡이 브람스의 마지막 오케스트라 작품이고 브람스와 요제프 요아힘 간의 음악적 화해라는 의미를 띠며 브람스가 이 요아힘이라는 바이올리니스트를 위해 이 곡을 썼다는 사실을 알게 된다. 브람스한테 영감을 줘서 이 협주곡을 F-A-E로 쓰게 만든 요아힘의 모토는 ‘frei aber einsam’였다고 한다. ‘자유로운 그러나 고독한’ 뭐 이런 자초지종이 적혀 있다. 자유롭지만 고독한. 어쩐지 할아버지 얘기 같다. 몇 달 전까지는 내 얘기이기도 하다.

나는 침대 탁자에서 노트북을 꺼낸다. 누군가가 덮어놓긴 했는데 아직 선이 꽂혀 있다. 열어 보니 내가 필사한 마지막 페이지가 화면을 채우고 있다. 그 페이지 맨 밑에 내가 쓰지 않은 뭔가가 있다.

'로이스, 발작이 또 올 걸 알고 있다. 나는 죽고 싶구나. 제발 날 죽여다오. 아서.'

내 손이 덜덜 떨린다. 첫 번째 발작 직후 '날 죽여라' 하고 말했던 할아버지 얘기를 떠올리며 그 글을 다시 읽는다. 나는 그 말이 그냥 나에 대한 비난이었을 거라고 생각하며 착각하고 있었다. 이제는 글로 적힌 내용을 보고 있다. 이론의 여지가 없다. 모호한 부분도 없다. 할아버지는 내가 이 상황을 끝내주길 원한다. 자기를 완전히 소멸시켜 주길, 불을 꺼버리길 원한다. 나는 화면의 단어들을 삭제하고 휴지통 비우기를 클릭한다. 그 말은 사라졌지만 내 머릿속에 뚜렷이 새겨졌다. 제발 날 죽여다오. 최소한 할아버지는 정중하게 부탁했다.

너무 혼란스럽다. 그리고 화가 난다. 나는 이런 일을 맡겠다고 계약한 적이 없다. 할아버지는 어쩜 이렇게 이기적일 수 있을까? 할아버지가 나한테 시키는 일은 하나같이 잘못된 것뿐이다. 나는 이제 겨우 열여섯 살이다. 내가 할아버지 목숨을 빼앗은 게 발각되면 내 목숨도 영영 끝장날 거다. 그렇지만 지금 할아버지의 삶이란 건 대체 뭔가 싶다. 저게 사는 건가? 마비된 채 아무 말도 못하고 도뇨관이 삽입돼 있는 저 모습. 저건 삶이 아니다. 아마 할아버지 말은 내가 직접 할아버지를 죽이길 원한다는 뜻은 아닐 것이다. 어쩌면 이건 그저 할아버지 버전의 사망 선택 유언일 것이다. 아무래도 그 글을 지우지 말았어야 했다.

분노가 가라앉자 슬픔이 쓰나미처럼 밀려온다. 나는 침상에 있는 쭈글쭈글한 육신을 바라본다. 가슴이 먹먹하다. 심술궂고 머리가 팽팽 잘 돌아가고 사람 열 받게 하고 냄새 고약한 아서는 다신 돌아오지 않겠지. 할아버지는 내가 자기를 위해 마지막으로 한 가지를 해주길 원한다. 할아버지 음성이 들리는 기분이다. "그냥 해, 이 기지배 같은 놈." 실성한 나이키 광고 같은 음성이 윙윙 돈다. 나는 심호흡을 한다. 베개를 집어 들어 할아버지 얼굴을 덮는 동안에도 음악이 내 위에서 두둥실 흘러 다닌다. 나는 그 상태로 가만 있는다. 1초, 2초, 3초, 4초, 5초. 손이 덜덜 떨리기 시작한다. 알아듣기 힘든 신음소리가 베개를 뚫고 새어나오자 나는 화들짝 놀라 뒤로 물러나 베개를 병실 저쪽으로 휙 집어던진다.

얼마쯤 지났을까. 병실로 들어온 엄마는 창가에 앉아 고개를 뒤로 한 채 눈을 감은 나를 발견한다. 그때는 내가 미친 듯이 뛰는 심장을 진정시키려고 애쓰면서 근 십 분 동안 심호흡을 하고 숨을 고른 뒤였다. 가까스로 울음을 멈추긴 했지만 엄마가 나한테서 뭔가 다른 점을 눈치 채지 않았을지는 모르겠다. 어쨌거나 나는 방금 엄마의 아버지를 죽이려고 하지 않았나. 분명 그런 건데. 나는 고개를 들고 천천히 눈을 뜬다.

"변호사랑 통화했어?" 내가 묻는다.

엄마가 고개를 끄덕이며 한숨을 쉰다. 엄마 표정을 보니 일이 잘 안 된 모양이다.

"사망 선택 유언은 없겠지." 아까 내가 지운 것 말고는.

엄마가 고개를 끄덕인다. "아버지 변호사가 얼마 전에 아버지한테 하나 작성하시라고 했는데 아버지가 거절했대. 때가 되면 내가 옳은 판단을 내릴 거라 믿는다고 말씀하셨다나 봐. 어떻게 해야 할지 우리가 결정해야 될 거야. 너하고 엄마하고 마르타 이모가. 때가 되면."

나는 고개를 끄덕 한다. 아무 말도 할 수가 없다. '할아버지가 죽고 싶대, 엄마.' 이렇게 말해야 한다는 건 알지만 할 수가 없다. 더 이상 증거가 없다. 내가 아까 지워버렸으니까. 나를 기겁하게 만들었기 때문에 내가 휴지통에 넣어버렸다. 나는 할아버지가 원하는 걸 해드리려고 노력했다. 그리고 실패했다. 나는 엄마가 할아버지를 나쁘게 생각하지 않길 바란다. 나에 대해서도. 나는 할아버지한테 죽을 권리가 있다고 생각했다. 그래도 차마 방아쇠를 당길 수가 없었다. 그게 나를 겁쟁이로 만들었을까? 아니면 성자로?

"오늘은 아무것도 결정하지 않아도 돼." 엄마가 덧붙여 얘기한다.

"알았어."

브람스 곡의 마지막 음이 서서히 잦아든다. 조그마한 한숨 소리가 침대에서 새어나온다.

열넷

할아버지 상태에 차도는 있지만 그 회복 속도가 무척 더디다. 엄마는 얼마 전에 할아버지를 대기 명단에 올렸던 그 요양원을 포기했다. 할아버지에게는 훨씬 더 집중적인 관리가 필요한데 요양원에서는 그 정도로 해줄 수가 없어서다. 엄마가 다른 치료 시설을 방문할 때 나도 같이 간다. 몇 군데는 솔직히 구역질이 난다. 거기가 정말 싫은 사람이라면 차마 자기 개도 안 보낼 만큼 엉망이다.

그리고 몇 군데는 감옥이 따로 없다. 알츠하이머 환자들이 지내는 병동은 아예 잠가둔다. 또 어떤 곳은 로비가 무슨 럭셔리 호텔 같은데 병동은 다른 곳이랑 별반 다를 바 없다. 카펫이 있든 없든, 포푸리가 있든 없든, 싸구려 그림이 있든 없든, 어디나 냄새가 정말 압도적이다. 초강력 세제 냄새, 체액 냄새, 너무 익힌 채소 냄새가 뒤섞여 있다.

어떤 곳에서는 입원 환자들이 옷을 차려입고 비싼 보행 보조기를 차 몰듯 몰고 다니며 브릿지 게임을 하고 '햇살이 비칠 때까지 기다려주오'라는 노래를 흥얼거리고 의자 요가를 하고 있다. 다른 데는 휠체어에 몸을 구부정하게 맡기고 있는 환자들이 복도에 쭉 늘어서서 도뇨관 백을 채우며 어딘가를 응시하고 있다. 얼룩진 병원복이 뻐끔히 벌려진 사이로 정맥이 드러난 다리와 퉁퉁 부은 발목이 보인다. 남자들보다 여자들이 훨씬 많다.

어딘가는 유명 브랜드 정장 차림의 여자 관리 감독이 자기네 시설을 "치료 시설계의 캐딜락"이라고 부른다. 무슨 이유에선지 엄마와 나는 이 말이 미치게 웃기다는 인상을 받는다. 둘 다 웃음이 빵 터진다. 엄마가 머쓱하게 일어나 핸드백을 집어 드는데 그 여자가 못마땅한 표정을 짓는다.

"죄송합니다." 엄마가 코웃음이 나는 걸 참으며 얘기한다. "캐딜락이요? 그건 우리 아버지하고 맞지 않을 거예요. BMW나 벤츠면 몰라도 캐딜락이요? 안 맞아요. 너무 졸부 스타일이라서요." 이 말에 우리 둘 다 또 키득거린다. 우리는 당황한 기색이 역력한 감독과 악수를 나누고 도망치다시피 트럭으로 달려간다. 나는 대시보드를 두드리고 엄마는 핸들에다 머리를 박으며 막 웃는다. 얼마 만에 이렇게 눈물 쏙 빠지게 웃는 건지. 나의 열 살 생일파티에서 친구 더그가 콜라를 코로 뿜었을 때 이후 처음이다.

그렇게 여러 곳을 물색하다 드디어 한 곳을 찾아낸다. 방이 나는 즉시 할아버지를 들일 수 있는 곳이다. 다시 말하면, 그 시설에서 지내는 사람 중 누군가가 세상을 떠나는 즉시라는 뜻이다. 대기하는 사이 할아버지는 하루하루의 일상을 계속 이어간다. 언어치료, 작업치료, 물리치료, 약물치료, 기저귀 교체, 스펀지 목욕, 튜브 식사. 내가 할아버지한테 들를 때면 잠들어 있는 모습을 자주 본다. 어쩌다 깨 있으면 할아버지는 나와 얘기하고 있는데도 나를 지나쳐 어딘가를 본다.

엄마는 할아버지가 엄마 이름을 얘기하려고 애썼던 순간이 있다고 생각한다. 하지만 라즈의 도움으로도 할아버지의 말은 해독이 불가능하다. 할아버지는 뭔가 말하려고 노력하다가도 마음대로 안 돼 좌절한다. 그래서 포기하고 부루퉁해지기 일쑤다. 나는 할아버지를 볼 때마다 내가 할아버지 얼굴에 베개를 덮었던 그 짧은 순간이 계속 되살아난다. 그때 내가 용기를 냈더라면 할아버지는 지금처럼 이런 모습으로 살지 않았을 것이다. 미안해요, 아서. 덜 떨어진 놈을 골랐네요.

곧 개학이다. 그러면 자주 들를 수가 없겠지. 다니는 다시 학교생활로 돌아가게 돼 아주 신이 나 있다. 나는 별로 그렇지 않다. 아직도 모르는 사람 천지다. 다니가 자기 친구들 몇 명을 소개해주었다. 꽤 멋진 녀석들인 것 같긴 하다. 자기들이랑 오프로드 바이킹을 가자고 하면서 산악자전거 한 대를 빌려주겠다고도 했다. 모든 게 너무 평범하게 흘러간다.

그 애들이랑 어울리는 내가 사기꾼 같이 느껴진다. 나는 보고 싶은 마음이 든다고 매번 다니를 보진 않는다. 다니도 우리가 자주 못 본다고 딱히 서운해 하는 것 같지 않다. 걔는 집착하는 스타일이 아니다. 그건 확실하다. 다니는 자기가 가을에 꽤 바쁘다고 나한테 미리 얘기했다. 조짐이 좋은 신호는 아니지만 그렇다고 다니가 나를 끊어버리지도 않았다. 컵에 물이 반'이나' 남았네, 하는 마음으로 사는 게 낫겠지?

다니는 가끔 나와 같이 할아버지를 만나러 병원에 온다. 케이터링 알바 얘기, 여동생 리사 얘기, 자기네 개 요다 얘기를 조잘조잘하며 할아버지를 즐겁게 해준다. 마비가 안 온 할아버지 얼굴 한쪽이 이따금 접히며 미소 비슷한 게 비치기도 하지만 대개 할아버지는 화강암으로 만든 사람처럼 보인다. 울 줄 아는 화강암. 간호사들 말로는 할아버지가 정말로 우는 건 아니란다. 눈에 물기가 고일 때 눈을 깜빡거려 그 눈물을 없앨 수 없는 것일 뿐이라고. 내 눈에는 할아버지가 꽤 슬퍼 보인다.

할아버지한테 할 얘깃거리가 금세 바닥나기 때문에 나는 계속 음악을 틀어드린다. 내 얘기는 다니에 비하면 별로 재미가 없다. 나한테는 여동생도 없고 개도 없고 웃기는 금붕어도 없다. 그래서 나는 CD를 종류별로 번갈아 튼다. 내 것, 엄마 것, 할아버지 것. 킬러스, 예후디 메뉴인, 메탈리카, 글렌 굴드, 제임스 테일러 등등.

브로드웨이 뮤지컬 베스트라는 세 장짜리 오래된 CD 세트도 찾아내 튼다. 케이스에 든 첫 번째 CD는 전부 앤드류 로이드 웨버의 음악이다. 할아버지와 내가 동의한 한 가지가 있다. 앤드류 로이드 웨버는 기독교를 좋아하지 않는다. '오페라의 유령'은 정말 형편없다. 두 번째 CD는 전부 로저스와 해머스타인의 노래다. 세 번째는 어빙 벌린의 곡. 내가 어렸을 때 엄마는 뮤지컬 곡을 자장가 삼아 틀어주곤 했다. 그래서 '오, 왓 어 뷰티풀 모닝!'이나 '쉘 위 댄스' 같은 노랫말은 내게 익숙하다. 사람들한테 얘기할 만한 대단한 건 아니다. 벌린의 노래는 많이 익숙하진 않지만 아직도 허밍으로 따라할 수 있다.

가만 보니 할아버지도 콧노래로 그 곡들을 따라한다. 처음에는 CD에 무슨 문제가 있나 싶었는데 이상하게 지직거리는 소리가 침대에서 흘러나오고 있다. 할아버지가 뮤지컬 〈애니 겟 유어 건〉에 나오는 '네가 할 수 있는 거라면 난 더 잘 할 수 있어'라는 곡을 콧노래로 따라하고 있다. 모든 음을 제대로 내지는 못하고 입 안 가득 으깬 감자를 물고 있는 듯한 소리가 나지만 음정이 썩 괜찮다. 노래가 끝나자 나는 일시 정지 버튼을 누르고 할아버지한테 기립박수를 보낸다.

"잘했어요, 아서. 선곡 좋은데요. 할아버지 테마송 같아요."

물론 할아버지는 아무 반응이 없다. 내가 다시 플레이 버튼을 누르자 할아버지는 '젊은 연인들이여'를 따라 흥얼거린다. 나는 CD를 담아온 봉지를 샅샅이 뒤져 엄마가 듣던 오래된 CD를 찾아낸다. 30년대, 40년대 최신 히트 패키지다. '잉카-딩카-두', '내 마음은 아빠의 것', '인디언 러브 콜' 이런 곡들이 담겨 있다. 할아버지가 이 노래들을 전부 안다.

음악을 모차르트로 바꾸니까 콧노래도 멈춘다. 다시 엘라 피츠제럴드가 부드러운 목소리로 노래하는 '사랑하는 그대 내게 돌아와요'를 트니까 할아버지가 다시 따라한다. 쇼팽 곡은 침묵으로 환영 받는다. 간호사가 할아버지 기저귀를 확인하고 욕창이 생겼는지 확인하러 들어오는 바람에 이 작은 콘서트가 중지된다. 언제나 그랬듯 나더러 나가 있으라고 한다. 뭐, 괜찮다.

밖에 나오다가 라즈를 만난다. 할아버지가 어떤 것 같냐고 내가 묻자 라즈는 아주 천천히 심사숙고해서 대답한다. 단어 조합에 곤란을 겪는 사람처럼 느릿느릿. 혹시 라즈 본인이 오래 전에 부상을 당해 언어치료를 받았던 건 아닌가 의심스럽다. 갸웃하고 있는 그때 엄마의 말이 기억난다. 영어가 라즈한테는 제2외국어다. 그는 독일어랑 프랑스어도 한다. 참 유러피안답군.

"할아버지가 점점 좋아지시는 것 같다. 그래도 인내심을 갖고 계속 기다려야 해. 시간이 오래 걸리는 과정이니까."

"할아버지가 콧노래 부르는 거 알고 있어요?" 내가 묻는다.

"콧노래라니?" 라즈는 마치 콧노래가 뭔지 모르는 사람처럼 되묻는다.

"네, 콧노래요." 내가 '해피 버스데이' 앞부분을 콧노래로 부른다. "할아버지가 흥얼흥얼 따라 불러요."

"언제?"

"방금요."

"확실하니?"

"그럼요, 확실하죠. 내가 맨날 할아버지한테 음악을 틀어드리고 있거든요. 뮤지컬 곡을 들으면 콧노래로 따라해요. 음정도 정확하다니까요."

"놀랍다."

"그렇죠?"

"응. 나는 너무 이르다고 생각했다."

"뭐가 일러요?"

"MIT하기에 이르다고. 멜로디억양치료법 말이다. 뇌졸중 환자들이 언어 능력을 회복하도록 도와주는 방법이지. 그거 관련해서 워크숍을 다녀온 지 얼마 안 됐어. 거기서 배운 몇 가지 방법을 아서한테 써볼 수 있길 바라던 중이었는데 네가 나보다 한참 앞서 있구나." 라즈는 흥분할수록 억양이 점점 이상해지고 말도 더 빨라진다. 흥분이 고조되는 순간 라즈가 덴마크인으로 되돌아가는 건 아닐까 궁금하다. 예를 들어 여자랑 잘 때. 나는 마음을 홱 죄어버린다. 마치 훈련용 목걸이를 한 개의 목줄에 힘을 주듯 마음을 확 다잡고 다시 제정신으로 돌아온다.

"그러니까 그거 좋은 거예요?" 내가 묻는다.

"당연히 좋은 거지. 쉽게 말해서 할아버지의 우뇌가 손상된 좌뇌를 도와주고 있다는 뜻이야."

"하지만 그건 그냥 콧노래잖아요. 말이 아니라."

"이건 '그냥' 콧노래가 아니야. 확실한 증거라고. 아서의 뇌에서 뭔가가 진행되고 있다는 증거. 긍정적인 신호야. 그 다음으로 말이 나올 테니까. 주의 깊게 잘 들어 봐." 라즈의 호출기가 울린다. 라즈는 호출기를 흘끗 보고 덴마크어로 뭔가 무례한 말을 한다. 적어도 내 귀에는 덴마크어로 들리고 무례한 말로 들린다. 아마 노르웨이어일지도 모르겠다.

"가봐야겠다. 나중에 다시 얘기하자."

"그러죠. 근데 내가 뭘 해야 돼요?" 복도를 따라 터벅터벅 가버리는 라즈 뒤통수에 대고 묻는다.

"음악을 계속 틀어드려."

"그게 다예요?"

"당분간은." 그가 어깨 너머로 소리친다.

나는 노동절(미국과 캐나다의 노동절은 9월 첫째 월요일이다—옮긴이) 다음 날 학교로 복귀한다. 뜻밖에도 모든 게 괜찮다. 선생님들도 좋아 보이고 다니의 친구들 몇 명은 나랑 같은 수업을 듣는다. 다니 친구 중에는 남자애들이 정말 많다. 수학 수업과 목공 수업 말고는 학교에서 다니를 거의 보지 못한다. 그렇다, 다니는 다른 많은 여자애들처럼 목공 수업을 듣는다. 남자애들이 요리 수업을 듣는 것처럼.

그리고 솔직히 말하면 다니가 나보다 더 재능이 있다. 내가 엄마한테 양념 수납대를 만들어주는 사이 다니는 상감 무늬로 장식한 커피 테이블을 만든다. 다니는 벌써 몇 년째 목공 수업을 들었다. 더군다나 걔네 아빠는 고급 가구 제작자다. 그래서 나는 별로 기분 나쁘지 않다. 전문가처럼 고글을 쓰고 띠톱을 다루는 다니 모습은 참 귀엽다. 반면에 수학은 내가 더 낫다. 우리는 상부상조하는 관계다. 다니가 주말마다 음악 수업과 댄스 수업을 듣고 온갖 리허설을 하느라 무척 바빠서 우리는 만날 시간이 많지 않다. 다니도 만나고 싶다고는 하는데 딱히 그런 눈치도 아니다.

개학한 뒤로는 예전만큼 자주 할아버지한테 가지 못한다. 죄책감이 느껴진다. 죄책감은 요새 내가 기댈 수 있는 새로운 감정이다. 병원에 가면 할아버지는 주로 잠들어 있고, 어쩌다 깨 있어도 아무 말도 하지 못한다. 할아버지는 아직도 튜브를 꽂고 영양 공급을 받지만 나날이 쇠약해진다. 강제 수용소 생존자나 다를 바 없는 모습이다. 내가 방안을 돌아다니면 할아버지 눈이 나를 좇는다. 할아버지 눈에서 읽히는 건 비난뿐이다. 내가 갈 때마다 할아버지를 실망시키는 것 같다. 나도 안다. 하지만 할아버지가 예전에 나한테 부탁했던 걸 나는 도저히 할 수 없다. 지금은 아니다. 그 콧노래를 들은 뒤로는 절대 안 된다. 그래서 나는 할아버지 곁에 앉아 음악을 듣고 앨범을 본다. 그러는 동안 할아버지는 콧노래를 부르고 끊임없이 나를 노려본다.

내가 제일 좋아하는 사진은 1937-40년 앨범에 있다. 할아버지가 진홍색 인디언 치프 오토바이에 걸터앉아 있는 사진이다. 갑옷용 장갑 스타일의 장갑을 끼고 무릎까지 오는 까만 부츠를 신고 갈색 가죽 보머 재킷을 입고 있다. 목에는 하얀 스카프를 두르고 고글은 멋스럽게 머리에 얹었다. 미소 짓고 있다. 아니, 숨넘어갈 듯 웃고 있다. 고개를 뒤로 젖히고 입을 크게 벌리고 웃는다. 누가 찍었든 간에 사진 찍는 사람도 분명 같이 웃었던 모양이다. 초점이 약간 어긋나 있는 사진이다.

나는 지금 침대에 누워 있는 이 사람을 살펴보고 다시 사진 속의 남자를 바라본다. 어떻게 이런 일이 벌어지지? 환히 웃던 아서는 어디로 갔을까? 허약하고 비틀린 육신 안에 갇혀버렸나? 아니면 오래전부터 쪼그라들어 겨울날 낙엽처럼 바람에 날려 가버렸나? 할아버지가 아직도 저 몸 안에 있다면 언젠가 다시 진짜 아서가 나타날까? 만약 저 안에 없다면 우린 왜 할아버지를 계속 살려두는 거지? 알 수 있는 방법이 없나?

의사들, 간호사들, 치료사들 전부 꼼꼼히 보고서를 작성하고 치료에 관해서 엄마와 상의한다. 엄마는 눈곱만한 진전이라도 보이면 그걸 할아버지가 다시 돌아올 거라는 신호로 여긴다. 우리가 지금 옳은 일을 하고 있는지는 전혀 논의하지 않는다. 사망 선택 유언이 없는 상태에서 엄마는(그리고 아마도 마르타 이모도) '하루에 한 가지' 접근법을 택했다. 하루하루 눈앞에 닥친 일을 해결하고 넘어가자는 이런 방법은 사안 전체를 피하는 편법이다. 다시 말해, 다들 아무것도 안 하고 있다. 나 역시 아무것도 결정하지 못했다. 물론 남들과는 이유가 좀 다르다. 간단히 말하면 라즈가 나한테 겁쟁이라고 말할 수도 있다.

나는 앨범을 덮고 다시 상자에 넣는다. 루이 암스트롱이 노래하고 있다. 으르렁대고 있다는 표현이 더 어울린다. 그가 부르는 '왓

어 원더풀 월드'는 지금 상황을 감안한다면 다소 으스스한 듯 재미있게 느껴진다. 할아버지가 콧노래로 부르다가 갑자기 어느 순간 노래를 부르고 있다. 세 단어가 정확히 들린다. "스카이즈 오브 블루." 확실하다.

나는 벌떡 일어나서 할아버지 옆에 앉아 소리를 더 잘 들어보려고 귀를 기울인다. 할아버지의 숨 속에 지독한 냄새가 섞여 있다. 게다가 오늘 면도도 안 돼 있다. 할아버지 전기면도기를 가져오든 킴한테 전화해서 이리 데려오든 해서 할아버지를 깔끔하게 해줘야겠다. 이 무균실에 있는 킴을 상상하니 좀 당황스럽다. 그건 마치 눈더미 속에서 자라나는 난초를 보는 것 같다. 할아버지가 눈을 뜨고 몇 소절 더 콧노래로 흥얼거린다.

나는 할아버지가 콧노래가 아니라 노래로 몇 소절 더 불러주길 기다린다. "트리 오브 그린즈"나 "레드 로지즈 투"나 "클라우즈 오브 화이트" 이런 소절. 나는 할아버지가 따라 부르도록 직접 노래를 부르기까지 한다. 그 순간 상태 나쁜 할아버지 손이, 마비된 그 손이 내 허벅지를 확 잡아당긴다. 나는 할아버지가 나를 꼬집기라도 한 듯 펄쩍 뛴다. 시리얼 그릇에서 예수님 얼굴을 본 것처럼 나는 방금 기적을 목격한 기분이다. 얼른 달려가서 사람을 불러와야 하는데 나는 이 방에 사람들이 잔뜩 몰려오는 게 싫다. 할아버지를 여기저기 쑤시고 찌르라고 옆으로 비켜나 있어야 하는 것도 원치 않는다. 나는 그냥 여기 앉아서 할아버지의 콧노래를 듣고 싶을 뿐이다.

할아버지가 결국 더 이상 노래도 하지 않고 말도 하지 않은 채 잠들어 버린 뒤 나는 라즈를 찾으러 간다. 하지만 그는 퇴근하고 없다. 다니가 밴드 연습 중인 걸 알면서도 전화를 건다. 보이스메일이 나오지만 메시지를 남기진 않는다. 엄마한테 전화를 건다. 엄마도 집에 없다. 아마 라즈와 같이 있겠지. 나는 자전거를 타고 집으로 가 숙제를 하고 텔레비전을 좀 보고 잠자리에 든다. 다음 날 아침 일어나 보니 식탁에 엄마의 메모가 있다.

〈어젯밤에 할아버지한테 발작이 한 번 더 왔대. 엄마는 라즈가 병원에 데려다 줄 거야. 너는 학교 가. 휴대폰 꼭 켜놓고. 걱정하지 마. 엄마가.〉

이걸 보고 처음 든 생각. '라즈가 어젯밤에 여기 있었나?'

열다섯

나는 엄마한테 전화가 올 때까지 학교에도 안 가고 전화도 안 받는다. 오전 내내 다니가 문자를 보내는데도 아무 답을 안 한다. '너 어디야? 뭔 일 있어?' 나는 억지로 몸을 일으켜 침대에서 나와 자전거에 오르긴 하는데 이대로 학교에 가고 싶은지 병원에 가고 싶은지 모르겠다. 그래서 그냥 지금 있는 곳에 가만히 있는다. 다니가 걱정하는 걸 받아줄 수가 없다. 할아버지한테 벌어진 일을 감당하기도 버겁다. 정오쯤 엄마한테 전화가 온다.

"할아버지는 안정되셨어, 롤리."

"정확히 그게 무슨 뜻이야?"

엄마가 잠깐 머뭇한다. "무슨 말이냐면… 당장 위급한 상황은 넘긴 것 같아."

당장 위급한 상황이라. 갑자기 덮치는 눈사태 뭐 그런 걸 피했다는 소식 같다.

"사람들이 아직 할아버지 면도 안 시켜줬지?" 내가 묻는다. "양치는 해줬어?"

"무슨 소리야?"

"어제 할아버지 모습 엉망이었어, 엄마. 돌봐주는 사람이 아무도 없는 노인 같았다고."

엄마가 울음을 터뜨린다. 엄마가 할아버지한테 신경을 안 쓴다는 소리로 들리겠구나 싶어 아차 한다.

"엄마를 말하는 게 아냐. 내 말은 병원 사람들 말야. 그 사람들은 그거 해서 돈 받는 거 아냐?"

엄마는 쿡 하고 터져 나오는 웃음을 삼킨다. 할아버지가 어제 노래를 불렀다는 얘기를 엄마한테 해야 하나 말아야 하나 헷갈린다. 말하면 상황이 좋아질까, 더 나빠질까? 가늠이 안 된다. 그래서 입을 닫고 있기로 한다. 내가 이렇게 삼켜버리는 비밀 때문에 갑자기

몸무게가 이십 킬로그램은 늘어버린 듯 속이 더부룩하고 무기력한 기분이 든다.

엄마는 내가 오지 않아도 괜찮다고 얘기한다. 할아버지는 센 약을 맞고 잠들어 있다고 한다. 라즈가 엄마를 데리고 나가 같이 점심을 먹을 거고, 엄마는 이따 집에 와서 샤워하고 눈 좀 붙이면 라즈가 엄마를 데리러 와서 병원에 다시 갈 거란다. 라즈는 엄마가 운전하면 안 된다고 생각한단다.

"내가 그리로 금방 갈게." 내가 엄마한테 얘기한다. 라즈가 엄마를 집에 데려다 줄 때 여기 있고 싶은 생각이 추호도 없다. 지금 당장은 그런 거 감당할 수가 없다. 엄마가 잘 돼서 좋아해야 한다는 것도, 엄마가 힘든 시간을 이겨내도록 라즈가 도와주고 있다는 것도 잘 알겠는데 그래도 이건 왠지 할아버지를 배신하는 것처럼 보인다. 내 눈엔 그래 보인다. 어쩌면 일찌감치 티버드를 몰고 다니며 필요할 때마다 차를 써야 했는지도 모른다. 그러면 모두들 지금보다 더 행복해졌을 거다.

나는 채 한 시간도 안 걸려 병원에 도착한다. 할아버지의 병실이 비어 있다. 침대가 말끔히 정리돼 있고 링거대도 없다. 온몸에 따끔따끔 땀이 흐른다. 이대로 기절할 것만 같다. 나는 침대 끄트머리에 앉아 다리 사이에 머리를 박고 이 울렁울렁한 공포가 잦아들길 기다린다. 온갖 질문이 머릿속에서 종횡무진 누빈다. 할아버지가 돌아가셨나? 시신은 어디 있지? 엄마는 아나? 엄만 왜 어젯밤에 날 안 깨

웠지? 난 왜 오늘 아침 내내 침대에 누워있기만 했지? 지금 왜 엄마는 여기 없는 거지? 할아버지 물건들은 전부 어디 있는 거야?

나는 벌떡 일어나 간호사 구역으로 달려가서 전에 한번도 본 적 없는 간호사한테 큰 소리로 묻는다. "아서 젠킨스 씨 어디 있어요?" 이름표를 보니 그 간호사 이름이 마니다. 차트를 꺼내 읽어보는 마니의 모습이 슬로모션 장면처럼 보인다. 손가락으로 종이를 쭉 따라가는 마니의 입술이 움직인다. 고개를 들고 내게 묻는다. "그런데 누구…?"

마음 같아선 한 대 치고 저 두툼한 손에서 차트를 확 뺏고 싶지만 나는 이를 악물고 참으며 얘기한다. "손자예요."

"손자. 아, 네. 로이스. 얘기 들었어요. 할아버지는 어젯밤에 중환자실로 옮겨졌어요. 한 층 위."

나는 마니가 "안됐네요. 미안해요." 하고 얘기하는 소릴 듣는 둥 마는 둥 급히 엘리베이터로 달려간다. 뭐가 안됐다는 거야?

중환자실에 가니 무슨 말인지 알 것 같다. 간호사 한 명이 나를 문 앞에서 멈춰 세우고 누구를 보러 왔는지 묻는다. 내가 대답하자 간호사가 나를 조그만 사무실로 데리고 들어가 앉힌다. 할아버지가 병실에 없는 걸 발견했을 때만큼 무섭다.

"할아버지하고 가까운 사이에요, 로이스?"

그런가? 나는 그 질문에 대해 잠시 생각한 뒤 고개를 끄덕인다.

"언제 마지막으로 할아버지를 봤죠, 로이스?"

"어제 오후요. 그땐… 괜찮으셨어요. 내 말은, 그러니까… 평소랑 똑같았어요." 할아버지가 노래를 불렀다거나 내 다리를 잡았다는 얘기는 하지 않는다. 그건 할아버지와 나 사이의 개인적인 이야기다. 간호사가 상관할 바가 아니다.

"할아버지를 보기 전에 알아둬야 할 게 있어요, 로이스." 제발 내 이름 좀 그만 불렀으면 좋겠다. 마음이 산란한 가족들과 대화하는 방법, 뭐 이런 수업을 들었던 모양이다. 그게 생각나서 지금 나한테 이러는 거겠지. 항상 이름을 부르라. 눈을 맞추고 대화하라. 이런 가르침을 실전에 옮기는 것 같다. 마치 큐 사인을 받은 듯 내 눈을 맞추고 얘기한다.

"정말 속상하고 괴로울 거예요. 지금 아서 씨는 코에 튜브를 꽂고 있어요. 영양 공급을 위해 위로 연결시킨 튜브예요. 그리고 입에도 튜브가 있어요. 그건 기관 내 튜브라고 불러요. 인공호흡기에 연결돼 있는 거죠. 환자 분의 여러… 기능을 계속 지켜봐야 합니다. 그리고 도뇨관이 삽입된 상태입니다. 물론 투약용 링거도 맞고 있고요. 아끼는 누군가가 그런 모습으로 있는 걸 보면 충격이 클 겁니다." 간호사는 내가 자기 말을 어떻게 받아들이고 있는지 살피려고 잠시 아무 말이 없다.

"그러니까 다시 말하면 할아버지가 생명 유지 장치에 의존하고 있는 거죠?"

간호사는 대답하기 전에 잠깐 머뭇한다. 마치 누군가 다른 사람이 와서 대신 나한테 "네."라고 대답해 주길 바라는 듯.

"지금 볼 수 있나요?"

그녀가 일어서서 얘기한다. "먼저 소독하고 마스크 쓰고 가운 입으셔야 해요. 슈퍼버그가 생긴 적이 있어서요. 십오 분간 계실 수 있습니다. 더 이상은 안 돼요."

"알겠어요." 소독을 어디서 하고 가운이 어디에 있는지 간호사가 알려준다. 가운은 우스꽝스러울 정도로 지나치게 발랄한 하와이안 무늬로 장식돼 있다. 야자수와 훌라걸들. 이거 뭐야. 딴 나라 의상이야?

내가 준비를 끝내자 간호사가 나를 데리고 유리벽 칸막이로 간다. 벌집 안의 작은 방 같은 간호사실을 둘러싸고 있는 유리방이다. 그 방에서 나는 소음은 환기 장치에서 주기적으로 나오는 휙휙 소리뿐이다. 할아버지는 어제 봤을 때보다 훨씬 작아 보인다. 발작이 있을 때마다 몸이 조금씩 줄어드는 것 같다. 아까 마음의 준비를 했는데도 나는 지금 전혀 준비가 안 된 상태다. 그 누구도 이런 상황에선 준비라는 게 불가능하다. 침대에 누워 있는 저 몸은 아서가 아니다. 확실하다. 내가 내 이름이 로이스임을 아는 것만큼 확실하다. 내 머리로는 저 몸이 아서가 아니라는 걸 알지만 지금 당장 뭐라도 말해야 한다.

"헤이, 아서. 나예요, 롤리."

간호사가 할아버지의 바이탈 사인을 체크하는 동안 나는 침대 맡에 앉는다.

"할아버지가 내 말 들을 수 있나요?" 내가 간호사에게 묻는다.

"손자 분 생각하고 제 생각이 같겠지요." 간호사가 대답한다. "할아버지한테 말을 거는 건 전혀 나쁜 게 아니에요. 아마 도움이 될 거예요. 많은 사람들이 그렇게 생각해요."

"CD 플레이어를 갖고 와도 돼요? 할아버지가 음악을 좋아하시거든요."

"내일은 괜찮을 거예요." 간호사가 방을 나가며 얘기한다. "십오 분이에요, 로이스."

나는 고개를 끄덕인다. 간호사가 나가자마자 할아버지의 오른손을 잡는다. 링거선이 없는 쪽. 이 손이 바로 여름이면 강물에서 밧줄을 잡고 겨울이면 눈뭉치를 던지던 손이다. 이 손이 바로 경매에서 산 첫 번째 첼로 활을 쥐던 손이다. 인디언 오토바이 속도를 올리고, 티버드의 기어를 바꾸고, 연인들을 어루만지던 손이다. 이 손이 이젠 아무 쓸모없어졌다. 검버섯이 피어 얼룩덜룩하고 손톱은 제멋대로 길고 마디마디 울퉁불퉁한 손이 돼버렸다. 안이 들여다보이는 살갗 표면 아래 멍이 피어오른다. 어떻게 우리가 이렇게 얇고 허약한 무언가로 싸여있을 수 있는지 놀라울 따름이다.

엄마가 도착해 창을 두드릴 때까지 나는 할아버지의 손을 계속 잡고 있다. 샤워하고 바로 왔는지 엄마 머리는 아직 젖어 있다. 엄마 눈이 빨갛게 퉁퉁 부어 있다. 엄마 옆에 핑크색 맞춤 정장 차림의 키 큰 여자 분이 서 있다. 내가 복도로 나가 마스크를 벗자 그 분이 하얀 장갑을 낀 손을 내민다. 덜덜 떨리는 손을. 그 분은 할아버지만큼은 아니지만 연세가 많은데 여전히 아름다우시다. 백발은 올림머리로 곱게 정리하고 목걸이랑 어울리는 진주귀걸이를 하고 있다. 그 할머니가 미소를 짓자 나는 그 분이 누군지 금세 알아본다. 코랠리다. 와이프 넘버 투.

"만나서 정말 반갑다, 로이스. 상황이 그다지 좋진 않지만." 할머니는 나한테 이렇게 말하고 침대에 가만히 누워 있는 할아버지의 육신을 바라본다.

"코랠리, 맞죠?" 나는 코랠리 할머니와 악수를 한다. "사진을 봤어요."

"맞아. 나도 로이스 사진 봤다. 사진들이 전부 실물보다 못하네. 코가 젠킨스 집안 코구나."

나는 내 코를 만져본다. "네, 크죠."

코랠리가 호호 웃는다. "나는 '귀족적'이라는 표현을 선호한단다. 이곳 방침상 방문객이 한 번에 한 명만 가능하다네. 그러니 네 엄마가 아서랑 시간 좀 보내게 해주자. 난 차 한잔 하고 싶구나."

나는 마스크와 가운을 벗고 코랠리 할머니한테 한 팔을 내민다. 할머니는 무도회에 처음 온 남부의 어여쁜 아가씨처럼 내게 팔짱을 낀다.

"정말 예의가 바르네." 할머니가 속삭이듯 얘기한다.

"요즘에는 보기 드문 모습이지." 엄마가 마스크랑 가운을 챙기면서 피식 웃는다.

나는 할머니를 모시고 카페테리아에 가서 정원이 내려다보이는 자리로 안내한다. 할머니는 조그맣게 한숨을 쉬며 의자에 앉는다.

"홍차로 주렴, 얘야. 여기 레몬이 있다고 하면 레몬도 살짝 섞어서. 그리고 달달한 것도 좀 먹고 싶다."

나는 찻주전자, 두툼한 흰 머그잔, 플라스틱 통에 담긴 브라우니, 당근 케이크, 초코칩 쿠키 모듬 디저트를 쟁반 가득 담는다. 할머니가 드시지 않는 건 내가 먹으면 된다. 레몬이 없다 해서 꿀이랑 우유를 챙긴다.

테이블로 돌아오자 할머니가 정원의 토끼들을 보며 웃고 있다. 토끼들이 빨간색, 흰색 줄무늬가 있는 피튜니아를 와구와구 먹어치우고 있다. "평소에는 저 녀석들을 쉬 하고 쫓아버리고 싶을 텐데." 할머니가 웃으며 얘기한다. "쟤네들, 여기저기 해 끼치고 다니는 조그만 짐승들이지만 나는 줄무늬 피튜니아를 몸서리치게 싫어하거든. 그래서 지금 저 쇼가 아주 즐겁네."

"할아버지도 창문에서 저 녀석들 구경하곤 했어요." 나는 찻주전자와 머그잔을 할머니 앞에 놓는다. 할머니가 장갑을 벗어서 핸드백에 넣는다.

"장담하는데 아서는 그 순간 라이플총이 간절했을 거야." 할머니가 당근 케이크로 손을 뻗으며 얘기한다. "아서는 명사수였어."

"아서 젠킨스, 토끼 저격수." 내가 한마디 한다. 코랠리 할머니가 드시는 걸 보니까 문득 내가 오늘 한 끼도 먹지 않았다는 생각이 든다. "제가 브라우니 먹어도 돼요?" 내가 묻는다.

할머니가 포크로 브라우니를 가리킨다. "그럼. 마음껏 먹어. 기운 챙기고 있어야지."

우리는 잠시 동안 아무 말 없이 먹는 데 집중한다.

"마르타 이모는 어디 있어요?" 내가 묻는다.

할머니가 먹는 걸 멈추고 접시 옆에 포크를 내려놓고 대답하신다. "호주에."

"여기 안 온다는 말씀이세요?"

할머니가 고개를 끄덕인다. "내가 마르타 대리인이란다."

"대신 오셨다고요?"

또다시 고개를 끄덕. "마르타는…" 할머니가 머뭇댄다.

내가 대신 문장을 마무리한다. "이기적인 기지배?"

할머니가 허리를 꼿꼿이 세우고 앉아 나를 쏘아본다. "그런 말은 쓰는 게 아니다."

나는 지지 않고 똑같이 쏘아본다. "그럼 이모는 왜 여기 안 와요? 왜 우리 엄마가 전부 다 책임져야 해요? 이모가 비행기 표 살 돈이 없는 처지도 아닌데."

할머니의 눈에서 힘이 풀린다. 할머니는 풀썩 하고 다시 의자에 등을 기대고 앉는다. "그래, 그 정도 여유는 있지. 근데 무서워해."

"뭘 무서워해요? 비행기 타는 거요?"

"아서를."

"헛소리하지 마세요."

할머니가 다시 도끼눈으로 나를 본다. "난 절대 그런 소리 안 하고 있다. 마르타한테 아서는 아직도 무서운 사람이야. 걔가 왜 그렇게 멀리까지 갔다고 생각하니? 네 엄마는 왜 루넌버그에 붙어 있었고? 아서는 아무도 못 건드리는 양반이었다. 신이 따로 없었지. 자기 힘을 주로 해가 되는 쪽으로 휘두르는 신 말이다. 특히 자기 자식들한테."

나는 그 말에 동의한다. "예, 나도 알아요. 얘기 많이 들었어요. 하지만 할아버지 상황이 달라졌다구요. 아까 할아버지 보셨잖아요. 이모는 스스로를 극복해야 돼요. 잘 받아들여야 한다고요. 우리 엄마가 그랬던 것처럼."

"네 말이 맞다. 그렇지만 마르타가 그럴 수 있을지 모르겠구나. 그러니 네가 어쩔 수 없이 나하고 같이 있는 거야."

할머니가 머그잔을 들고 건배 제의를 한다. 나도 내 잔을 들고 우리는 디저트 부스러기 위로 잔을 들어 쨍 하고 부딪힌다. "아서를 위해." 할머니가 선창한다.

"아서를 위해." 내가 따라한다.

코랠리 할머니와 나는 티타임을 마치고 다시 중환자실로 올라간다. 엄마는 간호사들로 둘러싸여 있다. 할머니가 가운을 입고 할아버지 방으로 들어간다. 신발을 벗고 침대에 올라 할아버지 옆에 눕더니 베개를 밴 할아버지 얼굴 바로 옆에 얼굴을 두고 한 팔을 할아버지 가슴에 얹는다. 할머니가 부드러운 음성으로 조곤조곤 얘기하는 소리가 들린다. 무슨 말인지 알아듣지는 못하겠다. 십 분 뒤 할머니가 나온다. 한 손에는 신발을 들고 다른 손으로 눈물을 훔치면서.

"난 이제 가봐야겠다, 로이스. 택시 좀 불러주겠니? 네 엄마는 여기 더 있고 싶어 할 것 같구나."

"가시게요? 방금 오셨잖아요. 왜 그렇게 서두르세요?"

할머니가 내 뺨을 토닥인다. "너도 곧 나 때문에 피곤해질 거야. 난 좀 쉬고 싶다. 나이 많은 할머니한테 여행은 힘든 일이지. 아가, 나는 아서 집에 있을 건데 집이 어딘지 모르겠구나. 내 가방은 네 엄마 트럭에 있다. 그거 갖고 나랑 같이 갈 수 있니?"

"그럼요." 우리는 엄마한테 인사하고 중환자실을 나온다. 나는 트럭에 있는 할머니의 여행 가방을 가져오기 전에 병원 로비에서 택시를 부른다. 가방이 총 세 개인데 하나같이 꼬마 애가 들어가도 될 만큼 큼지막하다. 아무래도 할머니가 여기 꽤 오래 머무실 계획인가 보다.

"기념파티를 못 가서 아쉽네." 차에 타 시내로 가는 동안 할머니가 얘기한다. "그때는 아서 건강 상태가 괜찮았다고 하던데."

"네, 아주 방방 떴었죠."

"떴어?"

"신났다고요. 행복해 하셨어요. 파티에서 처음부터 끝까지 내내 즐거워했죠."

할머니가 고개를 뒤로 기대고 눈을 감는다. 얼마나 피곤한지, 얼마나 몸이 약한지 눈에 보인다. 머리카락 몇 가닥이 올림머리에서 빠져나와 있다. 눈 밑에 얼룩도 보인다. 택시가 할아버지 집 앞에 서자 할머니가 눈을 뜬다. 그런데 택시에서 내리시질 않는다. 꼼짝 않고 있다. 여기까지 비행기를 타고 오고 병원에 다녀오느라 에너지를 다 써버린 모양이다. 택시비를 내기 위해 핸드백을 뒤지는 손이 덜덜 떨린다. 머리도 흔들린다. 아니, 미세하게 바르르 떨리고 있다. 쓰러지기 직전이거나 파킨슨병이 있거나 아니면 둘 다일지도 모른다. 나는 할머니가 택시에서 내리도록 도와드린다. 현관까지 걸어가는데 할머니가 약간 비틀거린다. 나는 할머니를 부축하고 집으로 들어와 할아버지의 의자에 앉혀드린다. 커튼이 아직도 활짝 열려 있고 전경은 늘 그랬듯 환상적이다. 바다, 하늘, 산. 고깃배가 줄을 지어 부두로 돌아가고 있다.

"미안하다." 할머니의 말이다.

"왜요?"

"짐이 돼서."

내가 하하 웃는다. "농담 마세요."

할머니가 고개를 절레절레 흔든다. "난 예전에 여행을 참 좋아했었다. 요즘엔 여행을 하면 '아, 내가 노인네구나' 하고 새삼 깨닫게 되지."

"여행 가방을 엄청 많이 갖고 다니는 노인 분이요." 나는 씨익 웃으며 할머니를 바라본다. 할머니는 내 말이 농담인 걸 알 거다. "게스트 룸에 깨끗한 수건 몇 장 갖다 둘게요. 방은 약간 좁은 편이지만 매트리스는 멀쩡해요. 괜찮으시겠어요?"

할머니가 고개를 끄덕. "그럼, 물론이지. 난 그냥 여기 앉아서 저 파노라마 같은 풍경에 흠뻑 젖을란다. 매일 이런 광경을 보며 잠에서 깬다고 상상해봐라. 천국이 따로 없구나."

내가 침대 시트를 바꾸고 욕실에 깨끗한 수건을 갖다 놓고 할머니 여행 가방들을 게스트 룸으로 끙끙대며 날라놓고 와보니 할머니는 곤히 잠들어 있다. 할아버지 의자에 있는 할머니를 보니 기분이 이상하다. 머리가 한쪽으로 축 늘어진 모습이 예전 할아버지 자세랑 똑같다. 지금 깨우지 않으면 나중에 할머니 목이 아플 테니 나는 할머니 어깨를 살살 건드리며 이름을 부른다.

할머니가 할아버지처럼 나한테 소리를 지르며 커피 가져오라고 명령하고 나더러 바보 같은 놈이라고 고함치진 않을까 반신반의하는데, 잠에서 깬 할머니가 한 말은 "고맙다."뿐이다. 나는 할머니를 게스트 룸으로 모시고 간다. 할머니가 침대에 걸터앉아 몸을 굽혀 신발을 벗는다. 그러더니 다리를 빙 돌려 침대 위로 올리고 거의 신음소리 같은 큰 한숨을 쉬며 그대로 눕는다. 나는 양털 이불을 덮어드리고 방을 나온다.

할머니가 주무시는 동안 나는 장보기 목록을 만든다. 우유, 빵, 버터, 치즈. 커피포트에 물을 끓여 나를 위해 우유 뺀 커피 한 잔을 만든다. 설거지를 하고 조리대를 닦는다. 피아노 먼지를 털고 책상 정리를 한다. 다니한테 문자를 보내면서 최근 상황을 알려준다. 할머니가 깰 때쯤 저녁 시간이 다 돼서 나는 뭘 먹을지 정한다. 우리는 피자를 시켜 먹기로 한다. 그리고 나는 할아버지가 죽고 싶어 하는 걸 어떻게 아는지 할머니한테 말할 작정이다.

열여섯

우리는 식탁에 앉아 치즈 토핑이 추가된 쭉쭉 늘어나는 큰 피자 한 판을 나눠 먹는다. 할머니는 다이어트 스프라이트를 마시고 나는 그냥 콜라를 마신다. 얼음도 넣고 제대로 컵에 담아서. 엄마가 맨날 하는 소리가 있다. "저기 두멧사람이나 상자째 먹고 캔째 그냥 마시지." 그래서 나는 피자도 따로 접시에 담아 내놓는다. 할머니는 포크와 나이프로 피자를 드시는데 그 모습이 왠지 웃기다. 노인 분 치고는 많이 드신다. 거의 피자 반 판을 다 드신다. 그리고 냅킨으로 가리고 조신하게 트림을 하고선 깔깔 웃는다.

"실례. 탄산음료하고 피자는 몇 년 동안 안 먹었거든. 이게 얼마나 맛있는지 잊고 살았네. 음식이 참 버릇없긴 하지만. 아마 내 주치의라면 못 먹게 했을 거다."

나는 접시를 싱크대에 두고 다시 테이블로 와서 앉는다.

"할아버지하고 헤어지고 나서 뭐 하셨어요?" 내가 묻는다.

"아서가 나한테 학교로 다시 가라고 설득했지. 그 사람은 내가 유모가 아니라 교육자라고 얘기했다. 내 학비를 대줬어. 나는 교사 자격증을 따서 제3세계 소녀들을 위한 학교에서 오랫동안 일했다. 가끔 우리 단체는 애들을 가르치기 전에 학교부터 지어야 했단다. 나는 더 이상 여행 보험을 받지 못하게 됐을 때 선생 일을 그만뒀지. 정말 슬픈 날이었다. 그 후엔 한동안 토론토에 있는 사립학교 교장으로 있었는데 예전 일하고는 다르더구나. 특권이 너무 많아. 젠체하는 뻣뻣한 사람들도 너무 많고."

"넌 나를 돈 많은 사교계 노마님이라고 생각했겠지? 억척스레 일해본 적 없을 것 같은 말끔한 손에, 점심으로 워터크레스 샌드위치를 먹고, 목요일 오후마다 브릿지 게임이나 하고, 저녁식사 전에 칵테일 홀짝이는 그런 팔자 좋은 할머니." 나는 할머니가 눈살을 찌푸리며 이렇게 얘기할 때 분명 깜짝 놀란 표정이었을 것이다.

"아… 아니에요." 돈 많은 사교계 노마님 부분은 할머니 말이 맞긴 하지만 나는 더듬거리며 아니라고 말한다. "그런 생각 안 했어요. 그보다는 할머니가 정말 아름다웠겠다, 아니, 아름답다고 생각했죠."

"어이구, 누가 아서 손자 아니랄까 봐!" 할머니가 냅킨을 공처럼 뭉쳐 나한테 톡 던진다. "아서는 여자 대하는 법을 잘 알고 있었지."

"여전히 잘 알고 계세요." 나는 할아버지가 밋지와 베티나한테 얼마나 예의바르게 대했는지, 다니를 어떻게 매료시켰는지 떠올리며 이렇게 얘기한다. "적어도 어떤 여자들한텐 그래요. 근데 우리 엄마한테는 별로 다정하지 않아요. 간호사들한테도."

"아서는 훌륭한 남편이었어. 배려심 있고 재미있고 로맨틱한 남편. 정말 로맨틱했다."

"그런데 왜 이혼하셨어요?"

할머니가 얼굴을 약간 찡그린다. "아서와 떨어져 있을 때가 너무 많았다. 나는 집에 남아 있고. 그걸 못 참겠더구나. 매일 저녁이면 집에 와서 같이 식사하고 어디 돌아다니지 않는 남자와 살면 더 행복하겠다는 생각을 했지. 그리고 난 아이도 갖고 싶었단다."

"그래서 아이를 가지셨어요?"

할머니가 고개를 젓는다. "불행히도 아이가 없었다. 대신 멋진 직업이 생겼지. 다른 남편도. 매일 저녁 집에 와서 같이 밥을 먹는 좋은 남자 말이다. 하지만 애는 없어."

"그 분, 할머니 남편 분은 어떻게 되셨어요?"

"몇 년 전에 세상을 떠났어. 심장마비로."

"여쭤봐서 죄송해요."

"괜찮다. 우린 함께 아주 아름다운 시간을 보냈지. 끝이 너무 빨리 찾아왔을 뿐이야."

"마르타 이모의 어머니는 어떤 분이셨어요? 할아버지가 그 분 얘기 하신 적 있어요?"

"마르타의 엄마는 만난 적이 없다. 아서는 그 사람의 죽음에서 헤어나지 못했던 것 같아. 그이는 마르타를 보는 걸 너무 힘겨워했어. 마르타는 그저 아무것도 모르는 아이였으니까. 마르타를 볼 때면 늘 렌시 얼굴이 겹쳐졌지. 그래도 아서는 노력했다. 특히 첫 해에는 순회공연도 포기할 만큼. 그렇지만 아서와 마르타는 끈끈했던 적이 없었어. 마르타는 아버지의 부재를 절대 용서하지 않았지." 할머니가 얘기를 멈추고 음료수를 한 모금 마신다.

"우리 엄마의 엄마는 어땠어요? 만난 적 있어요?" 나는 그 사람을 나의 할머니로 부를 순 없다. 그 사람은 그럴 자격이 없다.

"니나의 엄마? 췟!" 코랠리 할머니가 얼굴을 잔뜩 찡그리더니 자기 손바닥에 침을 탁 뱉는다. 진짜로 침을 뱉다니. "내가 그 여자를 이렇게 생각한다!"

"우와, 그렇게 나빴어요?"

"최악이었지. 최악. 자기 나이 반밖에 안 되는 플루트 연주자랑 눈이 맞아서 달아났지. 자기 애를 팽개치고 말이다. 그러고선 위자료를 청구했지 뭐냐. 아서, 그 불쌍한 양반이 그걸 또 줬단다. 아서는 가슴이 찢어졌지."

"그 사람은 지금 어디 있어요?"

"죽었다."

"엄마도 알아요?"

코랠리 할머니가 고개를 끄덕인다. "벌써 오래 전이다. 교통사고. 근데 그 일이 네 엄마한텐 아주 힘들었던 모양이야. … 희망이 전부 사라졌다고 생각했겠지."

"그랬겠네요."

"너는 어떠냐, 로이스? 이 모든 일을 넌 어떻게 감당하고 있니?"

나는 어깨를 으쓱하고 자리에서 일어선다. 내가 지금 상황을 어떻게 감당하고 있는지, 우리 엄마가 얼마나 마음 아파하고 있는지, 이 모든 상황이 얼마나 뒤죽박죽인지 얘기하고 싶지 않다.

"뭐 좀 보여드려도 돼요, 코랠리?" 나는 할머니한테 손을 내밀고 의자에서 일어서도록 도와드린다. 할머니가 고개를 끄덕 하고 나를 따라 아래층 차고로 간다.

할머니는 티버드를 보자 손뼉을 짝짝 친다. 마치 내가 방금 할머니한테 파리로 여행가자고 제안이라도 한 듯한 분위기다.

"아서는 자기 차를 정말 애지중지해, 그렇지 않니?"

내가 조수석 문을 열자 할머니가 좌석에 앉는다. 나는 이 분이 현재 시제로 할아버지 얘기를 해서 좋다.

"운전면허증 있으세요, 코랠리?"

"내 핸드백에 있어. 지금 내가 모는 차는 아주 아름다운 구형 카르멘기아란다. 호박 오렌지색이야. 몰고 다닌 지 제법 됐지. 네 할아버지가 나한테 자동차 즐기는 법을 가르쳐줬단다."

"드라이브 가고 싶으세요?"

"네가 언제쯤 물어보나 하고 있었다."

나는 위층으로 뛰어올라가 할머니 핸드백이랑 할아버지 책상에서 몇 가지를 챙겨 내려온다. 차 시동을 걸자 손으로 전해지는 변속레버 느낌이 멋지다. 차고를 빠져나가는 동안 기어 전환이 부드럽고 잡음 없이 이루어진다. 우리는 해안가를 따라 드라이브한다. 저물어가는 태양이 우리 뒤를 좇아온다. 코랠리 할머니가 창을 내리자 바다에서 나는 냄새가 차 안 가득 번진다. 켈프 냄새, 짠내, 그리고 클로버 포인트 하구에서 나는 오수 냄새도 훅 들어온다.

"원래 이런 냄새가 나니?" 할머니가 묻는다. 코를 찡그리며 창을 다시 닫는다.

"그렇지 않아요. 근데 아직도 사람들이 미처리 하수를 이 근처 바다로 쏟아 부어요."

"불쾌하다."

우리는 말없이 캐틀 포인트까지 달린다. 바다가 마주 보이는 그곳에 차를 세우고 엔진을 끈다. 애들이 여기로 파티하러 오고 경찰들이 주기적으로 순찰하는 건 알지만 아직 해가 남아 있고 숨길 것도 없다. 나는 그냥 노부인을 모시고 드라이브 나온 청소년일 뿐.

"할아버지 모시고 이리로 오곤 했어요. 여기서 커피 한잔 하고 요트에 대고 소리 지르는 걸 좋아하셨죠. '일루 와봐, 이 자식들아! 지브(뱃머리의 작은 돛) 조정해! 스피나커(큰 돛) 올려!' 배가 한 척도 없으면 갈매기나 사람들이 데리고 나온 개한테 호통을 쳤죠. 아니면 나한테 하든가."

할머니가 조용히 웃는다. "아서가 얘기하는 줄 알았다. 똑같네."

스키니 진에 하이힐 차림의 일본인 아가씨 둘이 우리 앞을 비틀거리고 지나가 암벽과 접한 잔디 구역을 가로지른다. 둘 중 한 명은 핑크색 휴대폰으로 통화중이고 다른 한 명은 보석과 체인으로 뒤덮인 거대한 가방에서 조그만 개 한 마리를 꺼낸다. 개가 잔디 위에 서서 몸을 바르르 떨고 여자는 개한테 일본말로 뭐라고 한다. 그러자 개가 웅크리고 앉아 쬐그만 똥을 싼다. 여자가 개를 번쩍 들고 자기 친구한테 간다. 둘은 우리 옆에 주차된 은색 BMW 쪽으로 비틀비틀 걸어간다.

코랠리 할머니가 창을 내리고 일본어로 뭐라고 얘기한다. 아마 "너희 개가 싼 똥은 갖고 가야지!" 아닐까 하고 내 나름대로 해석한다. 개를 데리고 있는 여자는 잠시 겁먹은 표정을 짓지만 그녀 친구는 되레 우리한테 뭐라고 소리를 지르고선 할머니에게 가운뎃손가락을 한껏 보여주더니 차에 타 음악을 요란하게 틀고 휭 가버린다.

"재가 뭐래요?"

코랠리 할머니가 슬픈 표정으로 고개를 절레절레 한다. "다들 너처럼 늙은이를 받아주진 않는구나, 로이스."

“제가 항상 받아주는 건 아니에요. 저도 아서 때문에 되게 열 받곤 했어요. 할아버지가 진짜 개자식 같았거든요. 이 차를 훔쳐서 노바스코샤로 돌아갈까도 생각했죠.”

“하지만 넌 안 그랬지.” 할머니가 내 손을 토닥토닥한다.

나는 어깨를 으쓱한다. “이 동네를 좋아하게 된 것 같아요. 다니를 만났고 아서한테 익숙해졌거든요. 그리고 자동차 절도범으로 감옥에서 오래 썩고 싶지 않았어요.”

“아주 현명하구나.” 코랠리 할머니가 조용하게 얘기한다.

나는 심호흡을 한 번 하고 입을 연다. “할아버지가 나한테 자기를 죽여달라고 부탁했었어요. 자기를 안락사시키라고.”

할머니는 소리가 들릴 만큼 크게 숨을 들이마신다. 하지만 아무 말이 없다.

“할아버지가 노트북에 글을 남겼어요. 내가 그걸 지웠는데 내용은 외우고 있어요. 듣고 싶으세요?”

할머니는 말없이 고개를 끄덕인다. 나는 단어 하나하나를 천천히 읊고 할머니의 반응을 기다린다.

“가엾은 아서.” 할머니의 음성이 탁하다. 말도 느리다. “그런 내용을 쓰면서 그 양반 속이 어땠을꼬. 얼마나 절망적이었을꼬.”

할머니의 반응은 내가 예상하는 바와 다르다. 아니, 내가 원하는 바와 다르다. 내가 바라는 건 동정, 의분 그런 감정이다. 불같이 화를 내주길 원한다. 나는 할머니가 내 편이길 바란다. 그게 무슨 뜻이든 간에 아무튼 내 편에서 생각해줬으면 좋겠다. 아서뿐만 아니라 나에 대한 연민도 느끼길 원한다.

"뇌졸중이 오기 전엔 정말 그러고 싶은 적이 많았어요. 카페오레에 발륨을 왕창 넣고 싶었어요. 나한테 그렇게 해달라고 부탁해서가 아니라 할아버지가 그냥 너무 나쁜 놈이라서요. 모든 사람을 다 비참하게 만들어서요."

만약 내가 할머니한테 충격을 줄 거라고 생각했었다면 예상과 사뭇 달라 실망할 수밖에 없는 분위기다. 할머니는 공포심에 뒷걸음질 치지 않는다. 반대 의견을 표하지도 않는다.

"그렇지만 넌 안 했잖니."

"그땐 안 했죠." 나는 망설이다가 계속 얘기한다. "나중엔 시도했어요. 병원에서… 베개로."

할머니가 내 손을 쓰다듬으며 얘기한다. "아이고, 로이스. 이 불쌍한 것. 너한테 이 무슨 끔찍한 짐이냐, 아가야. 그 양반이 널 정말 곤란한 입장에 밀어 넣었구나. 하지만 넌 할아버지가 믿는 유일한 사람이었다. 넌 지금도 할아버지를 도울 수 있는 사람이야."

"웃기지 말라 그래요." 나는 할머니 말이 맞을지도 모른다는 사실을 인정하고 싶지 않다. 그렇지만 갈라진 타이어에서 바람이 빠져나가듯 마음속 분노가 스르륵 빠져나가는 기분이 든다. "그래서 그 다음엔 어떻게 해요?"

"할아버지가 남긴 글을 엄마한테 얘기해라. 그리고 마르타한테 얘기해서 어떻게 해야 할지 결정하자. 다같이."

"뭘요? … 베개… 그거요…?" 내 목소리가 차츰 잦아든다. 내가 한 짓을 차마 엄마한테 얘기할 수 없을 것 같다. 어쨌든 지금은 아니다.

할머니가 내 무릎을 두드린다. "언제가 적당한 시점인지 알게 될 거다."

나는 엔진을 켜고 병원으로 달려간다. 내가 티버드를 운전하는 걸 엄마가 보든 말든 더 이상 신경 쓰지 않는다. 하지만 다른 차들과 가능한 한 멀리 떨어뜨려서 주차한다. 자칫 차에 흠집이라도 생기면 할아버지가 펄쩍 뛰며 난리칠 테니까. 그 순간 문득 현실감이 밀려온다. 할아버지는 앞으로 무엇 때문에든 펄쩍 뛰며 난리를 치지 못할 것이다. 두 번 다시 열 내며 길길이 날뛸 일이 없다. 상태가 좋아지지 않을 거다. 앞으로 다시는 콧노래도 못 부르고 노래도 못하고 나한테 바보 멍청이라고 욕하지도 못하겠지. 할아버지의 삶은 끝났지만 그의 육신은 고집을 피우고 있다. 딱 아서다운 고집이다.

나는 할머니가 차에서 내리게 도와드리고 우린 팔짱을 끼고 중환자실로 올라간다. 할아버지의 상태에 변화가 없다고 간호사가 알려준다. 내가 소독을 하고 가운을 입는 사이 할머니는 엄마를 찾으러 간다. 나는 침대 끄트머리에 앉아 할아버지를 바라본다. 머리가 많이 자라 흰머리가 민들레 솜털처럼 할아버지 이마를 덮고 있다. 수염도 많이 자랐다. 여태껏 본 중 가장 길다.

나는 욕실에서 수건 두 장을 가져다 하나는 할아버지 가슴께를 덮고 하나는 머리 옆에 둔다. 아까 챙겨둔 할아버지 전기면도기가 내 주머니에 있다. 충전해 왔으니 바로 쓰면 된다. 킴의 이발기로 할아버지 머리를 슥슥 매끈하게 미는 것만 못하겠지만 그래도 제몫은 하는 면도기다. 할아버지 얼굴을 면도하면서 온갖 튜브 때문에 아주 조심해야 한다. 구석구석 완전히 말끔하게 밀 수는 없지만 일단 해 놓고 나니 노숙자 같은 분위기가 그나마 가시고 이제야 할아버지가 할아버지처럼 보인다. 아서는 아서답게. 할아버지는 항상 자기 모습 그대로였다. 이 말이 어떤 뜻으로 들리든 사과할 마음은 없다.

할머니가 엄마하고 같이 온다. 엄마 입에서 나온 첫 얘기가 이거다. "할머니가 나한테 그 메모 얘기를 하셨어, 롤리. 정말 미안해. 왜 아무 얘기도 안 했니?"

"뭐라고 해, 엄마? '엄마의 아빠가 나한테 자기를 죽여달라고 해' 이렇게? 그게 그렇게 술술 나올 얘긴 아니었을 걸."

"엄마한테 말할 수도 있었잖아." 엄마는 물러서지 않는다. "우리가 같이 생각해 볼 수 있었어."

"그래, 나 안 했어. 그러니까 다음으로 넘어가 봐." 아까 빠져나갔던 분노가 다시 차오른다. 이 분노가 엄마를 향하는 게 옳지 않다는 건 아는데 그래도 나는 스스로를 제어할 수가 없다. "엄마가 새 남자친구를 뿌리치고 도망갈 수 있으면!"

할머니가 방 밖으로 나간다. 내 시야에 들어오지 않는 데서 간호사와 이야기를 한다.

"그건 불공평해." 엄마 목소리가 단호하다. 지금 엄마가 평정심을 잃지 않으려고 애쓰는 걸 안다.

"맘대로 해. 우리 이제 선 뽑으러 가는 거야?"

"상스럽게 굴지 마, 로이스. 너 지금 화난 거 알아. 하지만 그러는 건 아무 도움이 안 돼."

"그러면 가족회의라도 해. 엄마, 나, 할머니, 이모. 회의 소집 한 번이면 전부 해결되겠네."

"그렇게 간단하지 않아, 로이스."

"아니, 간단해. 할아버지는 죽고 싶어 해. 나한테 그렇게 말했다고. 원하는 걸 해드려야 한다니까. 얼굴에다 베개 덮는 거 말고."

엄마가 방을 나간다. 마스크 아래로 눈물을 줄줄 흘리며 할머니 품에 가 안긴다. 나는 기분이 정말 거지 같지만 내가 맞다고 생각한다. 할아버지는 가고 없다. 이 건물을 떠났다. 지금 이 상황보다 더 나은 취급을 받아야 하는 사람이다.

나는 카페테리아로 내려가서 블랙 포레스트 케이크를 먹는다. 언제 만들었는지 모를 케이크의 아이싱이 굳어 있고 체리는 곤죽이 돼 걸쭉하다. 콜라로 꿀떡 넘기는데도 역한 게 가시질 않는다. 젠장. 엄마가 나를 데려가려고 내려올 때쯤 나는 테이블에 푹 쓰러져 잠들어 있다.

"가자, 로이스." 엄마가 내 어깨를 흔들어 깨운다. "다들 눈 좀 붙여야 돼.”

나는 얼굴에 들러붙은 침을 슥 닦고 엄마를 따라 주차장으로 간다. 내가 “차 갖고 올게”라고 말하는데도 엄마는 놀란 기색이 없다. 아마 할머니가 티버드 얘기를 한 모양이다.

할아버지 집으로 돌아가는 동안 아무도 말을 하지 않는다. 엄마는 트럭을 몰고 우리 뒤를 따라온다. 나는 차고에 주차하고 할머니를 방까지 모시고 간다. 할머니는 천천히 움직인다. 계단을 오르면서 내 팔을 꼭 붙들고 있는다.

“괜찮으시겠어요?” 내가 묻는다. “저 여기 있어도 돼요.” 나는 이렇게 말하면서 내가 잘 곳이 어딘지 모른다는 생각을 한다. 절대 할아버지 침대에서 자진 않을 거다.

“괜찮을 거야. 네 엄마한텐 네가 필요해.”

“과연.”

“가서 좀 자거라, 로이스. 한숨 푹 자고 나면 모든 게 더 좋아 보이는 법이거든.”

나는 고개를 끄덕이긴 하는데 할머니 말은 못 믿겠다. 내일은 더 엉망진창이겠지. 모레도 마찬가지고. 이 엉망진창 거지같은 상황이 얼마나 계속될지 누가 알까? 할아버지가 살아 있는 동안 내내. 그건 확실하다.

엄마와 내가 집에 돌아오는 길에도 침묵뿐이다. 엄마는 대화 시도조차 않는다. 그것 참 희한한 일이다. 왜냐면 엄마는 평소에 대화로 해결하는 방법을 신봉하는 사람이다. 공유 이런 방식 좋아한다. 그런 엄마가 입도 뻥긋 안 하고 트럭에서 내려 문이 부서져라 쾅 닫고선 집 안으로 쿵쿵대며 걸어간다. 집에 들어와 자동응답기 메시지(그 중 세 개는 라즈가 남긴 것)를 듣고 토스트와 차를 들고 자기 방으로 사라진다. 나는 휴대폰을 꺼내 다니한테 온 문자 다섯 개를 확인한다. 열 받음 수치가 갈수록 높아진다. 왜 여자애들은 모든 걸 이렇게 개인적으로 받아들이지? 나는 답장을 보낸다. '난 괜찮아. 할아버지는 안 괜찮고. 곧 전화할게.' 겨우겨우 이렇게 문자를 보내고 나는 비틀비틀 계단을 내려와 옷을 입은 채 그대로 푹 쓰러져 잠든다.

열일곱

다음 날, 일어나 보니 엄마는 벌써 가고 없다. 메모만 남아 있다.

〈할머니랑 병원 간다. 이모한테 전화해야 돼서 점심 먹고 바로 올 거다. 꼭 집에 있어라.〉

사랑하는 롤리, 이런 거 없다.

사랑하는 엄마가, 이런 말도 없다.

나는 주방에 서서 시리얼이라도 먹으려고 깨작거린다. 질척한 판지 맛이 난다. 아마 우유가 상했나 보다. 전부 다 변기에 부어버리고 시리얼이 소용돌이치며 사라지는 모습을 쳐다본다. 어젯밤 일을 생각하니 속이 약간 울렁거린다. 내가 엄마한테 퍼부었던 말.

나는 다시 침대로 가 정오까지 잔 다음 자전거를 타고 한 바퀴 돌고 와서 샤워를 하고 '로 앤 오더' 재방송을 본다. 로 앤 오더가 있어서 정말 다행이다. 아주 믿을 만하다. 너무나 명확한 2진법 아닌가. 옳고 그름, 선과 악, 혼돈과 질서. 잭 맥코이 역의 샘 워터스톤의 애벌레 같은 눈썹은 희한하게 안심시켜주는 구석이 있다.

두 시 직전에 엄마와 할머니가 집에 온다. 시드니는 오전 일곱 시가 되는 시각이다. 여기보다 하루 빠른, 그러니까 내일 아침. 아니, 내가 거꾸로 알고 있나? 뭔 상관이야. 어쨌든 나는 엄마가 한밤중에 전화해서 이모한테 폐를 끼치고 싶어 하지 않는다는 자체를 믿을 수가 없다. 이모는 새벽 두 시에 전화를 받아도 싸다. 하지만 그건 엄마의 사고방식이 아니다.

우리는 식탁에 둘러앉는다. 전화는 아직 제자리를 지키고 있다. 할머니는 눈동자 색깔과 어울리는 황록색 스웨터를 입고 있다. 엄마는 어제 입었던 청바지와 갈색 플리스 스웨터를 그대로 입고 있다.

"오늘 할아버지는 어때?" 내가 묻는다.

"똑같아." 엄마가 대답한다. "의사들이…" 엄마는 마치 목이 졸린 듯 소리를 제대로 내지 못한다. 할머니가 엄마 손을 토닥토닥 두드린다. "의사들은 할아버지한테 차도가 없을 거라고 예상해. 손상 정도가 너무 커서."

"그러면 식물인간이네." 내 입에서 나온 말.

"그런 말 하지 마." 엄마가 소리를 빽 지른다. "아니야, 아버지는 … 순무 따위 그런 거 아냐."

내 입에서 짧고 날카로운 웃음이 팍 튀어나온다. 차라리 짖는 쪽에 가깝다. "순무? 그건 또 어디서 나온 거래? 그럼 할아버지는 대체 무슨 식물이 돼야 하는데? 당근? 상추? 아니면 그냥 무?"

엄마 입이 살짝 실룩거린다. 할머니가 "그 양반은 아티초크지. 겉에는 가시가 있고 속은 부드러운." 이렇게 말하자 우리 셋은 푸하하 웃음이 터진다. 딱히 웃기는 것도 아닌데 웃음이 난다. 설명하긴 힘들다.

엄마가 수화기를 들자 우리는 진정하고 자리에 앉는다. 이모는 우리가 지금 이렇게 웃고 있다고 생각하진 않을 테니까. 이모가 전화를 받자 엄마는 전화를 스피커 모드로 바꾸고 우리는 본론으로 들어간다. 상당히 빠른 시간 내에 명확해진 부분이 있다. 자기 아버지를 장장 십오 년 동안이나 보러 오지 않았던 딸내미 마르타는 아버지가 죽고 싶어 한다는 걸 도저히 믿지 못한다. 이모는 내가 더 이상 애써 할아버지를 돌보고 싶지 않아서 그 메모를 지어냈다고 생각한다. 우리가 한통속으로 쇠약한 노인네를 이용한다고 생각한다.

듣다 못한 할머니가 수화기를 들고 스피커 모드를 해제하고 이모한테 진정하라고 얘기한다. 절대 언성을 높이지 않지만 이모가 나나 엄마를 모욕한 걸 그냥 넘어가게 놔두지 않을 거라는 의지가 느껴진다. 할머니는 예전에 그랬듯 완전히 유모처럼 이모를 대한다. 메리 포핀스(심술궂지만 속정이 깊은 완벽한 유모이자 마법사-옮긴이)한테는 까불지 말아야 한다. 다들 그 정도는 안다.

"로이스는 거짓말쟁이가 아니다, 마르티. 아서는 로이스를 믿었고 자기 유언이 지켜지길 바란 거야. 아니, 아무도 아서의 유언장은 못 봤다. 잘은 모르겠지만 아마 SPCA(동물학대방지협회) 앞으로 다 남겼을 것 같아. 의사들 말도 아주 분명해. 아서는 자가 호흡이 안 돼. 음식을 삼킬 수도 없고. 아서가 자기 소원을 말한 거야. 물론 힘든 일이겠지만 우리는 그걸 존중해야 한다. 그래 정통적인 방법은 아니었지. 하지만 그게 왜 놀랄 일이니? 응, 나는 확실히 옳은 일이라고 생각한다. 알았다, 그럼. 동생 바꿔주마."

할머니가 전화를 엄마한테 건넨다. 수화기 너머에서 이모가 엉엉 우는 소리가 들린다.

"나중에 밤에." 엄마가 이모한테 얘기한다. "아마 … 바로 … 가시지 않을지도 모르지만, 우리가 아버지 곁에 있을 거야. 약속할게. 다 끝나면 전화할게."

엄마가 전화를 끊고 할머니가 엄마를 안아준다. 둘은 머리를 맞대고 몇 분 동안 그대로 서 있다. 몸이 약간씩 흔들리고 훌쩍이는 소리가 이어진다. 잠시 후 엄마가 할머니한테 벗어나서 옷소매로 콧물을 닦는다.

"미안해, 로이스…"

"괜찮아, 엄마. 정말로. 이제 병원에 갈까?"

엄마가 고개를 끄덕이고 세수하러 싱크대로 간다. 할머니는 욕실로 향한다. 나는 할아버지 병실에 있던 상자들 위에 놔둔 CD 플레이어를 집어 든다.

"이 물건들이 어떻게 여기 있지?" 내가 묻는다.

"라즈가 옮겨놨어. 병원측에서 병실이 필요하다고 해서. 그건 뭐 하게?"

"할아버지가 옛날 뮤지컬 노래 듣는 거 좋아해."

"뭘 좋아한다고?"

"옛날 뮤지컬 노래. 할아버지가 그런 음악을 좋아해. 며칠 전 마지막 발작이 있기 전에 할아버지가 콧노래를 불렀어. 라즈가 말 안 했어?"

"라즈가?"

"응. 그날 병실에서 나가다가 만났거든. 라즈한테 콧노래 얘기도 했는데. 라즈가 그건 좋은 신호라고 생각한댔어. 근데 라즈 생각이 틀렸나 보네." 나는 노래에 대해서는 얘기하지 않는다. 엄마 가슴이 더 찢어질까 봐.

병원에서 엄마가 의사들, 간호사들하고 얘기하고 법정 서류에 사인하는 동안 할머니하고 나는 할아버지 옆에 앉았다. 나는 CD 플레이어 전원을 연결하고 로저스 앤 해머스타인 노래를 튼다. 할머니는 노래에 따라 흥얼거리며 할아버지의 뺨을 어루만진다. 노래 속의 메리 마틴은 한 남자에 대한 기억을 훌훌 털어버린다. 간호사들이 할아버지 몸에 덕지덕지 붙은 줄들을 떼어내러 들어오자 우리는 방을 나간다.

다시 들어갔을 땐 할아버지가 훨씬 할아버지답게 보인다. 선도 없고 튜브도 없어서. 하지만 물에 빠진 사람처럼 끔찍한 숨소리가 난다. 간호사들이 우리한테 미리 경고하긴 했지만 기괴하게 들리는 건 어쩔 수 없다. 사람한테 나는 소리 같지가 않다. 엄마와 나는 할아버지 양옆에 서서 할아버지 손을 잡고 있다. 할머니는 엄마 옆에 앉아서 할아버지의 다리를 쓸어준다. 누구 하나 말이 없다. 아무도 말을 하지 않는 게 이상해 보인다. 할아버지는 우리가 여기 있는 걸 알까? 그게 계속 궁금하다. 만약 안다면 이렇게 생각하겠지. '젠장, 다들 무슨 말이라도 해야 할 거 아냐?'

그래서 내가 입을 연다. "엄마하고 나 여기 있어요, 아서. 코랠리 할머니도요. 문제 해결하는 데 너무 오래 걸려서 죄송해요. 화내지 마세요." 내가 할아버지 손을 꽉 쥐자 할아버지 가슴이 오르락내리락한다. 호흡 간격이 점점 길어진다. 호흡 자체는 점점 짧아진다. 이 상황에서 우리가 "숨 쉬어요, 제기랄!"이라고 소리치지 않는 것만도 다행이다. 우리가 하고 있는 일이 옳다는 걸 아는데도 지금 할아버지를 도와주지 않아 잘못하고 있는 기분이다.

나는 꾸르륵거리는 거친 숨소리를 더는 참을 수가 없어서 아무 말이나 지껄인다. "어제 코랠리 할머니랑 티버드 타고 캐틀 포인트에 갔어요. 괜찮죠? 그날은 욕바가지를 퍼부어 줄 요트가 하나도 없더라구요. 근데 땅콩만 한 개가 차 앞에다 똥을 싸가지고 코랠리 할머니가 개 주인한테 막 소리를 질렀어요. 일본어로."

"난 소리 안 질렀다." 할머니가 끼어든다. "나는 절대 소리 지르는 사람이 아니야."

할아버지가 마치 할머니 말에 충격이라도 받은 듯 숨을 헐떡인다. 그 뒤 이어지는 침묵 때문에 나도 덩달아 숨이 막히는 기분이 든다. 나는 얘기를 관두고 고개를 숙인다. 할아버지의 가슴께가 가만 멈춰 있다. 우리 모두 몸을 숙여 숨죽인 채 소리를 듣는다. 엄마가 입을 연다. "아무래도 아버지가…" 그런데 엄마가 말을 끝내기도 전에 할아버지가 콧방귀를 뀐다. 아주 크게. 우린 다들 움찔한다.

엄마가 침대 너머 내 손을 잡는다. 하도 꽉 잡아서 아플 정도다. 할아버지가 몇 번 더 공기를 꿀꺽꿀꺽 삼킨다. 그러더니 숨이 막힌 것 같은 소리를 낸다. 나는 이 방 밖으로 뛰쳐나가고 싶지만 엄마가 있는 힘껏 붙들고 있어서 꼼짝할 수 없다. 닻이 배를 붙잡고 있듯 그렇게. 그러다 끝내 할아버지 숨소리가 멈춘다. 할아버지가 숨을 쉬지 않는다. 우리는 말없이 몇 분간 앉아서 기다린다. 아무것도 없다.

나는 고개를 숙인 채 그대로 있고 할머니는 방을 나간다. 할머니가 데려온 간호사가 할아버지 맥박을 재려고 나를 옆으로 비키게 한다. 맥박이야 당연히 없겠지. 그 정도는 내가 간호사에게 얘기해 줄 수도 있다. 간호사는 차트에 뭔가를 적고 나간다. 아마 사망 시각인가 보다. 나는 침대를 돌아 엄마한테 가 어깨를 감싸 안는다. 엄마는 할아버지의 손을 들어 자기 뺨에 댄다. 엄마 눈물이 할아버지 손가락 사이로 흐른다. 할아버지 손톱이라도 깎아드릴 걸.

나는 한손으로 엄마를 안으며 말한다. "괜찮아, 엄마." 엄마가 힘없이 고개를 끄덕인다.

우리는 거의 한 시간 동안 할아버지 곁에 머문다. 뭔가를 하진 않고 그냥 같이 있기만 할 뿐이다. 다른 문화나 종교에서는 누군가 죽으면 일정한 의례를 따른다는 걸 안다. 옷을 찢거나 풀을 태우거나 통곡하거나 하겠지만 우리 비신자들은 우리 방식대로 절차를 만들어야 한다. 할머니가 이모한테 전화를 하러 나갔다 돌아온 후 우리는 할아버지의 손을 이불 속에 넣어드리고 작별인사를 한다. 손이 아주 차갑다. 엄마가 할아버지 이마에 키스하고 할머니는 입술에 입을 맞춘다.

나는 침대 발치에 서서 노래를 부른다. "우리 다시 만날 날까지 행복한 여정이 되기를." 할머니와 엄마도 함께 부른다. "행복한 여정이 되기를. 그때까지 미소를 잃지 마세요. 우리 함께할 때면 먹구름인들 상관없으리. 그저 노래하며 화창한 날씨를 불러오리. 우리 다시 만날 날까지 행복한 여정이 되기를." 이 노래가 어디서 나오는지, 우리가 어떻게 가사를 다 아는지 모르겠다. 아마 우리 우뇌가 좌뇌를 돕고 있는 모양이다. 어쨌든 이 노래 덕분에 엄마와 할머니가 웃음을 찾았다.

나는 할아버지가 돌아가신 뒤 며칠 동안 밀린 잠을 자고 엄마랑 할머니랑 함께 시간을 보냈다. 이제 막 자전거를 타고 로키 산맥을 넘은 사람처럼 말도 못하게 피곤하고 온몸이 욱신거린다. 흠씬 두들겨 맞은 듯 근육 하나하나가 다 아프다. 가슴은 돌덩이가 앉은 듯 묵직하고 손은 밤낮 차갑고 혀는 두툼해진 느낌이다. 소시지 덩어리처럼 거추장스럽다. 병원에서 무슨 병이라도 옮은 게 아닌지 의심스럽지만 할머니 말로는 그게 다 슬픔 때문이란다. 곧 지나갈 거라고. 엄마는 학교에 전화를 해 내가 곧 등교할 거라고 얘기한다. 다들 동정적인 반응인데 유독 한 선생님은 기어이 숙제를 안겨주고 간다. 거실에 있는 그 숙제에 차곡차곡 먼지가 쌓이는 중이다.

누군가 세상을 떠난 뒤에는 처리할 일이 엄청 많다는 사실을 깨닫는다. 재미없지만 꼭 필요한 일들이다. 가령 사망 진단서 신청, 생명 보험 해약, 사망 보험금 신청 등등. 그런데 엄마가 나한테 부탁한 일은 할아버지 화장 준비로 장례식장에 가는 데 동행하는 것뿐이다. 장례식장은 번화가에 있는 키 작고 못난 현대식 건물이다.

녹색과 황갈색을 띤 로비에는 소리 죽인 음향 장치에서 '위치타 라인맨'이 배경 음악으로 흘러나온다. 낮은 탁자 위 안내 책자대 옆에는 축 처진 가짜 난초가 자리 잡고 있다. 조명이 하도 침침해서 진짜 식물은 도저히 살아남지 못할 환경이다. 우리를 맞이하는 남자는 땅딸막하고 머리가 벗겨진 중년 사내다. 체크무늬 재킷이 그의 배 둘레를 압박한다. 넥타이에는 케첩 자국 같은 게 있다. 아니면 피인가? 그는 마치 대본을 읽듯 낮은 톤으로 이야기한다. 어쩌면 정말 대본을 읊고 있을지도 모르겠다. 이름표를 보니 그 남자 이름은 오빌 비티다.

그는 양손으로 엄마 손을 잡는다. "삼가 조의를 표합니다."

엄마는 고개를 숙이며 손을 잡아 뺀다. "감사합니다. 이쪽은 제 아들 로이스예요."

그가 나한테 고개를 까딱 하고 인사한 뒤 우리를 방으로 안내한다. 우리는 탁자에 둘러앉는다. 오빌이 질문을 하고 엄마는 단조로운 톤으로 대답한다. 나는 약간 졸다가 엄마랑 오빌이 일어나서 방을 나가는 바람에 깜짝 놀라 깬다. 나도 일어나서 둘을 따라 어딘가로 간다. 관들로 가득 찬 음울한 지하 동굴 같은 방이다. 어딘가 눈에 보이지 않는 스피커에서 새어나오는 '유 라이트 업 마이 라이프' 빼고는 온통 고딕풍이 가득 배어있는 공간이다. 소름끼친다.

"할아버지, 화장된 걸로 아는데." 내가 귓속말로 얘기한다. 방이 정말 춥다. 아마 근처에 시신들이 있나 보다.

"그렇지." 엄마가 대답한다. "그래도 관을 꼭 사야 될 걸."

"희한하군. 대체 왜?"

오빌이 매서운 눈초리로 나를 본다. 마치 내가 청소년이니까 어디로 튈지 모른다는 걸 이제 막 깨달은 사람처럼. "그게 법입니다."

그가 딱딱하게 한마디 한다.

"됐다, 로이스. 고르는 것 좀 도와줘."

"자리를 비켜드리겠습니다." 그는 읊조리듯 말하고 뒷걸음질 쳐서 방을 나간다.

"고마워요, 아저씨."

엄마와 나는 방 중앙에 서서 관들을 뚫어져라 쳐다본다. 하얀 공단으로 안을 댄 관, 화려하게 장식한 놋쇠 장비가 있는 관, 고광택으로 번쩍번쩍 빛나는 관, 유골을 볼 수 있게 작은 더치 도어를 단 관. 나는 무광택 목관이 제일 마음에 든다. 어깨 부분은 넓고 발치는 좁게 생긴, 서부영화에서 볼 법한 그런 관이다.

나는 그걸 가리키며 엄마한테 얘기한다. "할아버지는 아마 저런 스타일을 좋아할 거야. 단순하고 우아하고 시대를 초월한 스타일 말야. 카우보이 부츠, 카우보이 모자, 6연발 권총이랑 완벽하게 어울리잖아."

엄마가 웃음을 참으면서 손가락을 입에 댄다. "쉿!"

"그럼 이건 어때?" 나는 바닥에 있는 판지 관을 가리킨다. "이케아 모델이네. '매끈하고 현대적인 디자인. 생물 분해성. 조립 용이. 연장 필요 없음. 하나 가격으로 지금 두 개 사세요. 여러분의 가족이 고마워 할 겁니다.' 어때?"

"그만 해, 롤리. 재미없어."

말은 이렇게 하면서도 엄마 얼굴은 웃고 있다. 엄마는 그 방에서 가장 수수한 목관을 고른다. "물론 판지 관도 말은 되는데 그게 너무 … 품위가 없는 것 같아. 예의 없어 보여."

나는 어깨를 으쓱한다. "이것 좋네. 우리 이제 가도 돼? 여기 너무 으스스해."

"나도 그래. 딱 하나만 더 찾자. 그러면 가도 돼. 유골 단지도 골라야 돼."

"단지? 커다란 마가린 통 같은 데 담으면 안 돼? 아이스크림 통은? 우리 그 유골 그냥 뿌릴 거잖아, 안 그래? 막 벽난로 위에 모셔두거나 제단을 만들고 그럴 거 아니잖아."

"아니지, 그런데…"

"그러면 왜 단지 같은 데 돈을 써?"

"나도 모르겠다, 로이스. 길게 얘기하지 말자, 알았지?"

알고 보니 유골 단지는 관보다 종류가 훨씬 더 많다. 대리석, 목재, 유리, 금속, 도자기 등이 상상 가능한 온갖 형태와 주제별로 천차만별 자태를 뽐낸다. 고인이 취미가 있었나? 그렇다면 딱 맞는 게 있다. 밥 아저씨의 유골은 골프백 모양이나 오토바이 가스탱크 모양 단지가 안성맞춤이다. 베티 고모는 아마 핑크색 찻주전자 모양 단지, 아니면 놋쇠 기도하는 손이 제격이다. 나는 할아버지를 위해 오토바이 부츠 모양 유골 단지를 고르고 싶지만(물론 엄밀히 말해서 할아버지는 부츠를 신고 돌아가시진 않았다) 엄마는 내 의견을 기각한다. 우리는 평범한 삼나무 상자로 합의를 본다.

우리가 결정을 내리자마자 묘하게도 오빌이 딱 맞춰 다시 등장한다. 아마 방에 도청장치가 있어서 오빌이 옆방에서 우리 얘기를 다 듣고 있었던 모양이다. 아니면 다년간의 경험으로 사람들이 관과 유골 단지를 고르는 데 얼마의 시간을 소요하는지 빠삭하게 알고 있나 보다. 여기 오기 전에 대체 내가 뭘 기대했던 거지? 속이 두툼한 푹신한 소파, 모차르트 음악, 접대용 커피와 쿠키 뭐 이런 거. 그런데 막상 우리가 결정을 내린 뒤 오빌이 하는 말이라곤 "계산은 어떻게 하시겠습니까? 직불 카드? 신용 카드?", 그리고 "화장유골은 일주일 안에 갖고 가시도록 준비해두겠습니다" 이것뿐이다.

화장유골? 화장한 유골 말이지? 헤이, 아서. 예전에 얘기한 혼성어 신세가 되시겠는데요.

열여덟

할아버지가 떠나고 일주일 뒤 나는 학교로 돌아간다. 더 오래 있다 갈 수도 있었지만 딱히 그래야 할 이유가 없다. 분명 슬프지만 막 미칠 듯이 괴롭거나 그렇진 않다. 엄마는 할머니하고 라즈를 챙기며 시간을 보내니까 내가 굳이 집에 있을 필요도 없다. 할머니는 유언 낭독 때문에 머물고 있다. 어떤 의미에서 그날은 할아버지의 동네 친구들이 모이는 조촐한 모임이 될 것이다. 모임 후에 우리 셋은 캐틀 포인트에다 유골을 뿌리겠지. 파티 계획에 관한 한 나는 별 도움이 안 되니 그건 다른 사람들한테 맡긴다. 나는 음식만 있으면 만족한다.

월요일 아침 학교에 가니 다니가 자전거 보관대에서 나를 기다리고 있다. 짧은 민자 스커트에 딱 붙는 오렌지색 줄무늬 티셔츠 차림이다. 전에 본 적 없는 옷차림. 언제나처럼 섹시해 보인다.

"헤이, 준비 됐어?" 다니가 묻는다.

"어." 나는 헬멧을 벗고 자전거를 채우며 우물댄다. "이거 참 … 기분 묘하네. 약간 초현실적이야. 뭔 일 많이 있었냐?"

다니가 고개를 가로젓는데 머리카락이 얼굴로 주르륵 내려온다. 확실친 않지만 부분염색을 한 것 같다. 아니면 빛이 그렇게 비쳐서 그런가. "아니, 똑같지 뭐. 만날 지지고 볶고 만나고 헤어지고. 별거 없었어. 다들 너 보고 싶어 했던 거 빼면."

"날 보고 싶어 해?" 순간 목소리가 삑 하고 뒤집어진다. 열세 살 변성기로 돌아간 듯 굴욕적인 소리가 나온다.

"당연히 그랬지. 으이구, 바보야." 다니가 돌아서서 학교 쪽으로 걸어간다. 빨간색 크로스백이 다니 몸에 아무렇게나 매달려 있다. 나는 가방을 집어 들고 다니를 따라 학교로 들어간다. 며칠 만에 기분이 좋아진다. 이게 다 다니가 나한테 "으이구, 바보야"라고 불러서 그렇다.

생물 수업을 듣는 동안 내가 수업을 얼마나 빼먹었는지, 앞으로 따라잡으려면 얼마나 힘들지 제대로 실감이 난다. 집으로 전달된 숙제를 내팽개쳐 놓은 건 전혀 똑똑한 처신이 아니었다. 그래도 선생님들은 내 사정을 봐주며 좀 살살 몰아붙일 준비가 된 것 같다. 당분간은. 어떤 애들은 내가 복도를 지나갈 때 나를 쳐다보지 않고 눈길을 피하는데 많은 여자애들이 나한테 와서 말을 건넨다. 그 중 대부분은 전에 한 번도 본 적 없는 애들이다.

"할아버지 일은 너어어어무 안됐다. 너 괜찮니?" 걔들 대부분은 내 몸을 잡기도 한다. 주로 팔을. 그러면 나는 의연하게 미소를 지으며 얘기한다. "난 괜찮아."

"돌아가신 너네 할아버지 카드는 언제까지 써먹을 수 있을 것 같냐?" 그날 마지막 수업 후 다니의 친구 조시가 내게 슬쩍 묻는다.

"입 다물어, 조시." 조시 여자 친구 테일러가 얘기한다. "어쩜 그런 얘기를 하냐. 무신경한 것도 아니고."

"그냥 한 얘기야." 조시가 얼버무린다. "기분 나빴다면 미안하다."

"괜찮아." 나는 아무렇지 않게 얘기한다. "아마 한 달 정도는 먹히지 않을까? 그때쯤이면 좀 시들해지겠지."

조시가 주먹하이파이브를 하고(순간 나는 녀석이 나를 한 대 치려고 그러는 줄 알았다) 테일러한테 얘기한다. "봐봐, 얘도 괜찮다잖아. 쿨하네." 테일러가 확인 차 나를 쳐다보고 생긋 웃는다. 쿨함에 관해서라면 나는 달인이다. 그렇지만 사실은 마치 내가 벌써 생각을 끊어버린 것처럼 구는 건 아니다. 솔직히 내가 계속 자기 생각을 해준다고 할아버지가 감사해 할 것 같다.

"또 보자, 짜샤." 조시가 얘기한다. "우리 튀어가야 돼. 축구 연습."

"나중에 봐."

집에 가 보니 엄마가 남긴 쪽지가 있다. 엄마하고 코랠리 할머니는 장례식 전야인지 뭔지 그때 먹을 음식 때문에 출장 뷔페를 알아보러 나가고 없다. 내가 알기로 장례식 전야는 엄청난 알코올과 간간이 곁들여진 통곡으로 이루어진다. 나는 통곡 파트는 사양하겠지만 약간의 알코올은 마다하지 않겠다.

그날 다니를 초대했다. 다니는 술 한두 잔 정도는 싫어하지 않을 애다. 걔도 인사불성 취하는 건 좋아하지 않겠지만, 만약 할아버지의 장례 전야가 알딸딸하게 취하기 좋은 구실이 아니라면 대체 언제가 그러기 좋은 날인지 나도 모르겠다. 그날 운이 따라준다면 우린 먹을 거랑 와인 한 병을 슬쩍해서 전야제 동안 내 방에 숨어 있을 수 있다. 만일을 대비해 침대 시트를 빨아놔야겠다고 마음먹는다. 잊어먹지 말아야지.

할아버지의 변호사인 코플랜드 씨가 유언장 낭독 때문에 우리 집에 온다. 거기 참석하기 위해 나는 학교를 조퇴한다. 보너스다. 변호사는 엄마 또래지만 훨씬 잘 차려입었다. 무릎길이의 날씬한 검정

스커트에 몸에 꼭 맞는 흰 재킷을 입고 있다. 빨간 립스틱, 빨간 손톱, 하이힐, 삐죽삐죽한 검정 숏커트 스타일. 할아버지가 왜 저 여자를 고용했는지 알겠다.

서로 소개하고 커피를 권하는 대화를 주고받은 다음 코플랜드는 울룩불룩한 우리 집 소파에 앉아 유언장을 읽기 시작한다. 온갖 난해한 법률 용어가 유언장 초반을 장식한다. 나는 그녀가 들려주는 어려운 말 때문이 아니라 윗입술 모양(뚜렷하게 도드라진 큐피드의 활 모양 같은 입술)과 옷깃이 여며지는 부분에 살짝살짝 보이는 까만 레이스 때문에 정신을 못 차린다. 최면에 걸린 듯 몽롱하다. 나는 그녀가 얘기하는 동안 저 레이스 아래에 뭐가 있을지 상상의 나래를 펴느라 바쁘다.

"우선 젠킨스 씨는 제가 이 유언장이 수정된 날짜를 명확히 짚어주길 원하셨습니다. 5월에 저를 집으로 부르셔서 특정 부분을 수정하셨습니다. 확실히 맑은 정신이셨고요. 이해하셨습니까?"

변호사가 고개를 들어 나를 쳐다본다. 나는 고개를 끄덕인다. 이 여자가 뭔 소리를 하는지 잘 모르겠지만 지금 이 순간 나한테 완전히 집중하고 있다. 그녀는 목소리를 가다듬고 다시 유언장을 읽기 시작한다.

"오스트레일리아 시드니에 있는 나의 딸 마르타 존슨에게 프로방스 집과 거기에 속한 가재도구 일체를 남긴다."

"캐나다 토론토에 있는 친애하는 나의 친구 코랠리 헌터에게 뉴욕 집과 거기에 속한 가재도구 일체를 남긴다."

"나의 딸 니나 피터슨에게 브리티시콜롬비아 빅토리아에 있는 나의 집을 남긴다. 그 집의 가재도구 일체 역시 니나 피터슨에게 귀속되나 다음 항목은 제외된다. 나의 손자 로이스에게 남기는 것은 1956년형 티버드, 맥북에어, 앨범 일체이다. 그리고 로이스에게 전하는 편지를 안전금고에 둔다."

"나의 음반 저작권료는 나의 딸 니나 피터슨과 그 아들 로이스에게 분산 지급된다. 로이스의 지급분은 스물한 살이 될 때까지 신탁에 맡겨놓되 교육이나 여행의 목적이라면 지급 시일을 앞당길 수 있다."

"나의 첼로 프란체스코 루지에리는 팔아서 처분한다. 그 수익금은 시골 지역 학교의 음악 프로그램 유지를 목적으로 설립할 내 이름의 재단을 위해 쓰기로 한다. 재단 운영은 나의 딸들 니나와 마르타가 맡는다."

"킴 아담스에게 10만 달러를 증여한다. 단, 킴이 사업을 유지하는 한 나의 손자 로이스에게 무료 이발을 해준다는 조건으로 이를 이행한다."

"벤 워즈워스에게 10만 달러를 증여한다. 단, 벤이 사업을 유지하는 한 나의 손자 로이스에게 슈트를 만들어준다는 조건으로 이를 이행한다."

"나의 소유주식은 나의 손자들과 재단 간에 동등한 비율로 분산 지급된다."

"세상에나." 엄마가 중얼거린다.

"이런 젠장." 나도 한마디 뱉는다. 이번 한 번만은 그 누구도 내 거친 발언에 토를 달지 않는다.

"동감이다." 코랠리 할머니도 말을 보탠다.

"전부 아시겠죠?" 코플랜드가 묻는다.

우리 셋 다 잠자코 고개를 끄덕인다.

"그럼 이제 검인을 시작해도 될까요?" 코플랜드가 묻는다. "아시다시피 젠킨스 씨는 피터슨 부인을 단독 유언 집행자로 지정하셨습니다. 그래서 이후 얼마간의 시간에 걸쳐 몇 가지 사항에서 부인의 사인을 받아야 합니다. 그렇지만 상당히 간단한 과정이고 전부 몇 달 내에 마무리될 겁니다."

"몇 달 내에요."

"네. 저에게 집 유지비 청구서를 제출하십시오. 젠킨스 씨가 충분한 의뢰비용을 남기셨습니다. 아주 사려 깊은 분이셨죠. 항상 모든 사안을 확실히 정리하셨습니다."

"네, 그러신 것 같네요." 엄마가 얘기한다. 내가 보기에도 사망 선택 유언 빼고는 전부 잘 정리하신 것 같다.

엄마가 변호사를 배웅하고 코랠리 할머니와 나는 앉아서 서로를 가만히 쳐다본다. 뭐가 뭔지 잘 모르겠다. 특히 차에 대한 부분은 이게 뭔가 싶다. 할아버지가 벌써 몇 달 전에 나한테 차를 남겼다. 내가 할아버지하고 같이 드라이브를 다닌 직후다. 말도 안 된다. 그때는 할아버지가 나를 좋아한다고 생각조차 못했다. 나 역시 할아버지를 별로 좋아하지 않았다. 평생 동안 죄책감을 느끼고 살아가야 한다는 소린가? 아니면 전부 할아버지 치매 탓으로 돌리고 그냥 다 잊고선 그래, 똑 까놓고 말해서, 부자로 사는 삶을 즐기기만 하면 될까? 적어도 서류상으로는 부자니까.

엄마가 방으로 돌아와 소파에 앉는다.

"할아버지가 엄마한테 집을 주셨어, 로이스. 아름다운 집을. 엄만 할아버지한테 잘해드리지도 못했는데." 엄마 눈에 눈물이 고인다. 엄마가 쿠션을 집더니 얼굴을 묻고 운다. 참 나, 할아버지는 죽어서까지 엄마를 울린다.

"그렇지 않아, 니나. 네가 이리로 이사까지 왔잖니. 너랑 로이스가 그 양반을 돌봤어. 네가 미안해할 건 아무것도 없다." 할머니가 얘기한다.

엄마는 여전히 쿠션에 얼굴을 묻고 한탄하듯 얘기한다. 소리가 울음과 함께 웅웅 새어나온다. "하지만 난 아버질 사랑해드리지 못했어요. 제대로 된 방법으로 사랑하지 못했다구요." 그래도 최소한 엄마는 할아버지를 죽이려고 한 적은 없잖아.

할머니가 일어나서 엄마가 붙들고 있는 쿠션을 홱 잡아 빼더니 엄마 얼굴에 붙은 눈물 젖은 머리카락을 떼어내고 머리를 매만져준다. "넌 더없이 훌륭하게 할 일을 했어, 니나. 너희 둘을 곁에 둔 아서가 행운아였다. 그 양반은 좀처럼 사랑해주기 쉽지 않은 사람이지. 자, 이제 우리 다 부자가 될 텐데 우리 은인을 위해 건배라도 해야 하지 않겠니?"

엄마가 고개를 끄덕이며 일어나 주방으로 간다. 찬장에서 잔을 꺼내는 소리가 들린다. 엄마를 도와줘야겠다는 생각은 드는데 움직일 수가 없다. 나한테 남겨진 것들이 어마어마하다. 끝내주는 차와 노트북, 신탁 자금, 옛날 앨범들. 거기다 공짜 슈트와 이발비까지. 도저히 실감이 안 난다.

"예전에 내가 했던 말 진심이었다. 안 좋은 기분 느낄 이유가 전혀 없어. 아서는 네가 그런 마음이 되길 원하진 않았다. 네가 즐겁게 살길 원할 거야. 열심히 공부하고 호주 가서 네 사촌들도 만나렴." 할머니가 내게 얘기한다.

엄마가 와인 잔 세 개와 코르크 따개, 화이트 와인 한 병을 들고 와 나한테 병을 건넨다. 내가 병을 따서 잔에 따른다. 우리는 일어서서 잔을 든다.

"아서를 위하여." 이렇게 말하는 엄마의 목소리도 손도 덜덜덜 떨린다.

"아서를 위하여." 할머니와 나도 따라하고 엄마 잔에 짠 하고 잔을 부딪친다. 그러고 나서 나는 전혀 생각지도 못한 뭔가를 한다. 팔순의 할머니, 그리고 우리 엄마와 잔을 주고받다 얼큰하게 취해버린다.

장례식 전야를 앞둔 며칠 동안 나는 엄마와 할머니를 도와 할아버지 집에 손님 맞을 준비를 한다. 빌려온 테이블과 의자를 배치하고 와인 잔이 담긴 쟁반들과 와인 상자를 날라 놓는다. 청소기로 바닥을 밀고 테라스를 쓸고 주방을 닦는 동안 엄마와 할머니는 꽃 장식과 음식 준비로 야단법석을 떤다. 정해진 의식도 없고 성직자도 없고 사회자도 없다. 아마 엄마가 몇 마디 하지 않을까. 안 할 수도 있고.

이번 행사에서 내가 가장 큰 기여를 한 부분은 슬라이드 쇼다. 할아버지의, 아니, 나의 맥북으로 진행할 예정이다. 이번 여름에 번 돈으로 싼 스캐너를 하나 사서 할아버지 앨범의 사진 중 거의 백 장 정도를 스캔한다. 그리고 클래식 음악과 뮤지컬 노래, 푸시캣돌즈 노래, 그리고 물론 루이 암스트롱의 '왓 어 원더풀 월드'도 섞어서 사운드트랙도 만든다.

할아버지가 "스카이즈 오브 블루" 부분을 쉰 목소리로 따라한 게 내 상상이었는지 가끔 갸웃하지만 나는 안다. 그날 분명히 일어난 일이다. 할아버지가 본인이 멋진 삶을 살았다고 내게 얘기해주고 있었던 거라고 생각하고 싶다. 할아버지는 내가 나만의 "푸른 하늘"을 만끽하며 살기를 원한다고, 할아버지가 이제 갈 준비가 됐다고 말한 게 아닐까. 어쩌면 그건 그저 희망적인 해석일 뿐일지도 모른다. 할아버지의 마지막 몇 마디는 두서없이 나온 무의미한 말일 수도 있지만 나는 그렇게 생각하지 않는 편이 좋다.

코랠리 할머니의 설명 덕분에 사진 속 인물들이 누구인지 알게 된다. 할아버지 친구들, 음악가들, 연인들, 부인들, 자식들. 할머니 기억력이 대단하다. 조목조목 자세히도 기억한다. 옷 한 벌만으로 첫눈에 누군가를 알아보는 경우도 많다. 털모자, 피에르 가르뎅 코트, 윙팁 구두. 아니면 파리, 뉴욕, 런던, 토론토 같은 장소라든가 차, 술 장식이 붙은 램프, 빨간 벨벳 의자 같은 물건들도 한눈에 알아본다.

우리는 사진들을 꼼꼼히 살펴보며 의미 있는 인물, 장소, 물건 등을 골라낸다. 오래 전에 세상을 떠난 할아버지의 형제자매와 할아버지, 첫 번째 첼로를 연주하는 할아버지, 프라하에 있는 할아버지와 렌시, 토론토에 있는 할아버지와 마르타, 그리고 하얀 유모 복장을 하고 뒤에 서 있는 코랠리 할머니, 파리의 노천카페에 있는 할아버지와 엄마, 인디언 오토바이, 빨간 MG TC, 은색 오스틴 힐리, 까만 재규어 마크 IX, 까만 티버드 등 온갖 자동차와 오토바이를 타고 있는 할아버지.

정말 놀랍기도 하고 재미있기도 한 건 대부분의 사진 속에서 할아버지가 더없이 행복해 보인다는 사실이다. 미소는 시원시원하고 자신감이 넘친다. 활짝 웃는 덕에 눈가에는 보기 좋은 주름이 피어 있다. 나는 전에도 분명 앨범을 봤지만 할아버지가 이토록 즐겁게 인생을 만끽했는지 전혀 알아보지 못했다.

"다른 사람처럼 보여요." 나는 마르타 이모와 시소를 타고 있는 할아버지를 가리킨다. "사진 속 이 남자는 내가 한 번도 만나본 적 없는 사람이구나."

할머니가 사진을 물끄러미 쳐다본다. "내가 찍은 사진이야. 우린 카라카스에 있었어. 가족으로 다같이 간 몇 안 되는 여행이었지. 다들 아주 행복했다. 이런 사진들을 보면 예전에 읽은 글귀가 생각나는구나. '과거는 곧 외국이나 다름없다. 사람들이 거기서는 다르게 행동하지 않는가.' 우리가 거기 있었다는 게 믿기지가 않지만 바로 이게 증거지."

"그 다음엔 무슨 일이 있었어요?"

"아무 일도 없었어. 아니, 모든 일이 생겼지. 잃었고 나이 들었고. 사춘기가 된 뒤로는 죽는 날까지 계속 어떤 일들이 줄줄이 일어날 뿐이야. 이십대 때는 좋은 시절을 보내게 된단다. 그 시기는 끊임없이 동동대며 어쩔 줄 몰라 하는 때가 지난 다음, 허리가 말을 안 듣고 무릎에서 삑삑 소리 나는 때가 이르기 전이란다. 물론 그런 건 신체적인 얘기지. 나이 들어갈수록 자기 안의 본모습이 드러나게 마련이야. 영혼의 향이 조금씩 빠져나가는 것 같이."

"하지만 모든 사람이 할아버지처럼 되는 건 아니잖아요. 할머니도 그렇지 않고요."

"뭐가 안 그래?"

"모질고 심술궂고 성깔 부리고."

"말은 고맙다만 나도 그런 순간이 있다. 모두가 그렇진 않다고?

할아버지가 너그럽고 재미있던 적도 있지 않니?"

"그런 것 같아요." 이렇게 얼버무리는데 문득 여러 가지 일이 머리를 스친다. 할아버지가 나를 얼마나 자주 열 받게 했는지, 할아버지 쫓아다니면서 청소하느라 내가 얼마나 억울해 했는지, 할아버지 차를 얼마나 탐냈는지, 어떤 마음으로 할아버지가 죽기를 바랐는지, 할아버지의 방귀 때문에 얼마나 웃었는지, 턱시도 입은 할아버지 모습이 얼마나 멋졌는지.

"젊은 시절의 그 양반을 네가 모르다니 참 유감이다." 할머니가 얘기한다.

"네, 저도 그렇게 생각해요." 사진 속 어느 파티장에서 프레드 아스테어 옆에 서 있는 턱시도 차림의 할아버지 모습을 자세히 살펴본다. 그 둘은 화려한 드레스 차림의 미녀들에게 둘러싸여 있다. 문득 이 모습이 낯설지 않다. 이런 할아버지의 모습을 내가 알고 있었다는 생각이 든다. 비록 단편일 뿐이지만. 돌아가시기 전 기념파티에서 수많은 여자들과 함께 웃고 떠들던 모습, 인터뷰하러 온 기자와 사진작가를 매료시켰던 모습, 자기가 아끼는 사람들을 확실히 건사하기 위해 변호사와 만났을 어느 날의 모습, 킴 아줌마와 시시덕거리던 모습, 나한테 턱시도를 맞춰주던 모습. 그건 전부 고통과 퇴락의 세월을 덮어버린 기쁨의 파편들이다. 진주를 품고 있는 부패한 굴처럼.

열아홉

장례 전야는 차분히 가라앉은 분위기다. 기품이 흐를 정도다. 통곡하는 사람도, 이를 갈며 흥분하는 사람도, 옷을 찢는 사람도 없다. 나는 턱시도 바지와 흰 셔츠를 차려입는다. 다니와 내가 음식과 음료 쟁반을 들고 차례로 돌아다니며 가벼운 이야기도 나눈다. 할아버지는 오랫동안 진짜 걸출하게 사시지 않았나요? 제가 할아버지의 손자인 걸 자랑스러워하지 않았을까요? 집에서 어떤 일이 벌어졌을까요? 등등. 장례 전야에는 부동산 얘기도 나쁘지 않다.

엄마와 할머니는 사람들을 맞아 반갑게 인사한다. 손님들은 집 전망에 감탄해 탄성을 지르고 공짜 술을 벌컥벌컥 잘도 마신다. 손님 중에는 할아버지를 인터뷰했던 기자 밋지도 있다. 나는 할아버지가 한 얘기를 맥북에 받아 적어뒀다는 얘기를 한다. 밋지는 술잔을 내려놓고 나를 구석으로 끌고 간다.

"말 그대로 아서 씨의 말씀 전부를 기록해뒀다는 얘기니?"

나는 고개를 끄덕인다. "할아버지가 병원에 계실 때 심심해 미칠 지경이라고 하시길래. 우리는 한동안 예전에 찍은 사진을 보기도 했고, 그 다음엔 할아버진 얘기하고 난 그 내용을 그대로 자판으로 쳤죠. 그러는 동안 할아버지는 다 잊는 것 같았어요. 죽는 생각 같은 거 말이에요."

"그거 아직도 갖고 있니?"

나는 또 고개를 끄덕. 그녀는 또 다른 질문을 하려는 듯 싶더니 역시나 기자인지라 조금 더 생각해보고 핸드백에서 명함을 꺼내 내 셔츠 주머니에 찔러 넣는다.

"네 할아버지를 인터뷰한 후에 내내 그분에 대한 책을 쓰면 어떨까 생각하고 있었어. 지금 여기서 자세한 얘기를 하긴 그렇지만 나중에 너하고 네 어머니와 같이 얘기해보고 싶다."

"그러세요. 기자님 기사 봤어요. 좋던데요. 할아버지를 너무 성자처럼 만들진 않았더라구요."

"그래, 우리 둘 다 그분이 그런 과는 아니었던 걸 알잖니." 그녀는 웃음을 던지고선 한잔 더 하러 간다.

내가 준비한 슬라이드 쇼는 히트를 친다. 물론 푸시캣돌즈 노래가 사운드트랙으로 나올 땐 사람들이 마치 침입자 냄새를 맡은 개들처럼 귀를 쫑긋 세우고 고개를 똑바로 들긴 한다. 내가 무슨 생각을 하는지 아무도 모를 거다. 만약 내가 입을 열기로 작정한다면 과연 무슨 말을 할까?

아서는 푸시캣돌즈를 좋아했어요. 아서는 하루 종일 CNN을 봤어요. 아서는 여자와 자동차를 사랑했어요. 아서는 외풍이라면 질색했어요. 아서는 형이랑 여동생이랑 첫 번째 부인을 잊지 못하고 늘 슬퍼했어요. 비록 제대로 보여준 적은 없지만 아서는 자기 가족을 사랑했어요. 그리고 초코 아이스크림과 카페오레를 좋아했어요. 아서는 죽기 오래 전부터 죽고 싶어 했어요. ……

나는 빈 쟁반을 주방에 갖다 놓고 식탁에 앉는다. 식탁 위에는 퍼프페스트리, 트뤼플, 브라우니, 레몬바 등등 달달한 주전부리를 담은 대형 접시들이 잔뜩 있다.

"너 괜찮아?" 다니가 자기 쟁반에 샌드위치를 담으면서 묻는다.

"응, 괜찮아. 그냥 쉬는 중이었어."

다니가 다시 거실로 가기 전에 내 볼에 입을 맞춘다. 다니의 립글로스에서 딸기향이 난다. "내가 네 몫까지 할게."

주방에 계속 있는데 어느 순간 엄마 목소리가 들린다. "원래는 아버지에 대해서 얘기를 몇 마디 하려고 했지만 뭔가 더 나은 게 없을까 생각했죠. 아버지에 대해 알려주는 다른 뭐가 없을까 하고." 엄마는 말을 잠깐 멈추고 피아노 앞에 앉아 건반 커버를 벗긴다. "아버지는 당신 음악을 통해 자기를 가장 잘 표현하셨어요. 아무래도 제가 아버지한테 그런 부분을 물려받은 모양이네요. 아버지의 옛 제자이자 친구이신 마틴 서덜랜드 씨가 저를 도와주실 겁니다."

나는 다이닝룸으로 가는 출입구에 서서 마틴 서덜랜드 씨가 할아버지의 첼로 프랭키를 들고 방으로 들어오는 모습을 바라본다. 앨범에서 본 분이다. 그는 큰 교향악단의 수석 첼리스트다. 그가 자리를 잡고 앉아 첼로 줄을 맞추는 동안 엄마는 피아노 앞에서 기다린다. 마틴이 준비를 마치자 엄마가 사람들에게 얘기한다. "드뷔시의 첼로 소나타 D 마이너." 별로 긴 곡이 아닌데 연주가 막바지에 이를 때쯤 나를 포함해 거의 모든 사람들이 훌쩍이고 있다. 엄마는 마틴을 바라보며 어깨를 으쓱한다.

"아서는 슬픈 음조 속에 마지막 배웅을 받고 싶진 않을 거예요, 그렇죠?" 엄마가 묻는다.

마틴이 고개를 끄덕이고 코랠리 할머니가 자리에서 일어서 피아노 옆에 선다. 그들 셋은 거슈인의 곡 'They All Laughed'를 생기 넘치는 버전으로 들려준다. "하! 하! 하! 이제 누가 최후의 웃는 자인가" 대목에 이르자 손님들 대부분 눈물을 닦고 노래를 따라한다.

손님들이 전부 간 뒤 엄마는 피아노 앞에 다시 앉는다. 라즈와 다니, 내가 청소를 하고 코랠리 할머니는 할아버지 의자에 몸을 웅크리고 앉아 엄마의 연주를 듣는다. 'Begin the Beguine', 'Some Enchanted Evening', 'Climb Every Mountain', 'Cheek to Cheek', 'Shall We Dance?'. 주크박스처럼 음악이 계속 흘러나온다. 할머니는 가끔씩 떨리는 목소리로 노래를 따라 부르기도 하지만 대부분 그저 엄마와 피아노 소리만 들린다.

"할아버지가 되게 좋아하실 것 같아." 내가 다니에게 얘기한다.

나는 와인 잔을 씻고 다니는 잔을 닦는다. 다니가 잔을 닦다 말고 싱크대 앞에 있는 내 옆으로 온다. "아니, 안 좋아하셨을 거야. 너 약 먹었어? 할아버지라면 '이런 젠장, 이 시끄러운 소리는 뭐냐? 이놈아 아이스크림이나 갖고 와. TV 켜고.' 이러셨을 걸." 다니가 낄낄대며 내 허리에 팔을 두른다. 우리는 'Let's Face the Music and Dance' 리듬에 맞춰 몸을 흔든다. 나는 거품이 묻은 와인 잔을 들어 건배한다. "지긋지긋했던 할배를 위하여."

"그게 훨씬 낫다." 다니가 얘기한다.

코랠리 할머니는 토론토로 돌아가기 전에 우리를 도와서 할아버지 물건들을 정리한다. 할아버지 침실이 최악이다. 어깨 뽕이 엄청나고 허리는 잘록한 가는 세로줄무늬 맞춤 양복, 군데군데 갈라진 낡은 투톤의 이탈리아 가죽 구두, 소맷부리가 다 해진 캐시미어 스웨터, 뜯지도 않은 까만 팬티 묶음, 얼룩진 수십 개의 넥타이, 커프스 단추 한 상자, 서랍 가득 비축된 약, 25센트짜리 동전 한 봉지. 나는 할아버지의 새 구두를 챙긴다. 나한테 딱 맞는다. 할아버지의 턱시도는 맞지 않는다. 그리고 루비 커프스 단추 세트도 챙긴다.

나머지는 차고로 들어가거나 대부분의 가구와 함께 위탁 판매점으로 간다. 할아버지의 책상과 의자는 아래층으로 간다. 거기를 엄마 사무실로 쓸 예정이다. 다이닝룸 공간을 여유 있게 하려고 피아노는 거실로 보낸다. 막대기 리모콘과 낡은 TV는 내 방으로 간다. 우리는 카펫 청소를 하고 라즈는 내 방을 제외한 나머지 방 전부를 페인트칠 한다. 나는 칙칙한 베이지색 페인트를 덮어버리기 전에 한동안은 그냥 놔두고 싶다.

할머니가 떠나기 전날 우리는 유골을 뿌린다. 엄마는 유골을 처리하는 가장 좋은 방법을 찾아내기 위해 인터넷을 샅샅이 뒤진다. 일단 유골을 뿌리는 건 불법이다. 영화에서 봤듯 재를 한 줌 한 줌 공중에 뿌리는 동안 우두커니 서 있고 이런 게 불가능하다. 첫째, 우리는 다같이 체포될지도 모른다. 둘째, 원래 사람 유골은 베이비파우더나 밀가루처럼 부드럽거나 균일하지 않다. 모래처럼 껄끄럽고 덩어리져 있다.

이걸 어떻게 알았냐면, 할아버지 유골을 집으로 갖고 온 다음 유골에 손을 넣어봤기 때문이다. 나는 유골을 잼 병에 담아 내 방에 숨겨두었다. 맹세컨대, 진짜 조금이다. 나중에 엄마도 똑같이 그랬다고 나한테 털어놓는다. 나보다는 약간 많은 양이다. 엄마는 피클 병을 사용했다. 어쨌든 공중에 흩뿌려진 유골이 코나 눈으로 들어가길 원치 않고 근처에 강이나 바다가 있다면, 가장 좋은 방법은 바로 유골을 비닐봉지에 넣고 물에 잠기게 해 물 속에서 봉지를 여는 것이다. 그러면 애정 어린 작별인사를 하는 동안 유골이 물속으로 부드럽게 퍼져나갈 것이다. 최소한 이게 일반적인 의견이다.

엄마는 할아버지 유골을 비닐봉지 두 개에 나눠서 두 겹으로 싼다. 평소에 엄마는 비닐봉지를 아주 사악한 물건으로 보는데 이번에는 달리 대안이 없나 보다. 나는 우리가 기본적으로 바다를 오염시키게 되겠지만 비닐봉지 몇 장 쓰는 건 비교적 범죄라고 보기엔 힘들다는 점을 짚어준다. 엄마는 나를 쏘아보더니 이렇게 말한다. "고오맙다. 기분이 아주 한결 나아지네."

늦은 오후에 캐틀 포인트에 도착한다. 바람도 불고 춥고 하늘도 창백하다. 개 데리고 나온 일본인도 없고 벤치에 앉은 노부부도 없고 차에서 연애질하는 애들도 없다. 지금까진 딱 좋다. 엄마가 미리 답사를 해서 최적의 장소를 골라두었다. 물길이 할아버지 유골을 재빨리 물속으로 품고 들어갈 자리다. 물가까지 이어진 바위 위를 걸어간다. 할머니는 내 손을 잡고 있다. 마지막 순간 엄마가 정확한 장소를 헷갈려하는 것 같지만 드디어 어딘가를 가리킨다. 바닷가에 약간 소용돌이가 이는 곳이다.

"바로 저기야. 준비됐니?" 엄마가 묻는다.

나는 고개를 끄덕이고 물가에 무릎을 꿇고 앉는다. 손에는 비닐봉지가 들려 있다.

"봉지 열기 전에 먼저 물속에 봉지가 잠기게 해야 돼. 명심해."

"나도 알아, 엄마. 얘기한 거잖아."

"누구 뭐 할 얘기 있는 사람?" 엄마가 묻는다.

"너무너무 춥다." 이렇게 말하는 할머니의 이가 딱딱 부딪힌다.

엄마가 고개를 끄덕인다. "얼른 해, 로이스."

물이 얼음장 같아서 손에 감각이 없지만 그래도 봉지를 겨우 물속에 우겨넣고 끈을 푼다. 아무 일도 일어나지 않는다. 물속에서 봉지를 살랑살랑 흔들자 갑자기 유골 전부가 하나의 커다란 회색 물방울처럼 불룩 솟아오른다. 바로 수면 아래에 움직이지 않고 그대로 있는다. 우리는 전부 그걸 가만 쳐다본다.

"그레이비 만들 때 물에다 밀가루 넣는 것 같지 않니?" 가만 보던 할머니가 입을 연다. "약간만 휘저어봐라, 로이스."

"휘저으라고요? 뭘로 휘저어요?"

주변을 둘러보지만 해변에는 막대기 같은 게 없다. 근처에는 나무 한 그루 없다. 나는 소매를 걷어 올리고 손을 회색 물방울 속으로 쑤셔 넣었다. 유골이 들러붙어 고운 모래 막처럼 손을 뒤덮는다. 그 덩어리 속에 손을 넣고 앞뒤로 팔을 탈탈 털지만 방울이 약간 터졌는데도 덩어리는 여전히 물가에서 멀어지지 않는다. 마치 나무라는 투로 그냥 그 자리에 정지해 있다. 그러자 할머니가 빨간 튤립 몇 송이를 덩어리 위에 힘껏 던진다.

"변한 게 없어." 엄마가 중얼거린다. "끝까지 아주 황소고집이야." 우리는 그 둥그스름한 덩어리를 계속 쳐다본다. 나는 이제 오른팔에 아무 감각이 없고 샤워가 간절할 뿐이라고 말하는 순간 작은 파도가 인다. 아마 주변에 지나가는 배가 전해준 그 물결이 회색 덩어리와 꽃을 휙 채어서 물속으로 데려간다. 서서히 바다 속으로 스며들어가기 시작한다. 하지만 여전히 그 모양새는 뚜렷이 유지하고 있다.

"잘 가요, 내 사랑." 할머니가 작별인사를 한다.

"잘 가요, 아빠." 엄마도 인사를 건네다.

"나중에 봐요, 할배." 나도 한마디. "으으, 이제 가자. 나 얼어 죽겠어."

나는 부리나케 주차장으로 달려간다. 물이 뚝뚝 떨어지는 비닐봉지를 손에 든 채. 바람에 날려가라고 기다릴 순 없다. 차 옆에 쓰레기통이 있어서 엄마가 안 보는 틈에 거기다 버리려고 하는데 날선 목소리가 날아든다. 에잇, 틀렸다.

"거기다 버리지 마, 롤리." 엄마가 바닷가 쪽에서 소리를 지른다. "엄마가 분리수거할 거야."

나는 못 들은 척 하고 감행하려는데 정말 맹세코 뭔가 다른 소리를 듣는다. 쓰레기통 깊숙이 비닐봉지를 밀어 넣으려는데 할아버지의 거친 목소리가 들리는 것 같다. "이놈의 자식, 대체 뭐하고 있는 거냐? 여긴 외풍이 너무 많잖아. 카페오레나 갖다 다오." 나는 혼자 하하 웃음을 내뱉고는 다시 돌아가서 할머니가 바위 위로 올라오게 도와드린다.

도로주행을 통과하고 임시 면허 신분에서 벗어나 드디어 초보 운전자가 된 날, 다니를 데리고 진짜 데이트를 한다. 꽃, 마리나 레스토랑 저녁식사, 다니가 고른 영화, 영화 본 후 캐틀 포인트에서 할아버지를 위한 건배. 취할 만큼은 아니지만 눈에 눈물이 고이게 하기에는 충분한 한 잔. 다니한테는 내가 위스키를 마시는 데 익숙하지 않아서라고 둘러댄다. 다니는 입맞춤으로 대신 답하며 내게 속삭인다. "그래, 롤리. 뭐든 괜찮아." 그 다음에는 … 그러니까, 이렇게 말하면 되겠다. 할아버지가 나를 대견해하셨을 그런 시간을 보낸다.

데이트를 마치고 집에 돌아와 드디어 편지를 읽어보기로 마음먹는다. 할아버지가 나한테 남긴 편지. 책장 맨 위 내가 제일 좋아하는 할아버지 사진 옆에 편지가 있다. 사진 속 할아버지는 인디언 오토바이를 타고 있다. 코랠리 할머니가 떠나기 전에 그 사진을 확대해서 액자에 넣어 나한테 주고 가셨다. 할머니는 아티초크 사진 한 장도 주셨다. 뒷면에 '2010년 경 아서 젠킨스'라고 적혀 있다.

변호사가 은행에서 편지를 갖고 온 후부터 사진 옆 그 자리에 계속 놔둬서인지 편지 위에 먼지가 뽀얗다. 엄마가 편지에 대해 몇 번 물어보긴 했다. 나보다 더 궁금해 하는 눈치다. 그렇지만 빨리 읽어보라고 채근하진 않았다. 아마 자기는 편지를 받지 못해 속상한 모양이다. 그렇다고 내가 그것 때문에 눈치를 봐야 할 정도는 아니다.

여태껏 왜 편지를 안 뜯어봤는지 나도 잘 모르겠다. 아니, 정확히 말하면 모르진 않는다. 그냥 좀 무섭다. 공포영화에서 보듯 시체가 무덤에서 튀어나와 생긴 건 멀끔해도 멍청하기 짝이 없는 주인공을 지옥으로 끌고 가고, 뭐 이런 일이 일어날까 봐. 아니면 할아버지가 내 모든 잘못을 줄줄 적어놨을까 봐. 이기적인 놈, 멍청한 놈, 음악적 재능도 없는 놈, 제대로 된 카페오레 하나 못 만드는 놈, 총각 딱지도 못 뗀 덜떨어진 놈 운운하는 목록이 있을까 두렵다. 할아버지 유언이 마지막 농담이었다고 적혀 있을까 봐 겁나기도 한다. 사실은 나한테 남겨주는 건 땡전 한 푼 없다고, 나한테는 자격이 없다고 적혀 있으면 어쩌지. 내가 할아버지 말을 그대로 믿을 것 같아 걱정이다.

편지봉투는 일반적인 크기의 평범한 흰 봉투다. 별다른 구석이 없다. 겁낼 만한 부분도 없다. 떨리는 필체로 쓴 내 이름이 봉투 앞면에 박혀 있다. 사실 쪽지나 메모에 가까운 그 편지는 줄 쳐진 노란 종이에 적혀 있다. 날짜를 보니 할아버지가 첫 번째 뇌졸중으로 쓰러지기 전주다. 필체가 형편없다.

로이스에게

네 엄마를 잘 돌봐라.
차를 잘 맡아둬라. 항시 최상품으로 넣어줘라.
세상 구경 잘 해라.
딱지도 잘 떼라.
장하다. 고맙다.

아서가

편지 뒷면을 보는데 아무것도 없다. 편지를 다시 읽어본다. 글자가 물먹은 듯 흐릿해진다. '장하다.' 편지를 다시 봉투에 넣어 사진 옆에 둔다. 할아버지가 그렇게 마지막 말씀을 남기셨으니 이번만은 기뻐해도 될 것 같다.